호모 엑세쿠탄스 1

호모 엑세쿠탄스

이문열 장편소설

1

신판 서문에 갈음하여

장편 『호모 엑세쿠탄스』를 쓴 것은 그야말로 혈기방강(血氣方强)한 50대 막바지였다. 2006년 말 나는 필기에서 컴퓨터 자판 글쓰기로 더듬더듬 옮아가면서 겨우 마친 초고를 들고 난데없이 미국으로 가게 되었다. 체류작가(라이터 인 레지던스) 명목으로 버클리 대학과 하버드 대학 근처를 한 3년 어릿거리게 된 일이 그랬다.

원래 나는 그 기회를 빌려 내 허술한 영어나 좀 보강하고, 늦었지만 어떻게 그쪽 말로 입이나 좀 떼어볼까 하는 어림없는 욕심으로 그 초대를 받아들였다. 하지만 3년 뒤에 여전히 통역 없이는 아무것도 안 되는 육순의 늙은이로 돌아오게 되었는데, 그 까닭은 무엇보다도 『호모 엑세쿠탄스』 추고에 들어간 시간 때문이었다.

처음 버클리에 도착했을 때 나는 온갖 화려한 지적 모험을 구상하였지만, 이삿짐을 풀자마자 나를 조급하게 몰아댄 것은 『호모 엑세쿠탄스』 초고였다. 어떻게 3천 매의 초고를 얽기는 해도 그걸 다듬어 한국의 출판사로 보내려고 정독을 하고 보니 갑자기 막막해졌다. 허황하게 느껴질 만큼 벌여놓은 판은 어지간한 사실주의 규격의 뼈대를 짜내는 일조차 쉽지 않아 보였다. 그 바람에 버클리에서의 첫해는 하루종일 한글 원고지를 읽고, 고치고 다듬는 일로 지나갔다. 영어로 읽고 듣고 말하기를 익히기는 애시당초 그른 일이 되고 말았다.

이제 16여 년이 지나 다시 알에이치코리아(주)에서 판을 내게 되니 감회 새로운 바 있다. 이번에는 그때의 공들였지만 불만스러웠던 추고를 크게 고치고 다듬어 보다 선명한 서사로, 그리고 의미 있는 시대의 묵시록으로 완결하고 싶었으나 아아, 늙었도다(嗚呼老矣). 이 누구의 허물인가(是誰之咎), 공연히 원고만 뒤적거리며 시간을 끌다가 이렇다 할 보완 없이 자구만 다듬어 다시 낸다.

2022년 3월

부악 기슭에서 이문열

책 머리에

소설가가 소설을 써놓고 소설은 소설로 읽어 달라고 간청해야 하는 고약한 시대가 되었다. 소설이 현실 정치를 발언해서는 안 된다는 것, 아니 소설에 작가의 정치적 견해를 드러내서는 안 된다는 이 희한한 소설론은 도대체 어디서 온 것일까. 소설이 인간의 얘기를 하는 것일진대, 세상에 정치와 무관할 수 있는 소설이 어디 있겠는가. 정치적 무관심도 실은 하나의 중요한 정치적 견해일 수 있지 않은가.

거기다가 더욱 알 수 없는 일은 소설에 현실 정치의 문제를 수용하는 일을 무슨 괴변이라도 되는 양 핏대를 세우는 이들일수록 지난 시대 그들이 입에 침이 마르도록 칭찬한 소설은 현대 소설 수작(秀作)치고 한국 정치의 득실을 따지고 있지 않은 작품이 얼마나 되는가. 빈부 격차와 노동 탄압 같은 자본주의의 그늘이나 군사 정권 또는 권위주의 통치와 아메리카 제국주의에 대한 비판

없는 소설이 도대체 소설 행세라도 할 수 있었던가.

그런데도 『호모 엑세쿠탄스』에 투영된 작가의 정치적 견해는 용서 못할 문학적 반칙이라도 되는 것처럼 욕부터 하고 덤비는 까닭을 참으로 알 수 없다. 아무리 몸을 낮춰 살펴보아도 그것은 문학적이지도 문화적이지도 못한 비방이요, 염치없고 상식도 갖추지 못한 정치적 시비로만 들린다. 막말로, 엎어져도 왼쪽으로 엎어져야 하고 자빠져도 진보 흉내를 내며 자빠져야 한다는 소리와 다름이 없다. 어떻게 해서 특정한 이념이나 정치적 노선에 동조해 발언하는 것은 치열한 작가 의식이요 투철한 산문 정신이며, 거기 상반되는 이념이나 정치적 성향을 드러내는 것은 온당치 못한 문학이고 무책임한 정치 개입이 되는가.

간청하노니, 문학평론가라기보다는 설익은 정치평론가 여러분, 아니 지각한 좌파 논객 제군, 제발 소설은 소설로 읽어 달라. 또 간청하노니 독자에게서 스스로 읽고 판단할 기회를 빼앗지 말라. 근거 없는 문학론으로 재단된 선입견을 심어 독자로부터 이 소설을 차단하려 들지 말라.

사람들은 흔히 종말론(終末論)을 말뜻 그대로 오해한다. 그러나 어떤 종말론도 그 이름처럼 끝나 닫혀버리는 일은 없다. 오히려 모든 종말론은 어김없이 창조 또는 복원의 전제로 기능한다. 새로 열릴 세상에 품는 사람들의 열망과 이상을 싣기 위한 배가 종말론일 수도 있다. 메시아와 그리스도, 아바타르와 미륵불처럼 모든 구원과 해방의 구세주는 종말론의 희망찬 후렴이다.

3년 전에 『호모 엑세쿠탄스』를 구상할 때 나는 구원과 해방, 그리고 당대적 문제 해결이라는 말이 점점 더 동의어(同義語)가 되어가는 우리 사회의 종말론적 인식에 주목하였다. 그리고 새 소설의 여러 코드 가운데 하나로 우리 시대의 '묵시록(默示錄)'을 염두에 두었다. 이제 그 시도는 과장과 희화화(戲畵化)의 변용을 입은 대로, 어느 정도는 이 작품에 반영된 듯하다. 그러나 이 묵시록은 닫힌 종말의 묵시록이 아니라 창조 또는 복원으로 새롭게 열릴 세계를 위한 묵시록이다.

나는 이 작품을 통해 구원과 해방에 개입하는 초월적인 존재와 그 힘을 『사람의 아들』 이후 25년 만에 다시 한번 진지하게 살펴보려 했다. 형상화(形象化) 과정에서 비하되고 속화(俗化)하여 낯설게 드러나고는 있지만, 그 또한 부끄럽지 않을 만큼은 애초의 작의(作意)에 호응하고 있는 듯하다. 그러나 이 소설이 지향하는 것은 우리 스스로의 문제 해결을 위한 '인곡(人曲)'이지 초월적인 구원과 해방에 목맨 낡은 '신곡(神曲)'의 변주는 아니다.

나는 또 시공(時空)의 개념으로 뒤엉켜버린 다수한 차원에 무수하게 펼쳐져 있는 듯한 존재의 다중성(多重性)과 언제나 겹으로 되어 있는 관념이 암시하는 존재의 방향성(方向性)에 대해서도 함께 생각해 보고자 했다. 마찬가지로 일상 속에 숨어 있는 신비 또는 신비를 속화하는 일상화(日常化)의 기재들도 함께 들춰보려 했다. 때로는 무능으로 때로는 과욕 때문에 억지스럽고 서투르게 그것들을 드러내고 있을지는 몰라도, 그 또한 진지했던 내 의도를 드러내기에는 크게 모자람이 없을 것이다.

나는 또 이 글을 쓰는 동안 50대 후반이라는 내 나이도 무겁게 의식하였다. 중후함이 요구되는 만큼이나 실수를 변명할 수 없는 나이. 이 작품이 『아가』 이후 6년 만에 출간하는 장편이라는 것도 나를 적지 아니 긴장시켰다. 그사이 중·단편집과 산문집이 나왔고, 아직 책으로 묶지 못한 대하소설도 썼지만, 본격적인 작품으로는 이 소설이 『아가』를 받게 되기 때문이다.

하지만 무엇보다도 나는 재미있는 소설을 쓰려고 했다. 재미와 통속을 등식화(等式化)하고 쓸데없는 겉멋으로 독자를 지루하게 만드는 일부의 창작 풍토가 못마땅해서였다. 나는 이야기의 진진함뿐만 아니라 이야기하는 방법에서도 낯설게 하기의 여러 기법을 두루 활용해 보았다. 뒤틀림과 어긋남, 삐딱함과 엉뚱함, 그리고 난데없음 같은 것들로 비틀어 선입견 없이 읽어나가면 적어도 지루하지는 않게 내 얘기를 들을 수 있도록 하려 했다. 따라서 지금 내게 가장 아픈 실패는 이야기할 내용을 잘못 고른 게 아니라, 그 얘기를 재미없게 해서 독자로부터 외면받는 일이다. 작가라고 해서 독자를 지루하게 할 권리는 없다. 아니, 작가일수록 독자를 지루하게 해서는 안 된다.

작년 미국으로 건너올 때 나는 1200매 정도 진척된 이 작품의 원고를 가지고 왔다. 그리고 계간《세계의 문학》에 마지막 회분 원고를 넘긴 지난 11월 초까지 모두 1600매 가까이를 더 썼다. 피할 수 없었던 신문 연재 원고 나머지를 합치면 1년 동안에 2000매를 훨씬 넘긴 셈인데, 이는 80년대 한창 때의 생산량에 육박하는 양이다. 아마도 내가 그토록 애써 확보하려 했던 정치적 시비와의 거리 덕분이었던 듯싶다. 하지만 질이 담보되지 못한 양이라는 것이 무슨 의미가 있겠는가. 이미 내 손을 떠난 작품이라 소용없는 줄 알면서도 불만과 미련은 남아 있고, 곧 있을 눈 밝은 독자들의 꾸짖음은 여전히 두렵기만 하다.

2006년 12월 초순 버클리에서

이문열

차례

1

갑자기 옆구리가 허전하고 사방이 조용해진 느낌에 그는 퍼뜩 눈을 떴다. 잠들기 전 곁에 누워 있던 노랑머리가 보이지 않았다. 깜빡, 짧고 달콤한 졸음에 떨어진 것쯤으로 여겼으나, 실은 함께 정사(情事)를 나누고 한 침대에 누웠던 여자가 옷을 챙겨 입고 방을 나가도 모를 만큼 깊고 오랜 잠을 잔 듯했다.

처음 만났을 때의 인상과는 달리 노랑머리는 제법 꼼꼼하게 제 흔적을 지우고 떠났다. 일어나느라고 침대 시트를 젖힐 때, 땀 냄새인지 정액 냄새인지 모를 냄새가 희미하지만 역하게 그의 코를 찌른 것 외에 여자가 함께 있다가 간 흔적은 방 안에 거의 남아 있지 않았다. 그 깔끔한 마무리가 갑자기 그를 불안하게 만들었다.

그는 벌거벗은 채 옷장으로 가 양복 윗도리에서 지갑부터 꺼내

보았다. 많지 않은 현금은 모텔 숙박료를 물고 남은 그대로였고 카드와 신분증도 손댄 흔적은 없었다. 노랑머리가 너무 쉽게 안겨와 언뜻 걱정했던 것처럼 처음부터 그의 주머니를 노린 꽃뱀을 만난 것도, 질 나쁜 원조교제에 걸려든 것도 아니었다.

마음이 놓이자 이번에는 노랑머리가 그렇게 떠나버린 게 슬그머니 아쉬워졌다. 그는 마리인가 뭔가 하는, 듣는 순간 단번에 그때그때 지어내 쓰고 있는 것임을 알아차릴 듯한 이름 외에 그녀에 대해 별로 물어두지 않은 걸 문득 후회했다. 부킹을 주선한 웨이터에게 그녀의 연락처가 있을까.

냉장고에서 생수 한 병을 꺼내 마시고 그는 다시 침대에 누워 불을 껐다. 내처 자고 다음 날 바로 회사에 나갈 생각이었으나 마신 술이 생각보다는 많지 않았던지 쉽게 잠이 오지 않았다. 머리맡 전기 시설 컨트롤 박스에 함께 들어 있는 점멸(點滅)시계를 보니 이제 막 새벽 3시를 넘기고 있었다.

간밤 술이 시작된 것은 연말 정산으로 퇴근이 늦어진 회사 직원들이 함께하게 된 저녁식사 자리에서였다. 회사 건물 지하에 있는 식당에서 저녁 반찬 삼아 시킨 전골냄비가 소주를 부르고, 그 소주가 다시 삼겹살을 불러 자리는 차츰 식사와는 거리가 멀어져 갔다. 저녁 7시가 넘어 빌 대로 빈 속에 부어진 소주라 그런지, 전골이 제대로 끓기도 전에 거나해진 직원들이 누가 먼저라 할 것도 없이 술과 안주를 불러대어, 끝내는 예정에 없던 술판이 되고만 탓이었다.

선거를 앞두고 있다는 것도 술자리를 쉽게 달아오르게 한 성싶다. 고졸 학력의 서민 대통령, 기득권이 철저히 부정되는 살 맛 나는 세상, 기존 체제에 부채가 없는 후보자, 진정한 개혁의 기수에 눈물의 순수, 아름다운 바보 타령이 먼저 열을 올렸다. 하지만 거기 맞서 비위 상한 목소리를 내는 쪽도 곧 만만하지는 않았다. 어디로 튈지 모르는 럭비공, 지역 감정의 볼모 또는 양자(養子), 조잡한 한국판 홍위병의 임표(林豹), 역사상 가장 큰 떡을 만진 정권의 부정부패 인수인에 민족도 이념도 그 앞에서는 순식간에 한 수단으로 빨려들고 마는 블랙홀 같은 국가 주도형 포퓰리즘의 기수라는 단정이 게거품을 뿜었다.

귀담아들어 보면 제법 정교하고 세련된 개탄도 있었다. 횡령의 시대. 모든 것이 횡령되고 있다. 목소리 높고 악착스런 소수가 다수를 횡령하고, 인터넷 광장의 익명성에 숨어서 밖에는 자신을 드러낼 수 없는 얼치기들이 젊음과 세대를 횡령한다. 불행한 사고로 죽은 두 여중생의 끔찍한 주검을 끌고 다니며 민족을 횡령하고, 대중의 천한 시기심과 복수욕을 자극하여 개혁과 평등을 횡령한다. 반(反)이성주의의 불길한 조짐. 모든 정치적 슬로건은 대중의 냄비 같은 감정과 이기적 본능만을 향하고 있다. 지역 감정은 전통적인 지역 정서에서 노골적인 지역이기주의로 변질되어 이대로 가면 선거는 다시 5퍼센트 미만의 지지도 차이로 지역감정이 결정짓게 될

지도 모른다. 이념가의 탈을 쓴 엽관주의자들과 무크래커스(추문 폭로자들-편집자 주)의 고약한 합창 속에 소란하기만 했던 '국민의 정부'의 확대 재생산이 이루어질 수도 있다…….

한심하고 지루한 것들, 싫으면서도 그는 늦도록 그 술자리에서 빠져나오지 못했다. 선거에 관심이 있어서도 아니었고, 무슨 돈독하고 다감한 동료애 때문도 아니었다. 서둘러 돌아가 봤자 초저녁부터 홀로 지켜야 할 아파트의 썰렁한 분위기가 싫어서였다. 그런데 10시쯤 해서 뜻밖으로 또 다른 길이 열렸다.

"신 과장님, 우리하고 분빠이로 나이트 한번 쏘는 거 어때요? 부담 많지 않고 부킹 물 좋은 나이트 한 군데 헌팅해 둔 게 있슴다."

영업부에서 함께 일하는 김 대리가 슬며시 그에게로 다가오더니 귀에 대고 그렇게 소리쳤다. 김 대리는 이제 갓 서른에 아직 미혼이었다. 그런데도 머리가 훌렁 벗겨져 그런지, 처음 보는 사람은 곧잘 그를 적어도 마흔은 넘긴 일가의 가장(家長)쯤으로 알았다.

"우리라니?"

"우리 팀 종각 클럽 말임다. 홀아비도 종각의 일종이라 신 과장님도 끼워 드릴까 해서요."

종각 클럽이란, 법률적으로는 총각이지만 의학적으로는 총각이 아니라 하여, 총각에서 점을 하나 뗀 '종각'이라는 조어(造語)로 자신을 부르는 영업부의 노총각 몇몇이었다. 아직 세상살이에 부대껴 보지 않아서인지 그들은 너무 타산적이지도 않고 그렇다고 무슨 거창한 의식으로 쓸데없이 심각하여 사람을 피로하게 만들지도 않았다. 그게 어울리기에 마음 편해 언제부터인가 그는 청해주기만 하면 기꺼이 그들의 술자리에 끼어 좌장(座長) 노릇을 해주었다. 하지만 그들이 왜 다른 직장 선배들을 제쳐놓고 자기만 끼워주는지는 몰랐는데, 이제 그 까닭을 알 만했다.

홀아비라는 말이 정화(貞婇)가 다시는 돌아오지 않을 것이라는 단언 같아 마음에 걸렸으나, 그들과의 어울림이 별로 기억에 나쁘지 않았던 데다 이미 술도 얼큰히 올라 있었다. 거기다가 일찍 돌아가 봤자 열에 아홉 성인용 비디오나 컴퓨터 게임으로 죽일 시간이라 그는 기꺼이 그들을 따라나섰다.

"잘 아시죠? 빠져나오는 요령은 태연, 은밀, 신속입니다. 5분 안에 이 건물 남쪽 모퉁이 돌아 택시 승강장 쪽으로 나오셔야 합니다."

마침 가게 된 화장실까지 따라온 김 대리가 엄청난 접선이라도 하는 것처럼 그렇게 행동 지침까지 하달했다. 그 지침에 맞춰 급하게 둘러댄 핑계로 그가 회식 자리를 빠져나오니 먼저 빠져나온 그들 셋이 회사 건물 모퉁이 큰길가에서 기다리고 있었다.

무슨 흥에선지 김 대리가 계속 깃발을 높이 쳐들고 앞장서 모범택시를 잡았다.

오래잖아 그들이 내린 곳은 번화한 강남대로에서 한 블록 뒷

골목에 자리 잡은 작은 호텔 앞이었다. 물이 좋다는 말이 갑자기 미덥지 않을 만큼 호텔은 이류였고, 그 꼭대기 층에 있는 나이트클럽은 '샹그리라'라는 이름과 마찬가지로 인테리어와 음악까지도 처음부터 중년층을 겨냥한 듯한 구닥다리였다. 하지만 이른바 부킹으로 불러낸 여자들은 그게 아니었다. '물이 좋다'는 것이 젊고 예쁜 여자들이 많다는 뜻이라면 김 대리의 말은 크게 틀리지 않은 듯했다. 웨이터에게 부킹을 부탁한 지 10분도 안 돼 함께 나온 여자 셋만 해도 어리다 싶을 정도로 나이들이 젊은 데다 예쁜 얼굴들이었다.

"어떻슴까? 요새는 말임다, 과장님. 얘들보다 훨씬 어린 애들까지 이런 데 나와 별 웃기는 일이 다 벌어진다는 거 아임미까? 안 신어본 하이힐 때문에 양탄자 위에 발랑 나자빠지질 않나, 거시기에 털도 안 나 까만 볼펜으로 몇 줄 그어 나오는 애가 없나……."

그런 김 대리의 농담이 자연스럽게 들릴 정도였다. 형님 먼저, 어쩌고 하면서 그녀들 가운데 하나를 곁에 앉히려는 것을 굳이 마다한 것도 스무 살을 제대로 넘긴 것 같지 않아 뵈는 그녀들의 나이 때문이었다.

하지만 얼른 느낀 나이로 따지면 한참 뒤에 웨이터가 따로 데리고 온 여자아이는 더했다. 웨이터의 거창한 소개와는 달리 그 곁에 앉은 그녀의 머리칼은 서양의 장난꾸러기 금발 소녀처럼 샛노랗게 물들여져 있었고, 화장 안 한 얼굴은 만지면 솜털이 묻어날 것 같았다. 나이트클럽의 어지러운 조명 아래이기는 하지만 많게 봐주어도 주민등록증이 있을까조차 걱정되는 나이였다.

노랑머리가 곁에 앉자 그는 머리 꼭대기까지 슬금슬금 올라오던 술기운이 단번에 확 걷히는 듯한 느낌이 들었다. 그런 자리에는 어울리지 않게 어려 보이는 나이 때문에 그녀뿐만 아니라 앞서 온 셋까지도 갑작스레 수상쩍게 보였다. 그녀들 모두가 술 취한 직장인들의 호주머니를 노리는 나이 어린 꽃뱀들이거나, 나중에 원조교제로 걸고들어 한몫 뜯어내려는 불량 가출소녀들이 아닐까 하는 의심 때문이었다.

그래서인지 그는 처음부터 그녀들에게 섹스 파트너로서의 기대는 갖지 않았다. 그저 나이 어린 여자아이들의 재롱을 즐긴다는 기분으로 그녀들과 어울렸다. 나도 일찍 장가들었으면 너희 같은 딸을 가졌을지 모른다 — 술 때문에 과장된 감정이었겠지만, 엉뚱하게도 가끔씩은 그런 중얼거림으로 자기 단속까지 했다.

하지만 '종각'녀석들은 달랐다. 취한 눈에는 여동생이라도 막내 여동생 뻘로 보이는 여자아이들을 저마다 하나씩 끼고 스테이지를 들락날락하더니 12시가 되기도 전에 하나둘 사라지고 없었다. 둘만 남게 된 게 분명해졌을 때 노랑머리가 풀린 듯한 목소리로 물었다.

"우리는 어디로 가나요?"

그는 갑자기, 이제 영업을 시작하는구나, 하는 느낌에 긴장해서 그녀를 쳐다보았다. 무슨 기막힌 사연이 있어 이 어린 나이에 여기까지 왔느냐고 하는, 그녀를 애처롭게 여기는 눈빛도 있었을 것이다. 그런데 찬찬히 그녀의 얼굴을 뜯어보는 동안에 그는 갑자기 고혹(蠱惑)이라는 말로는 다 나타낼 수 없을 만큼 강렬한 이끌림과 아울러 주체할 수 없이 부풀어 오르는 성욕을 느꼈다.

그 같은 감정 변화는 어디서 온 것일까. 찔끔거리긴 해도 초저녁부터 그때까지 줄곧 마셔댄 술 탓이었을까. 아니면 그녀의 눈매 어딘가에 언뜻 언뜻 비치던 앳된 정화의 모습 때문이었을까 — 옷을 다 껴입고 담배를 달아 물면서 그는 그때 노랑머리의 얼굴에서 본 것들을 새삼 떠올려 보았다.

오래잖아 까마득히 잊고 지내던 옛 추억이 어렵게 되살아나듯, 나이트클럽의 사이키 조명 아래 그녀의 얼굴에서 보았던 것들이 차례로 떠올랐다. 처음 그가 그녀의 얼굴에서 본 것은 무슨 푸르스름한 그늘처럼 드리워진 슬픔과 연민의 빛이었다. 어찌 보면 전혀 상반된 그 두 감정이 여리고 부드러우면서도 묘한 힘으로 그를 억눌러 지금까지 그녀에게 품어온 의심을 오히려 부끄럽게 만들었다.

그러다가 마치 중국인들의 변검(變瞼) 재주라도 부리는 것처럼 그녀의 얼굴이 갑자기 달라졌다. 첫인상과는 전혀 다르게 음영도 짙고 성숙해 뵈는 젊은 여자의 얼굴이 불쑥 떠올랐다. 이어 놀란 그의 눈길을 받아 그녀가 찡긋 웃은 것 같은데 그 순간에 번쩍, 하듯 다시 변한 그녀의 얼굴은 행실 나쁘면서도 방자한 여왕처럼 도발적이 되어 그를 흠칫하게 만들었다. 하지만 그것도 착각이었을까 싶을 정도로 순간이었고, 이내 늙은 창녀가 그러리라 싶게 성에 대한 무관심과 방심의 표정으로 바뀌더니, 마침내는 성징(性徵) 마저 곧 지워져버릴 것처럼 얼굴의 윤곽이 희미해져 갔다.

하지만 그것이 왜 뿌리칠 수 없는 고혹이 되고 또 그를 느닷없는 성욕으로 부풀어 오르게 만들었을까. 당장 그녀를 안지 않으면 세계가 그대로 무너져 내리고 말 것 같은 그 순간의 느낌, 사마귀의 수컷처럼 죽음을 예감하면서도 그녀에게 다가가지 않을 수 없게 한 그 결의는 또 어디서 온 것이었을까.

거기다가 참으로 알 수 없는 일은 더 있었다. 미리 계획이라도 하고 있었던 듯 노랑머리를 이 모텔로 끌고 와 제례(祭禮)의 희생(犧牲)처럼 바쳐진 그 알몸을 함부로 더듬으며 느낀 그 가학(加虐)의 쾌감은 또 무엇에 자극받은 것이었을까. 그때 온몸 구석구석까지 스멀거리던 그 음침한 기쁨, 성처녀(聖處女)를 유린하고 난 악마의 그것과도 같은 잔인한 충족감은 어떻게 된 것이었을까. 그리고 어쩌면 두 번 다시 만나지 못할지도 모르게 된 이제야 이토록 섬뜩하면서도 애틋하게 그녀를 떠올리는 까닭은 또 무엇 때문일까.

세실리아. 너는 떠나고, 다시 10년이 지나고…… 잠금장치 풀리는 소리가 유난히 크게 울리는 현관 자물쇠를 열 때마다 그는 무슨 주문처럼 이제는 이름조차 잊은 어느 시인의 시 한 구절을 중얼거린다. 홀로 취해 들어서는 독신자 아파트는 언제나 쓸쓸하다.

정화……. 네가 돌아오지 않는 이 집안은 비어 있을 수밖에 없다. 네가 떠난 지 벌써 몇 년이 흘러갔나. 하지만 이 거실 한구석에는 아직 네 흐느낌이 남아 있다. 떠나기 전의 네 한숨과 울먹임이 곳곳에 묻어 있다.

'선배, 이제 더는 못 견딜 것 같아. 이대로는 살 수가 없어. 이건 아니야, 아니야, 세 번 아니라고. 내 몸뚱이에는 곰팡이가 피고, 내 머리에는 녹이 슬고, 내 심장은 오래잖아 썩어 흐물흐물 문드러져 내리고 말 거야. 가야 해. 다시 떠날 거야. 불꽃같이 타오르는 이데아가 아직도 찬연한 빛을 뿜고 있는 곳, 언제나 시퍼렇게 깨어 있는 의식으로 순간순간 삶이 충만해지는 곳. 욕망과 이기, 나약과 비겁으로 휘어지지 않는 시공(時空). 우리가 함께 눈부셔 하며 바라보던 그곳을 향해 난 길로.'

현관문을 열고 아파트 안으로 들어서며 그는 그런 정화의 울먹임과 한탄에 대꾸하듯 웅얼거렸다.

'그래. 너는 마침내 그곳에 이르렀느냐. 시퍼렇게 깨어 너의 삶을 움키고 있느냐. 그곳에서 아직도 이데아는 예전처럼 찬연한 빛을 뿜고 있더냐. 아아, 너 지금 어디에 있느냐. 그래도 사랑한다. 보고 싶구나…….'

거실로 들어와 불을 켜고 나니 특별히 난방을 꺼둔 것도 아닌데 집안이 썰렁하기 짝이 없었다. 게다가 술이 깨면서 찾아든 오한 탓인지 갑자기 온몸이 으스스해 왔다. 그는 옷도 갈아입지 않고 바로 잠자리에 들까 하다가 커피포트 전원 스위치를 눌렀다. 모텔에서 이미 한숨 길게 자고 일어난 터라 다시 쉽게 잠들 수 있을 것 같지도 않은데다, 뜨거운 커피로라도 달래 주어야 할 만큼 속이 떨려왔기 때문이었다.

그가 외출복 그대로 거실에 놓인 테이블 앞에 앉는데 붙여 놓은 컴퓨터 책상 쪽에서 그의 눈을 찔러오는 빛이 있었다. 개인 컴퓨터에 전원(電源)이 켜져 있음을 알리는 녹두알 만한 연두색 불빛이었다. 느낌으로는 방금 절로 켜진 듯하지만, 아마도 출근할 때 끄지 않은 탓인 듯했다. 그는 늦은 대로 그제라도 전원을 끄려다가 마음을 바꿔 먹고 오히려 화면을 열었다. 금방 잠자리에 들 것이 아니라면 어차피 시간을 죽일 곳은 컴퓨터 속밖에 없었기 때문이었다.

뜨거운 커피를 커다란 머그잔에 한잔 가득 채워 마시고 나자 오한이 가시면서 정신이 조금 맑아졌다. 그는 컴퓨터 앞으로 가 먼저 인터넷에 접속하고 이메일부터 살폈다. 보통 퇴근 뒤에 돌아와 보면 스팸 메일까지 포함해 네댓 통은 와 있게 마련이었다. 그런데 그날은 달랑 한 통뿐이었다.

그는 별 생각 없이 보낸 이와 용량을 살폈다. 보낸 이는 '블루 로지(blue lodge)'라고만 되어 있어 누구인지 얼른 알아볼 수 없었는데, 뜻밖인 것은 보낸 용량이었다. 킬로바이트가 아니라 메가바이트로 표시되어 있는 게 엄청난 분량의 서류인 듯했다.

그는 얼른 메일을 열어 보았다. 그런데 그 메일은 시작부터가 좀 이상했다. 서류가 아니라 동영상이 떴기 때문이었다. 아마도 인코딩된 서류인 듯했다. 잘 다듬은 돌로 짠 통로가 비치면서 화면이 사람의 걸음걸이 정도의 속도로 움직여, 보는 이로 하여금 석굴(石窟) 속을 걷는 듯한 효과를 냈다.

석굴은 한참이나 이어졌다. 가다가 옆에서 작은 석굴들과 만나 점점 높고 넓어지면서 끝없이 안으로 뻗어갔다. 그가 나중에 시간을 재어 보니 겨우 1분 남짓이었지만, 그때는 몇십 분이나 걸은 느낌을 주었다. 그러다가 마침내 한 군데 광장이 나타났다.

그 광장도 사방이 돌로 막히고 바닥과 천장도 돌로 짜여져 땅속임을 드러내고 있었다. 입구에는 역시 돌로 쌓은 개선문 형태의 큰 문이 있었는데, 문설주 어름에 뒤통수를 맞대고 있는 두 반면(半面)이 부조(浮彫)로 새겨져 있었다. 곱슬머리에 풍성한 턱수염이 난 그리스나 로마풍의 얼굴이었다. 어딘가 낯익은 데가 있긴 해도, 역사에 나오는 위인인지 신화 속의 인물인지조차 알 수가 없었다.

그 문을 지나 광장 저편 넓은 벽면에 뭔가를 써서 걸어둔 커다란 게시판 같은 게 보였다. 가까이 다가가 보니 질 좋은 대리석 같은 게시판에는 단정한 명조체의 글씨들이 진한 검은색으로 깊게 새겨져 있었다.

그가 오고 있다. 영원한 '지금' 무한한 '여기'로 그가 오고 있다. 오늘 이 땅으로 우리의 대지를 살라버릴 거대한 불꽃, 우리를 지우려는 음험한 부정(否定)이 다가오고 있다. 그가 오는 때가 왜 지금이고 그가 오는 곳이 왜 여기인가. 왜 새로운 천년기가 갓 시작한 이 오늘이고, 왜 세계 여섯 대륙의 수많은 나라 가운데 이 땅 한반도인가.

창조된 세계의 속성은 언제나 상반된 개념으로 마주 보고 있고, 그 모든 존재의 양식은 방향으로 표현된다. 상반된 겹을 가지지 않은 개념은 없으며 반(反)존재를 상정할 수 없는 존재는 없다. 존재는 무(無)가 상반된 방향으로 자기 분열을 전개하는 과정으로, 그 전개는 두 방향 모두 무한대이다. 하지만 수직선(數直線) 위에서 음양의 절대치 총량은 같고 그 합은 영(零)이 되듯이, 방향을 달리하는 존재의 총량은 언제나 무이고 이 세계는 바로 그 상반이 시작되는 무에서 출발한다.

시간의 중간, 공간의 중심은 존재의 상반이 시작되는 지점이다. 우주의 원형인 무가 자기 분열을 전개하는 시점(時點)이고, 방향이 상반된 개념이 존재를 지향해 내닫는 출발선이다. 그런데 오늘 이 땅이 바로 그 시간의 중간이고 공간의 중심이다. 시간은 지금을 넘어서면 존재의 방향이 달라질 순간에 가까워졌고, 공간도 그 어느 때보다 다양하게 분열되어 모든 상반의 중심이 이곳에 몰려 있다.

말씀과 율법의 시대는 일찍이 지나갔다. 오래전에 사랑과 구원의 시대를 선언한 이가 있었으나, 그가 전한 사랑과 구원의 복음은 거짓이었고 은총은 저주와 동의어(同義語)가 되었다. 우리가 고통이라 이름한 것,

슬픔으로 느껴온 것들은 지난 세월의 응축으로 이제 더는 억누를 길 없는 폭발을 앞두고 있다. 그 폭발의 순간, 우리 고통과 슬픔의 극한이 시간의 중간이다. 더 짐질 수 없는 고통, 더 견뎌낼 수 없는 슬픔으로 존재의 방향이 전환되려 하는 순간, 그것이 영원한 지금이며 이 오늘이다.

그 옛날 젖과 꿀이 흘렀다는 저 땅이 한때 그러했던 것처럼, 한동안은 그런 대로 아름답고 넉넉했던 이 땅도 더 견딜 수 없는 상반(相反)을 축적했다. 남과 북이, 동과 서가 서로를 흘겨보고 빈손과 쥔 손, 스승과 제자가 나뉘어 다투며 심하게는 아비와 자식, 아내와 남편이 등 돌리고 갈라선다. 눈먼 증오와 시효(時效) 지난 원한이 대중의 천박한 시기심과 복수욕을 선동하고, 민중의 대의(大義)는 빵과 아첨으로 매수된다. 밖에서는 로마의 군병이 다가오고 안은 열심당(熱心黨)과 시카리(유대의 극단적 민족주의자들-편집자 주)의 세상이 되어간다. 그 다양한 상반이 폭발과 전환을 기다리는 곳, 무한한 '여기'가 바로 이 땅이다.

이 때와 곳을 노려 다가오고 있는 그는 누구인가. '지금' '여기'를 그의 날과 왕국으로 삼으려는 이는 누구인가. 그는 우리 피와 고통으로 싹트고, 슬픔과 눈물로 자라는 나무이다. 언제나 시간의 중간과 공간의 중심에 나타나 절반의 권리로 전체를 가로채려는 횡령자의 육화(肉化)이며, 인간에게서 약탈하였으나 어쩔 수 없이 인간에게 되돌려 주고만 장물(臟物)을 끝내 잊지 못해 끊임없이 그 탈환을 꿈꾸는 늙은 도둑의 대리인이다.

영원한 자유의 전사들이여. 참된 지혜의 군단이여. 그를 부인하기 위해 단결하자. 우리와 이 땅을 두고 그가 더는 어두운 몽상을 품지 못하게 하자. 모두 힘을 합쳐 그를 찾아내고, 어서 빨리 그가 있어야 할 곳으로 되돌려 보내자!

교회와 성경 냄새가 풀풀 나는 대로 무언가 엄청난 소리를 하고 있다는 느낌은 들었다. 하지만 힘들여 찬찬히 읽고 나도 얼른 요점이 잡혀 오지 않는 글이었다. 아니, 솔직히 말해 미리 깔아놓은 동영상의 강렬한 인상이 아니었다면 다 읽지도 못했을 것이다. 이건 잘못 들어온 이메일이다. 공들인 동영상이 아깝지만, 가망 없는 봉급 생활자로 하루하루 속된 삶을 이어가는 나와는 무관한 메시지다 — 그는 오래 망설일 것도 없이 그렇게 단정하면서 메일 창을 닫고 게임 창을 열었다.

2

열 대도 넘는 헬리콥터가 엄청난 굉음을 내며 종합관 주위를 날아다니더니 차례로 사라졌다. 농성중인 학생들의 이목을 끌기 위한 양동(陽動) 작전이었던 듯, 헬리콥터들이 사라지자 갑작스러운 폭발음이 그 굉음을 대신해 교정을 채웠다. 말로만 듣던 충격용 스턴 수류탄과 고무탄이 터지는 소리 같았다. 뒤이은 구령소리와 함성으로 미루어 경찰특공대의 진입 작전이 시작된 듯했다.

학생들이 서로를 격려하는 외침과 놀란 비명소리 같은 것이 종합관 건물 안에서 희미하게 흘러나왔다. 그러더니 갑자기 현관 어름에서 거센 불길과 연기가 치솟았다. 강의실 의자와 사무실 탁자, 소파 따위로 쌓은 바리케이드에 학생들이 불을 지른 것 같았다.

'가야 한다. 정화와 함께 있어야 한다.'

뒷산에서 그 광경을 내려다보던 그는 자신도 모르게 벌떡 몸을 일으키며 중얼거렸다. 그러나 몸은 보이지 않는 끈에 꽁꽁 묶인 것처럼 말을 듣지 않았다. 그사이 날은 훤히 밝아 있었다.

정화가 농성하는 곳은 과학관 쪽이라고 들었다. 하지만 방금 진압이 시작된 종합관에서 2백 미터도 안 되는 곳이라 종합관 진압만 끝나면 경찰특공대가 바로 덮칠 게 뻔했다. 정화를 저기서 빼내올 수 없다면 차라리 내가 과학관으로 들어가 그녀와 함께 있기라도 해야 한다. 그는 다시 그렇게 중얼거리며 어떻게든 몸을 움직여 보려 했다. 하지만 여전히 급한 것은 마음뿐 몸은 알 수 없는 마비로 꼼짝 할 수 없었다.

그런데 알 수 없는 것은 과학관 쪽의 움직임이었다. 종합관이 경찰특공대의 공격을 받고 있는데도 그쪽에서는 별다른 반응이 없었다. 건물 안은 조용했고 옥상 위의 학생들만 이전과 다름없이 노래를 부르거나 구호를 외쳐댔다. 종합관에 진압 병력이 투입된 것을 모르거나, 알고도 무시하고 있는 듯했다.

알 수 없기는 진압경찰도 마찬가지였다. 종합관 쪽은 이미 저항이 없어진 것 같은데도 병력을 얼른 과학관으로 투입하려 하지 않았다. 초기 진압의 성공에 취해 잠시 방심하고 있는 것도 같고, 조심스럽게 무얼 기다리고 있는 것 같기도 했다. 하지만 멀리서 마음 졸이며 내려다보고 있는 그에게는 그런 경찰의 까닭 모를 지체가 더 불길하게 느껴졌다.

얼마나 지났을까, 갑자기 과학관 주위에서 한꺼번에 불길이 일었다. 건물 안의 집기들로 사방에 쳐놓았던 바리케이드에 누군가 의도적으로 불을 지른 것이 틀림없었다. 이어 과학관의 옆구리가 터진 듯 1층의 모든 출구에서 함성과 함께 학생들이 쏟아져 나오기 시작했다. 2천 명이 넘는 학생들이 잠깐 동안에 쏟아져 나와 그가 있는 뒷산으로 뛰어오르니 마치 울긋불긋한 물결이 산비탈을 타고 거꾸로 솟구치는 듯했다.

그걸 보고 그도 사슬에서 풀린 사람처럼 산을 뛰어 내려갔다. 가까이 가서 보니 마주 올라오는 학생들의 성비(性比)는 여자 쪽이 훨씬 높았다. 그는 그녀들 중에서 정화를 찾았다. 현장 지도부에 있었으니 사수대(死守隊)의 보호가 있을 것이다. 그런 추측으로 쇠파이프를 든 남학생들이 길을 열 듯 앞장서고 있는 곳으로 달려갔다.

"비켜요!"

앞장선 남학생 한 명이 끝을 납작하게 두들겨 날까지 세운 쇠파이프를 위협적으로 흔들어 보이며 소리쳤다. 그가 혼자인 걸 보니 학생들의 탈출을 저지하러 숨어 있던 경찰 병력이 아니라는 건 알겠지만 그래도 아주 마음 놓지는 못하겠다는 표정이었다. 그는 두 손바닥을 펴 보이며 적의가 없음을 과장되게 표현한 뒤 뒤따라오는 학생들 틈에서 정화를 찾아보았다.

정화는 정말로 거기 있었다. 선두에서 몇 줄 뒤 무리 지어 달려오는 여학생들 속에서 함께 묻어오는 정화가 보였다. 외부에서 일체의 보급이 끊긴 채로 일주일 넘게 버틴 후유증인지 하얗게 질린 얼굴에 걸음은 금세 쓰러질 듯 비칠거렸다.

정화는 그가 다가가 길을 막아도 얼른 알아보지 못했다. 그는 큰소리로 그녀를 일깨워 자신을 알린 뒤에 정화를 둘러업었다. 그리고 미리 답사해 둔 대로 한동안 더 뒷산을 오르다가 산비탈을 타고 연희초등학교 쪽으로 빠졌다. 다급했던 탓인지 등에 업은 정화의 몸이 어린아이처럼 가볍게 느껴졌다. 곧 주택가가 나오고, 출근을 서두르는 시민들이 보였다.

그는 그제야 정화를 내려놓고 사방을 살폈다. 거기까지 뒤따라온 백골단은 보이지 않았지만 그들이 그리 멀리 있는 것 같지는 않았다. 멀지 않은 곳에서 경찰차의 경적이 울리고, 골목 한쪽에서는 저벅저벅 죄어오는 군화 발자국 소리도 들리는 듯했다.

"저 집에 가서 숨자!"

그는 아직도 얼이 빠진 사람처럼 주변만 두리번거리고 있는 정화의 손을 끌며 마침 대문이 열려 있는 집으로 달려갔다. 그들이 마당으로 몇 발자국 들여놓기도 전에 앙칼진 목소리가 앞을 막았다.

"누구야? 누구예욧?"

"학생들입니다. 잠깐만 숨겨 주십시오."

"학생은 무슨……. 하라는 공부는 않고. 안 돼요. 나가 주세요!"

현관문을 열고 나온 젊은 여자가 날카로운 눈길로 쏘아보며 소리쳤다. 그가 조금은 어이없어 마주 바라보는데 어느새 그들이 서 있는 곳까지 걸어 나온 그녀가 대문을 가리키며 매몰차게 말했다.

"만약 나가지 않으면 경찰을 부르겠어요!"

그 말에 정화가 스르르 무너지듯 주저앉았다. 그는 놀라 그런 정화를 부축하며 그 집을 나왔다. 거기서 얼마 안 되는 곳에 멋 부린 철제 울타리가 나지막하고 정원 숲이 꽤 짙은 집이 보였다. 그는 그 정원 관목 그늘에서라도 잠시 몸을 숨길 셈으로 정화를 그리로 데려갔다. 하지만 이번에도 그런 그의 의도를 알아본 사람이 집안에 있어 허리 높이도 안 되는 그 울타리를 넘지 못하게 했다.

"거 뭐야? 누가 함부로 남의 주거를 침입해?"

정화를 부축해 막 울타리를 넘으려는데 정원수 아래에 한 중늙은이가 나타나더니 깐깐한 목소리로 그렇게 소리쳐 물었다. 그리고 그가 무어라고 대답하기도 전에 스스로 답하며 손을 내저었다.

"연대(延大)에서 난리 치던 그 패들이구먼. 만약 이 담 안으로 한 발만 들여놓으면 김일성이 쫄병질 한 죄에 주거침입죄를 보태 경찰을 부를 거라."

이번에는 그도 풀썩 주저앉고 싶었다. 세상이 그새 이렇게 변했는가. 아니 이게 어른들의 세상인가……. 하지만 그런 넋두리조차 길게 할 처지가 못 되었다. 갑자기 저벅거리는 군화 발자국 소리가 들리더니 골목 저편에서 한 떼의 백골단이 나타났다.

"신성민, 안정화. 우리가 여기서 너희들을 기다린 지 오래다. 너희를 내란음모죄와 간첩죄로 체포한다!"

그들이 그렇게 외치며 달려왔다. 집시법도 국가보안법도 아니고 내란 음모에 간첩죄라…… 거기다가 그들이 우연히 그리로 몰려든 것이 아니라 처음부터 그물을 치고 기다리고 있었음이 분명했다.

이건 아니다. 무엇이 잘못 되어도 크게 잘못 되었다. 달아나자 정화. 하지만 그가 안고 있는 정화는 깊은 잠에 빠진 사람처럼 손발을 늘어뜨린 채 깨어날 줄 몰랐다. 그는 얼른 정화를 둘러업었다. 그런데 어찌된 셈인지 이번에는 정화가 천근 무게로 그의 등판을 눌러 일어날 수가 없었다. 그는 다시 정화를 땅바닥에 내려놓고 다급하게 그녀를 흔들었다. 정화야, 일어나. 어서 달아나자. 제발 눈을 떠…….

그가 눈을 떴을 때는 방 안이 아침 햇살로 환했다. 꿈속에서 얼마나 용을 썼던지 그의 온몸이 진땀에 흠뻑 젖어 있었다. 참으로 묘한 꿈이었다. 정화에게 들은 후일담(後日譚)에다 당시에 마음 졸이며 지켜보았던 텔레비전 화면과 신문의 보도 기사가 기이할 만큼 일관되고 조리 있게 꿈으로 합성되어 있었다.

그해 정화가 연세대학교 현장 지도부 틈에 끼여 농성에 가담했다는 걸 알고 난 뒤, 그가 처음 하려고 했던 일은 어떻게든 농성장으로 들어가 정화를 빼내오는 일이었다. 그러나 그때는 이미 경찰의 포위망이 짜여진 뒤여서 그로서는 도무지 캠퍼스 안으로 들어갈 길이 없었다. 정장을 갖춰 입고 점잖은 직장과 중산층의 양식을 내세워 농성중인 누이를 데려 나오려 한다고도 해보았고, 교직원을 사칭해 보기도 했으나 정문을 막고 있던 전경들은 들은 척도 본 척도 하지 않았다.

그다음 그가 해본 시도는 농성장 밖에서 사태를 원격조종하고 있다는 외곽 지도부를 찾아 정화와 통신을 연결하는 일이었다. 비록 현장을 떠난 지는 오래 됐지만 후배들과의 왕래를 통해 그런대로 최소한의 선(線)은 유지해 왔다고 믿어온 그였다. 하지만 막상 필요해서 선을 이어보려고 하니 잘 되지 않았다. 어정쩡한 동조 세력으로 나앉아 이따금 후배들에게 술과 밥을 후하게 사주는 일로나 겨우 선배 대접을 받고 있는 그에게, 엄격한 비선(秘線)으로 보호되어 있는 전국대학 연대농성의 핵심 지도부가 쉽게 노출될 리 없었다.

이래저래 어찌해 볼 길이 없어진 그는 결국 퇴근만 하면 텔레비전에 붙어 앉아 현장 중계를 보거나 신문의 행간(行間)까지 꼼꼼히 읽으면서 사태의 추이를 세밀하게 살피는 걸 일로 삼았다. 방금 꿈속에서 본 광경 대부분은 그때 텔레비전 화면에서 보았던 것이고, 추리의 대부분은 신문 해설에서 읽었던 것이 틀림없었다. 또 캠퍼스 뒷산에서 잠복했다가 정화를 구해낸 것은 과학관에서 농성하고 있던 학생들이 그리로 빠져나갔다는 보도를 듣고 나중에 후회 비슷하게 상상해 본 일이었다. 농성장에서 빠져나온 학생들에 대한 동네 주민들의 차가운 반응도 신문에서 읽었던 것 같다.

실제 내가 정화를 만난 것은…… 그래, 사태가 진압된 날로부터 몇 달 뒤였지. 그는 자리에 누운 채 그 무렵의 일을 회상해 보았다. 파리한 얼굴에 금세 쓰러질 듯 비칠거리던 정화의 모습은 연대 교정 뒷산에서 본 것이 아니라, 그 무렵 그가 세 들어 살던 혜화동 원룸에서였다. 저녁 9시쯤이었나. 뉴스를 보고 있는데 벨이 울려 현관문을 여니 정화가 쓰러질 듯 들어서며 말했다. 선배, 나 여기서 좀 쉬고 가도 되지.

어디를 어떻게 쫓겨 다니다 온 것인지, 가엾게도 정화는 그때 그가 내준 침대에서 꼬박 스무 시간을 자고 나서야 깨어났다. 그것도 다음 날 아침 출근한 그가 다시 퇴근해 돌아온 뒤였다. 하루 종일 아무것도 먹은 것 같지 않아 그가 깨우자 그때까지도 혼절 같은 잠에 취해 있던 정화는 자신이 있는 곳조차 얼른 알아차리지 못했다. 공연히 콧등이 시큰하고 가슴이 미어지는 듯했지…… 거기까지 회상한 그가 뒤이어 펼쳐질 달콤한 추억에 빠져들려는데 전화벨이 울렸다.

"과장님, 이거 어떻게 된 겁미까? 아홉 신데 아직 집에 계시다니요. 아무 말씀도 없이."

김 대리였다. 간밤 12시 가까이 술을 마시다가 여자를 꿰차고 빠져나간 녀석 같지 않게 목소리가 싱싱하고 힘찼다. 시계를 보니 정말로 9시였다. 후닥닥 몸을 일으키며 우선 출근할 때까지 자신의 빈자리를 대신 메워 달라고 부탁하려는데, 김 대리가 키득거리며 다시 이었다.

"설마 과장님 혼자 두고 우리끼리 내뺐다고 삐치신 건 아니죠? 그만큼 우리가 형님 먼저, 하는데도 기어이 마다 하셔 놓고……."

자신만 홀로 두고 내뺐다는 말이 이상하기보다는 자신이 그만큼 처량하게 보였다는 데 오기가 상한 그가 무심코 되물었다.

"혼자 두고 내뺐다니? 우리 노랑머리는 어쩌고?"

"노랑머리요? 무슨 노랑머리?"

김 대리가 난데없다는 듯 그렇게 되물었다. 그제야 그도 이상한 느낌이 들었다.

"노랑머리 몰라? 내 곁에 앉았던 노랑머리……."

"과장님 곁에 앉은 노랑머리요? 그게 누구예요?"

"이 사람들 정신 없구먼. 미성년자 꼬신답시고 사람이 오는지 가는지도 모르고……."

"제 파트너 미성년자 아니었습다. 자다가 성매매 단속 임검(臨檢)을 당했는데 개 주민등록증이 짱짱하더라구요. 그런데 정말 과장님 곁에 앉았다는 노랑머리는 뭡니까? 그럼, 우리 가고 난 뒤에 따로 한 건 올린 겁미까?"

그러는 김 대리의 목소리가 결코 시치미를 떼는 사람의 것 같지는 않았다. 그게 더 괴이쩍어 그가 자신도 모르게 목소리를 높였다.

"아니, 김 대리. 지금 날 놀리는 거야? 뭐야? 정말로 내 곁에 앉았던 노랑머리 몰라? 아마 한 시간은 넘게 합석했던 것 같은데 그렇게 기억 안 나?"

그래도 김 대리는 끝내 노랑머리를 모른다고 우겼다. 몇 번을 확인해도 분명 혼자 취해 마시고 있는 그를 두고 나이트클럽을 떠났다는 말만 되풀이했다. 그러다가 당장 급한 것은 노랑머리가 아니라는 듯 말머리를 바꾸었다.

"그런데 과장님, 어쩌실람미까? 나오실 검미까? 말 검미까?"

실은 그에게도 출근 여부를 결정하는 일이 급했다. 처음 전화를 받았을 때만 해도 그는 한두 시간 늦은 대로 어떻게 출근해 볼 작정이었다. 하지만 몸을 일으키고 보니 구석구석이 쑤시고 결리는 듯한 느낌에다 머릿속까지 무겁고 빽빽해 마음이 달라졌다.

"실은 늦더라도 출근할 작정이었는데, 어째 만만찮네. 월차(月次) 하루 써야겠어. 어제 깃발 잡은 죄루 김 대리가 잘 처리해 줘. 오늘 하루 고객관리도 대신해 주고……."

그렇게 말해 놓고 나니 새삼 노랑머리 일을 꺼내기가 뭣해 적당히 전화를 끊고 말았다.

받고 있는 수배가 그리 엄중한 것이 아니었든지, 아니면 그가 그녀의 연고자로 당국에 노출되어 있지 않아서였든지, 정화는 그의 원룸에 석 달 가까이나 별일 없이 숨어 지냈다.

"이렇게 사는 것도 나쁘지 않은데, 선배. 우리 그만 결혼이라도 해 버릴까?"

어느 날 퇴근해 돌아오는 그를 말끄러미 바라보던 정화가 느닷없이 그렇게 말했다. 하지만 그에게는 그런 정화의 말이 느닷없다기보다는 오히려 반가웠다. 언제부터인가 그가 별러오던 일을 그녀 쪽에서 먼저 들고 나왔기 때문이었다. 그게 우리가 만난 지 몇 년 만이던가…… 다시 침대로 돌아와 누운 그는 갑자기 저려오는 가슴으로 이제는 까마득하게만 느껴지는 10년 세월 저쪽을 돌아보았다.

그가 정화를 처음 만난 것은 그만한 세월의 모멸이나 다름없이 느껴지던 군 복무를 마치고 학교로 돌아온 지 사흘 만이었다. 요즘은 어떻게들 지내고 있나 싶어 입대 전에 몸담았던 동아리 방을 찾아가 보았을 때 마침 홀로 그곳을 지키고 있던 정화가 그를 맞아주었다. 그때 스물한 살이었던 그녀는 이제 막 3학년이 되어 한창 도시빈민 문제에 열을 올리고 있었다. 산전수전 다 겪고 군대까지 때운 스물일곱의 늙다리 복학생에게는 그 발랄한 모습만으로도 신선한 충격이 될 만했다.

정화에게도 그가 유별난 느낌으로 다가든 것이 틀림없었다. 그가 학번과 이름을 대자 그녀는 마치 찬란한 전설을 되뇌듯 그의 어쭙잖은 투쟁 경력을 줄줄 늘어놓으면서 두 눈을 반짝였다. 늙은 작부의 엉덩이짓이나 다름없는 관심과 열정으로 한번 옛 동아리를 찾아가 보았던 그가 관록 있는 선배로서 다시 그곳에 슬그머니 눌러 앉게 된 것도 어쩌면 그런 그녀 때문이었을 것이다. 하지만 그 뒤로도 일 년 넘게 그들은 좀 남달리 가깝기는 해도 그저 동아리의 선후배로만 지냈다. 그러다가 이듬해 가을 근교 엠티에서 돌아오다가 그와 무슨 오래된 약속을 이행하듯 남녀로서 안게 되고 말았다.

맞아. 정말로 오래된 약속을 이행하는 것 같았어. 그날 고속버스 터미널에 내린 뒤 다른 회원들과 헤어져 둘만 걷던 우리는 그런 경우에 흔히 있게 마련인, 성가시고 멋쩍은 실랑이 없이 이제 막 간판 등이 켜진 여관으로 함께 팔을 끼고 들어갔지. 하기야 전날 밤 '상존하는 녹화사업'이라는 제목으로 발표한 군 복무중의 내 예외적인 불행이 정화에게 특별한 감동을 준 것도 같았어. 옷을 벗자 그녀가 맨 먼저 확인하고 싶어 한 것이 알코올성 성격 파탄의 혐의가 짙은 하사관에게 당한 폭력의 흔적, 내 등허리에 남은 한 뼘 남짓의 흉터였으니까. 실은 내가 겪은 녹화사업이라는 것도 의도적으로 왜곡되고 과장된 데가 있었지. 선임하사가 야전삽을 휘두를 때 '데모하다 깜빵 갔다 온 새끼'라는 욕설을 한 것은 사실이었지만 분명 그 폭력이 이른바 '녹화사업'의 일부랄 만큼 구조적이라고 보기는 어려웠어. 군 당국에서는 내 발표를 날조라고 우길 수도 있을 정도로. 하지만 어리고 경험 없는 정화에게는 그런 내 발표가 특별히 인상적일 수도 있었을 거야. 돌이켜보면 남녀로 어울려서는 안 된다는 불문율을 가진 동아리의 후배이고 나이도 다섯 살이나 적은 정화를 진작부터 한 여자로서 마음에 두고 살펴온 것은 사실이야. 억센 것 같으면서도 음영이 짙은 그녀의 얼굴이나 모르는 사람에게는 도전적으로 비칠 만큼 당돌하고 거침없는 성격을 누구보다도 예쁘고 사랑스럽게만 보아왔으니까. 하지만 그날의 발표가 결코 정화를 의식한 것은 아니었어. 더구나 그녀를 여자로 안기 위해서는……. 갑자기 정화와의 첫 번째 섹스를 떠올리면서 그는 공연히 붉어오는 얼굴로 변명하듯 그렇게 중얼거렸다.

일반적으로 남녀의 성 관계는 한번 얽히기만 하면 쉽게 상습화(常習化)한다. 그런데 정화는 달랐다. 그날 이후 그는 당연히 상습화를 시도했지만 정화는 받아주지 않았다.

"한번 그런 일이 있었다고 해서 설마 제 몸에 영구 독점권을 땄다고 생각하시는 건 아니지요? 선배. 더구나 지금은 아직 해도 다 지지 않은 대낮이에요."

며칠 만인가, 다시 둘만 거리를 걷게 된 어느 오후에 그가 슬며시 한적한 여관 쪽으로 옷깃을 끌자 정화가 찬바람 도는 얼굴로 그렇게 말했다. 하지만 그렇다고 해서 남녀로서의 그들 관계가 그대로 끝나버린 것은 아니었다. 그 뒤로도 그로서는 포착하기 어려운 어떤 미묘한 계기가 오면 정화는 또 당연한 듯 여자로 안겨왔다. 따라서 그에게 그녀와의 섹스는 언제나 스스로 열리기를 기다려야 하는 완강한 문과도 같았다.

처음 한동안 그런 상태가 불만스럽던 그는 정화의 그와 같은 성적 행태가 다른 남성의 존재 때문이 아닌지 의심했다. 특히 80년대에 떠돌던 이념적 '피 가름'의 풍문이 정화에게서 실제로 일어나고 있는 것 같아 느닷없는 질투로 불타오르기도 했다.

"뜻이 맞는 동지끼리라면 몸을 나누지 못할 것도 없죠. 그걸 금지한 불문율이라는 거, 나는 대단하게 여기지 않아요. 조직 이기주의거나 지도부의 위선이에요. 하지만 나는 아직 그 불문율을 어기면서 안길 만한 이념의 동지를 만나 보지 못했어요. 여자로서 나를 안아 본 것은 이 판에서는 선배뿐이니까, 더는 되잖은 의심으로 나를 실망시키지 마세요. 우리 못난이 늙은 왕자님."

언젠가 참지 못한 그가 그런 쪽의 의심을 쏟아냈을 때 정화는 오히려 어린아이 달래듯 그렇게 말했다.

그럼 무어란 말인가. 무엇이 정화와 나 사이를 가로막고 있단 말인가. 그래도 한동안 그는 울분에 가까운 답답함과 의심으로 그렇게 자문하며 정화 주변을 살폈다. 그녀가 들떠 있는 이념? 하지만 그것도 아니었다. 그녀에게는 틀림없이 이념에 대한 남다른 동경과 열정이 있었다. 그러나 성(性)의식을 뒤틀어 놓을 만큼 그 실현에 대한 흔들림 없는 믿음이나 온몸을 내던질 결의 같은 것은 아직 없어 보였다. 언제나 도전의 대상, 그 결전의 싸움터를 찾고 있는 듯해도 어디까지나 그것은 관념 속이었고, 그 투지도 20대 초반 여자의 감상과 욕망을 그렇게 깨끗이 지워버릴 수 있을 만큼 치열하지는 못했다. 치유하지 못한 상처 또는 과도한 성적 분방? 그 때문에 그는 흥신소 직원이라도 된 듯 그녀의 과거를 들춰 보았지만 거기서도 이렇다 할 단서는 찾아내지 못했다. 모자란 것 없는 중산층의, 그럭저럭 잘 키운 외딸이 있을 뿐이었다.

하지만 오래잖아 그도 그 불만스럽기 짝이 없는 무명(無名)의 관계에 익숙해져 갔다. 그가 대학을 졸업하고 직장을 얻고 하는 동안 정화도 졸업하고 대학원에 진학하는 변화가 있었으나 둘의 만남은 이어졌다. 대학 선후배와 운동권 동료라는 관계 뒤로 가끔씩 열리는 남녀로서의 문을 드나들면서 다시 2년이 지나갔다.

그러다가 95년 연대(延大) 사태를 만나고 정화가 그를 찾아왔다. 하지만 둘이 한 방을 쓰며 보낸 그 석 달도 정화와의 섹스는 여전히 그에게 스스로 열리기를 기다려야 하는 완강한 문이었다. 그런데 정화의 그 갑작스러운 제안은 그에게 한편으로는 느닷없었지만 다른 한편으로는 감동스럽기도 했다. 진작부터 그녀와의 결혼은 차마 입 밖에 내어 조를 수는 없어도 마음속으로는 은근히 바라오던 바였다.

반은 농담 같은 정화의 말을 내가 진지하게 받아들여 기정사실로 바꾸면서 비로소 우리의 섹스는 상습적이 되고, 이듬해에는 이 아파트로 집을 바꾼 뒤 본격적으로 신혼살림을 갖춰가기 시작했지. 거추장스럽지만 머지않아 남들 하듯 결혼식도 올릴 생각이었고……. 돌이켜보면 그래도 그때가 행복했어. 초등학교 시절의 들뜬 봄 소풍 같은 나날이었어 — 그렇게 애써 즐거웠던 일만 떠올리다가 그는 다시 혼곤하게 잠이 들었다. 그 뒤의 깊고 평온한 잠은, 어쩌면 곧 찾아들 그들 불화의 나날과 정화의 가출한 뒤의 울적한 세월로 추억을 이어가지 않으려고 기를 쓴 덕분인지도 모를 일이었다.

그가 다시 눈을 뜬 것은 정오를 넘긴 뒤였다. 몸이 좀 가뿐해지고 머릿속도 맑아진 듯한 느낌이었다. 우유 한 잔으로 빈속을 달래고 있는데 문득 아침에 김 대리와 주고받은 통화 내용이 떠올랐다. 노랑머리와는 자리를 함께 한 적이 없다는 김 대리의 말대로라면 그는 허깨비에 홀렸거나, 무슨 섬망증(譫妄症)이라도 앓고 있는 사람이었다.

그러자 그는 갑자기 자신의 기억이 의심스러워져 컴퓨터로 갔다. 간밤에 컴퓨터에서 본 것이나 자신이 한 게임도 믿을 수 없어진 탓이었다. 그 새벽 틀림없이 전원을 끄고 잠자리에 든 것 같은데 알 수 없게도 컴퓨터에는 전원이 켜져 있었다.

첫 번째 이메일을 열자 틀림없이 새벽에 본 그 동영상이 떴다. 석굴과 광장과 게시판도 그대로였고, 과장스러우면서도 선동적인 글귀도 마찬가지였다. 그래서 겨우 자신의 기억에 대한 믿음을 되찾으며 창을 바꿔 열려 하는데 '받은 편지함 새 편지 1통'이라는 붉은 글씨가 눈에 들어왔다. 그사이에 새로 들어온 메일이 있는 듯했다.

열어 보니 이번에는 동영상 같은 것은 없었으나 내용은 저번 게시판의 그것과 다를 바 없이 억압적이고 권위적인 구절이 적어도 10호는 넘는 고딕체로 시커멓게 떴다.

악마가 시기(猜忌) 때문에 창조주이시며 천상(天上)의 은혜를 베풀어 주는 분이신 천주로부터 떨어져 나간 뒤로 인류는 두 가지의 색다르고 상반되는 부류로 나누어졌으니, 하나는 진리와 덕행(德行)의 편에서 싸우는 이들이요, 다른 하나는 진리와 덕행에 맞서 싸우는 무리라. 하나는 지상의 천주님 왕국 곧 예수 그리스도의 참교회요, 다른 하나는 사탄의 왕국이라.

성 아우구스티노는, 서로 맞서는 것을 목표로 삼고 겨루는 까닭에 그 원리에서도 상반되는 두 도성(都城)을 좇아, 그렇듯 두 가지 왕국을 예리하게 구별하여 묘사함과 더불어 지극히 간결하게 각각의 동인(動因)을 설명하였음이라. 두 가지 사랑이 두 도성을 이루나니. 자아를 사랑함은 사탄의 도성을 이루어 천주를 모욕하는 데까지 이르고, 천주께 대한 사랑은 천상의 도성을 이루어 자아에 대한 멸시로 이끄느니라. 시기마다 각각은 비록 늘 같은 열성과 공격의 정도는 아니지만, 다양한 무기와 전

투로써 다른 편과 갈등하는도다.

그런데 이번에는 악한 무리가 한데 뭉침은 물론 가진 힘을 다해 싸우고 있는 듯한, 즉 굳세게 짜여지고 널리 퍼진 모임에 의해 꾐을 당했거나 원조를 받고 있도다. 저들은 자기네 목표 중 어느 것도 더 이상 비밀로 삼지 않을뿐더러 감히 천주님을 거슬러 일어나려 하고 있도다. 저들은 공공연하게 드러내놓고 성스런 교회를 파괴할 것을 계획하고 있나니, 그리스도교계 나라들에게서 우리의 구세주 예수 그리스도를 통하여 베풀어지는 강복(降福)을 될 수 있는 대로 철저하게 약탈하려는 목표를 세움으로써 그렇게 하는도다.

짐의 권능에 맡겨진 예수 그리스도의 왕국이 온전하게 유지될 뿐만 아니라, 날로 성장하여 전 세계에 확장될 수 있도록, 그 위험성을 지적하고, 누가 악마인지 표시해 주며, 온 힘을 다해 저들의 계획과 발상에 맞서 봉기하게 하는 것이야말로 짐의 임무니라.

저들은 흔히 배울 목적으로 모인 학자 및 문학가인 양 사칭(詐稱)하나니, 훨씬 세련된 품위를 지향함에 대하여 자기들이 얼마나 열정적인지를 말하는 한편으로 빈자(貧者)를 사랑한다고 역설하며, 자신들이 바라는 것이란 그저 대다수 민중이 처한 환경을 개선하여 시민 생활의 유익을 가능한 최대 다수와 함께 누리는 것이라고 공언하는도다…….

그러나 짐짓 겉꾸밈 속에 스스로를 감춘 채로 사람들을 꼼짝도 못하게 얽매이게 하여, 충분한 근거를 대지 않아도 노예처럼 맹목적이게 만들며, 숨어 있는 다른 이의 의지에 노예화된 자들을 이용하여 오만 방자하게 굴기를 밥 먹듯 하는도다. 뿐만 아니라 무기를 가지고 오른손에 피를 묻힐 준비가 되어 있는 자들을 만들어낸 다음에는, 살인을 하더라도 처벌하지 않겠노라고 하니, 이는 곧 그 모두가 인간성이 설자리를 잃은 극악무도함에 지나지 않음이니라…….

글은 그렇게 끝나 있었다. 그러나 다 읽고 난 그는 그 새벽과는 달리 울컥 짜증이 났다. 이 예수쟁이들이 남의 편지함을 빌려 도대체 무슨 짓들을 하고 있는 거야. 하나는 지가 무슨 삼엄한 선지자라도 된 듯 허풍을 치고 겁을 주더니, 이건 또 교황 성하(聖下)라도 되는 듯 온갖 건방을 다 떨고 있지 않은가. 같잖은 것들, 그런 느낌으로 그는 두 메일을 모두 지워버렸다.

3

증권시세 변동을 알아맞히는 것은 벌건 사막에 미친개를 풀어 놓고 그 개가 어디로 갈지를 알아맞히는 것과 같다는 말이 있다. 미치지 않은 개를 풀어놓아도 그 개가 어디로 갈지를 맞히기는 쉽지 않다. 그런데 미친개가 되면 예측의 어려움은 훨씬 더 커진다. 또 미친개라 하더라도 사방에 서로 구별되는 무엇이 있으면, 그 중에 혹시 미친개가 좋아하는 색깔이나 사물이 있을 수도 있어 그 개가 뛰어갈 방향을 추측해 볼 길이 전혀 없지는 않다. 그런데 사방이 똑같이 벌건 사막이라면 그런 추측마저도 어렵다.

증권사에 들어오고 몇 해 뒤까지도 그는 무슨 지표(指標)니 곡선이니 하는 것들과 동향, 공시(公示) 따위를 자료로 삼은 분석 종합과 예측을 믿었다. 계산이 좀 까다롭고 복잡하기는 하지만 증권시장은 어디까지나 정연한 질서를 가진 제도이며, 그곳에서의 성패도 결국은 과학성과 합리가 좌우하는 것이라 여겼다. 그런데 증권사 근무 10년째로 접어드는 지금은 달라졌다.

갈수록 우리 증권시세는 예측 가능성에서 멀어지더니 요즘에는 말 그대로 벌건 사막에 풀어놓은 미친개처럼 느껴졌다. IMF사태로 역대 정권 중에서 가장 큰 떡을 만지게 된 이 정권의 손에 묻은 떡고물은 오래 굶주린 위에 갑작스레 우겨 넣은 기름진 고깃덩이 꼴이 되어 소화되지 못한 채 자본시장으로 쏟아져 나왔다. 거기다가 벤처 기업이니 아이티 산업이니 하는 것을 앞세운, 다분히 기획된 혐의가 짙은 이 정권 전반부의 활황(活況) 장세를 타고 튀겨진 지하자금들이 더해져, 비틀린 이 나라 자본시장의 틈새를 노리며 떠도는 자금이 이제 300조(兆)를 훨씬 웃돈다고 한다.

그 자금의 일부가 증권시장에 밀려들어 본격적인 머니 게임이 되면서 이미 이 시장의 개는 고전적인 수요 공급의 원리로는 어디로 뛸지 짐작할 길 없는 미친개로 바뀌었다. 그러다가 금리가 완전히 경쟁력을 잃고, 부동산 시장에 규제가 시작되면서 시장 주변마저 벌건 사막으로 변했다. 흔히 말하는 자금운용의 삼박자 어느 장단에 맞추어도 불확실성은 비슷했고, 그래서 불만과 불안도 마찬가지였다.

그날의 증권시세도 어김없이 벌건 사막에 풀어놓은 미친개였다. 뉴욕 증시가 어쩌고, 미국의 이라크 공격 계획이 저쩌고 하는 해설이 있었으나, 실은 머니 게임이 가지는 특성 중의 하나인 투자심리의 변덕으로 죽 끓듯 하던 장(場)은 결국 지수가 30포인트 가깝게 빠지면서 끝이 났다. 장 막판에 하한가(下限價)로 보유주식을 다량 내던진 고객의 매매 확인 전화를 마지막으로 일을 끝냈을 때는 오후 4시가 조금 넘어 있었다.

그가 느닷없이 밀려드는 피로를 담배로 달래고 있는데 김 대리가 빙글거리며 다가왔다.

"정말 가보시겠습니까?"

"어디를?"

"그 나이트 말입다."

그제야 그는 점심때 있었던 일이 퍼뜩 떠올랐다. 며칠 전 나이트클럽 '샹그리라'에 같이 갔던 '종각'패거리와 우연히 한 식당에 모여 점심을 먹게 되면서 그날 밤에 있었던 일이 다시 화제가 되었다. 먼저 나이트클럽 물 좋았다는 걸로 시시덕거리다가 서로 눈치를 보아가며 각기 데리고 나간 여자애들 얘기를 털어놓기 시작했다. 그래서 그도 조금 멋쩍어하면서 노랑머리 얘기를 꺼냈는데, 참으로 알 수 없는 일은 김 대리뿐만 아니라 나머지 두 녀석도 그녀를 전혀 기억하지 못하는 것이었다.

"이거 셋이서 짜고 날 놀리는 거 아냐? 정말로 몰라? 내 곁에 앉았던 노랑머리. 잘 기억해 봐. 초등학교 아이 같은 얼굴. 내가 왜, 대학 졸업하고 바로 장가만 갔어도 너만한 딸이 있었을 거라고 그랬잖아?"

나중에 그는 그렇게까지 다그쳐 보았으나 녀석들의 대답은 한결같았다. 기억이 안 나는 게 아니라 그런 여자아이가 아예 없었다는 주장들이었다. 그 바람에 그는 공연히 섬뜩한 기분까지 들어 마음에도 없는 호기를 부리고 말았다.

"좋아. 그럼 기본은 내가 쏠 테니까, 오늘 저녁 한 번 더 거길 가 보자구. 그 웨이터 녀석은 알 거야. 부킹해 준 녀석 말이야."

하지만 사무실로 돌아온 뒤 두어 시간은 상투 잡은 꼴이 된 단골들에 치여 그 일을 까맣게 잊고 있었는데, 이제 김 대리가 다시 그걸 일깨워준 것이었다.

"글쎄……. 가봐야겠지. 아무래도…… 뭐가 이상하지 않아? 21세기 대명천지에 도깨비를 데리고 논 것도 아니고 말이야."

그가 애매한 기분으로 그렇게 우물거리는데 김 대리가 문득 정색을 했다.

"조금 이상하기는 하지만…… 우리 종각 클럽은 오늘 아무래도 어렵겠습다. 미리 한 약속들이 있는가 봅니다. 저도 가볼 데가 있고."

"허, 이 사람들 봐. 아까는 아무 소리도 않더니."

"실은 주머니 사정들도 있을 겁니다. 과장님이 기본을 쏘신다고 해도 거기까지 가서 맥주만 몇 잔 찔끔거리다 일어날 수는 없는 거 아임미까? 하지만 아무리 계집자식 없는 몸들이라 해도 사흘

도리로 부킹 놀기는 무리죠. 그것도 여자애들 하고 올나이트까지 가기는…… 다음에 봅시다."

그러고는 눈을 찡긋하며 제자리로 가버렸다. 노랑머리가 정말로 있었느냐 없었느냐를 확인하지 못하는 게 아쉽기보다는 함께 술자리를 못해 주는 게 미안할 뿐이라는 표정이었다.

주말이라 그런지 아직 초저녁인데도 호텔이 들어선 이면도로 입구는 바로 사흘 전에 와본 적이 있는 골목 같지 않게 북적거렸다. 오가는 사람이 많은 데다 이런 저런 노점상들이 길가에 줄지어 들어서 택시가 들어가기도 어려울 지경이었다.

"여기서 내려 조금 걸어 들어가십쇼. 죄송합니다, 선생님."

젊은 택시기사가 물어보지도 않고 골목 입구에 차를 세우며 그렇게 말했다. 그러나 말투와는 달리 얼굴에는 별로 죄송해하는 기색이 없었다.

택시에서 내려 걸으면서 전과 달리 취하지 않은 눈으로 찬찬히 살펴보니 참으로 묘한 골목이었다. 카페 레스토랑 로바다야키 사이에 노래방 하나, 바 단란주점 전주해장국에 이어 영상가요방, 룸살롱 오비호프 만리장성 하다가 가라오케, 소주방 민속주점 춘천닭갈비집에 또 노래주점, 해서 철저하게 '먹고 놀자' 판으로 짜여진 골목이었다. 그날 밤 얼큰해서 택시에 타기는 했지만, 그래도 한 번 지나가 본 적이 있는 골목인데도 처음 보는 양 낯설었다.

그는 약간 서먹해져 호텔 쪽 이면도로로 난 골목으로 들어섰다. 그러나 한편으로는 그날 밤 구닥다리로만 느껴지던 그 나이트클럽이 그처럼 흥청거렸던 이유를 알 것도 같았다.

"회개하라. 천국이 가까웠느니라!"

갑자기 누가 등 뒤에서 소리쳤다. 맛이 간 예수쟁이가 여기까지 온 모양이구나……. 그는 뒤돌아보지 않고 내처 걸으면서 그렇게 중얼거렸다. 그때 다시 그 목소리가 주변의 소음을 압도하고 고막을 울려왔다.

"하나님께서 내려치실 심판의 도끼가 열매 맺지 못하는 나무들의 뿌리에 이미 놓여 있다. 그런 나무는 모두 도끼에 찍혀 불 속에 던져질 것이다."

이번에는 어울리지 않게 그윽하면서도 거룩함이 깃든 떨림까지 있었다. 그가 조금은 한심한 기분으로 이런 놀자판 골목에서 그런 소리를 외쳐대는 사람을 찾아 뒤를 돌아보았다. 하지만 한참이나 찬찬히 둘러보아도 누가 그렇게 소리쳤는지 쉽게 알아볼 수 없었다. 거기다가 참으로 알 수 없는 일은 그에게는 화들짝 놀랄 만큼 큰 외침이었는데도, 길을 가던 사람들이나 노점상들은 아무 소리도 못 들은 듯 저마다 제 할 일에만 열중해 있는 것이었다.

그게 묘하게 사람을 긴장시켜 그는 한 번 더 찬찬히 주변을 둘러보았다. 하지만 어디로 숨어버렸는지 그 외침의 임자는 끝내 알아낼 수 없었다. 다만 그로부터 몇 발자국 뒤떨어져 따라오고 있는 한 추레한 청년이 까닭 모르게 눈길을 끌 뿐이었다.

몸에 휘휘 감기는 듯 얇고 검은 천으로 지은 외투를 걸친 그 청년은 알아보게 다리를 절름거렸는데, 왼편 옆구리에 무언가 한 뭉치 종이꾸러미를 끼고 있었다. 어찌 보면 그 종이꾸러미가 무거워 비틀거리는 것 같기도 했다. 하지만 그런 시각 그런 골목에서도 전도할 수 있다고 믿는 맛이 간 예수쟁이 같지는 않았다.

숨어버린 걸 보니 황당한 소리를 했다는 것은 저도 아는 모양이군……. 그가 그렇게 중얼거리며 고개를 돌리려는데 갑자기 날카롭게 쏘아오는 빛살 같은 게 있었다. 문득 고개를 들어 그를 마주 보는 청년의 눈빛이었다. 번득였지만 왠지 음침하고 불길한 느낌을 주는 데가 있어 그는 자신도 모르게 걸음을 멈추고 그 청년을 바라보았다.

그가 살피듯 바라보자 청년은 황급히 눈을 내리깔았다. 그런 청년의 얼굴에는 절름거리는 걸음걸이만큼이나 뚜렷하게 저능 또는 지진(遲進)의 인상이 있었다. 조금 전에 느낀 날카로운 빛살은 순간적인 현기증을 과장되게 느낀 것이거나 번쩍이는 네온사인이 진열장 유리에 반사된 것을 잘못 본 듯했다.

거기다가 그 청년이 갑자기 생각났다는 듯 옆구리에서 뽑아 지나가는 사람들에게 내미는 종이쪽지도 그가 품었던 의심을 깨끗이 풀어주었다. 울긋불긋한 인쇄에 여자 사진 같은 것이 들어 있는 것으로 보아 무슨 유흥업소 광고 용지 같았다. 룸살롱이나 단란주점이 많은 골목에서 흔히 볼 수 있는 싸구려 호객꾼이 분명했다.

그대로 두면 뒤쫓아와 자신에게도 그 광고 용지를 내밀 기세라 그는 얼른 고개를 돌리고 걸음을 빨리했다. 그런데 몇 발자국 옮기기도 전에 또다시 그 외침이 들려 왔다.

"나는 너희를 회개시키려고 물로 세례를 준다. 그러나 나보다 훨씬 위대한 분이 오시면 그분은 성령과 불로 세례를 주실 것이다. 그분은 너무나도 위대하시니 나는 그분의 신발을 벗겨드릴 자격도 없다. 그분은 손에 키[箕]를 들고 자기 타작마당의 곡식을 까불러, 알곡은 모아 곳간에 들이고 쭉정이는 꺼지지 않는 불에 태우실 것이다."

거기까지 듣고 나니 어딘가 귀에 익은 성경 구절 같았다. 불법 복사 테이프를 파는 노점상 리어카의 휴대용 오디오 세트에서 재생된 기독교 설교 테이프인가…… 그가 그런 추측으로 귀를 기울이는 사이에도 그 외침은 이어졌다.

"귀 있는 이는 모두 들어라. 이제 날은 다 되었고 머지않아 그분께서 이곳에 이르실 것이다. 지금 여기로 그분께서 오고 계시다. 등불을 마련하고 깨어 기다리다 그분을 맞도록 하라. 신랑이 왔는데도 잠들어 맞이하지 못한 미련하고 어리석은 신부가 되지 말라."

조금 전보다 그윽하거나 거룩한 느낌은 덜했지만 목소리는 한층 힘 있고 뚜렷했다. 그것도 자신의 귀에 대고 지르는 소리 같아 그가 다시 힐끗 돌아보았다. 그러나 이번에도 그렇게 외쳤을 법한 사람은 어디에도 보이지 않았다. 다만 그 절름발이 청년만이 바짝 뒤쫓아 따라오다가 그가 갑자기 돌아서자 찔끔하며 마주 바라보더니 손에 들고 있던 광고 전단을 쑥 내밀었다.

그가 얼결에 받고 보니 짐작대로 유흥업소 광고 전단이었다. 종류가 다른 두 장이었는데, 하나는 '벌떼 미인촌'이라는 단란주점을 선전하고 있었고, 다른 하나는 '해진 뒤'라는 상호의 룸 살롱을 선전하고 있었다. 얼굴을 거의 알아볼 수 없을 만큼 선명도가 좋지 못한 수영복 차림의 젊은 여자 사진을 싣고 있다거나 '술·안주 실비제공'과 '화끈한 서비스'에 '2차 백 푸로 보장'은 전단 모두가 비슷했다.

"에이, 우리 '샹그리라'에서는 그런 거 없습니다. 연락처는 무슨……. 그저 그냥, 그날그날 서로 인연 닿는 대로 연결해 드릴 뿐이죠."

'신(申)바람'이라는 명찰을 단 앳된 얼굴의 웨이터는 그가 누구를 찾는지를 대기도 전에 그렇게 잡아떼기부터 했다. 부킹을 해준 여자들의 연락처를 알고 있는 것 자체가 큰 죄가 된다는 듯한 표정이었다. 자신이 홀로 찾아와 정색을 하며 물은 게 경계심을 일으킨 것 같았다. 그는 먼저 신바람의 경계심부터 풀어주려고 얼른 말투를 바꾸었다.

"뭐, 다른 뜻이 있어서가 아니고…… 무지 마음에 드는 애여서……. 그러고 보니 그날 부킹 정말 고마워. 요즘 애들 말대로 캡이었어. 끝내주는 애였다고."

그렇게 말하다 보니 그날 밤 노랑머리에게서 느꼈던 것들이 정말로 그리운 추억처럼 되살아났다. 그것도 얼마나 생생한지, 작고 촉촉한 벌레들이 그녀의 몸에 닿았던 자신의 살갗 위를 스멀거리며 기어다니는 듯했다. 그런 느낌이 그의 목소리를 진지하게 들리도록 했는지 신바람이 다소 누그러진 말투로 물었다.

"그럼 연락처를 받아놓으시지 그랬어요. 긴밤까지 갔다면서 헤어질 때 핸드폰 번호 같은 거 받지 않으셨어요?"

"받았지. 그런데 잃어버렸다는 거 아니냐?"

그가 짐짓 능청을 떨며 말을 받았다. 그리고 정말로 몸이 단 바람둥이처럼 지갑에서 만 원짜리 한 장을 꺼내 신바람의 윗주머니에 찔러 주었다. 녀석이 마지못한 척 돈을 받아 넣고 히죽 웃으며 말했다.

"누굴 부킹시켜 드렸더라? 누구였죠? 경자네 패거리였나……."

"이름은 마리라고 그랬는데, 아마 지어낸 이름 같고……. 노랑머리, 그래 옆 가르마 쪽에 한 줄 갈색을 빼고는 샛노랗게 머리를 물들인 애……."

"예? 그날 제가 애들 셋 한꺼번에 넣어드리지 않았어요? 형님

들은 네 분이셨고……. 걔들 중에는 노랑머리로 염색한 애가 없었는데."

그만하면 신바람의 기억력도 제법이었다. 그가 그런 신바람의 기억력을 북돋워 주듯 말을 받았다.

"나중에 걔 하나만 데려다가 내 곁에 앉혔잖아? 걔가 어려 뵈지만 그래도 주민등록증 앞 번호가 7로 시작한다면서."

"그래요? 그런 기억은 없는데……."

거기서 신바람의 얼굴에 잠시 난감해하는 표정이 떠올랐다. 한참이나 공들여 기억을 더듬는 듯하더니 갑자기 물었다.

"그런데 노랑머리라고 하셨어요? 휘청거리고 푸석푸석하고 눈이 텅 빈 것 같고……."

눈이 텅 빈 것 같고, 할 때 그는 신바람이 노랑머리를 알고 있다는 확신을 가졌다. 그녀가 처음 옆자리에 앉았을 때 그도 신바람과 똑같은 느낌을 받았다. 눈동자가 남보다 크고 검어서 그런지 왠지 두 눈이 텅 빈 듯했다.

"그래, 맞아. 틀림없이 걔야. 혹 걔 연락처 알아?"

그녀가 실재하는 인간이라는 게 이상한 안도감을 주며 그의 목소리를 조금 들뜨게 했다.

"그런데 걔라면 제가 부킹한 적이 없는데요. 형님 자리뿐만 아니라 이 나이트에서는 한번도 부킹시켜 준 적이 없어요."

그 말에 그가 다시 다급하게 되물었다.

"그럼 어떻게 걜 알아?"

"그냥 근래 몇 번 여길 서성인 적이 있어서요. 그런 노랑머리라면 여기 나오는 애는 걔밖에 없으니까. 하지만 언제나 혼자 와서 기웃거리다가 없어지곤 했는데…… 그날 밤은 걔가 그냥 형님 곁에 가 앉았나……."

"네가 데려왔잖아? 니네 나이트클럽에서 가장 세련되고 품위 있는 숙녀라고도 했지, 아마."

"그건 더 아닌데요. 세련되고 품위 있는 숙녀, 그건 제가 쓰는 말이 아니거든요."

그러자 다시 가슴이 묘하게 섬뜩해 왔다. 이제는 그녀가 실재하는 게 밝혀졌기 때문에 자신과 신바람의 기억이 부딪히는 게 오히려 더 기분 나빴다.

"잘 생각해 봐. 분명 네가 데려왔어."

신바람도 그 부분에 대해서는 단호했다. 그녀를 데려온 걸 부인할 뿐만 아니라 그의 기억을 대놓고 의심했다.

"형님, 그날 좀 취하신 것 같았는데, 뭘 잘못 기억하고 계신 거 아닙니까? 여기말고 다른 데 이차 가셨다가 일어난 일이거나. 웨이터 노릇 하다 보면 가끔씩 얼토당토않은 이야기로 끊어진 필름 이으려는 분들 자주 봅니다."

"아니라니까!"

그가 울컥 짜증이 나 목청을 높이다가 문득 타협하듯 물었다.

"그런데 그런 노랑머리가 있긴 있다는 말이지?"

"그건 그렇습니다만."

"좋아. 그럼 걔만 찾으면 알 수 있겠군. 네가 맞는지 내가 맞는지는 말이야. 걔 오늘도 나왔는지 한번 돌아봐."

"아직은 안 보이는 것 같은데요."

"그렇다면 이왕 온 김에 기다려 보지. 술하고 안주 기본으로 가져 와."

그 혼자서 한 테이블 네 사람 몫의 기본을 물어야 하는 게 억울했지만, 이미 점심때부터 각오한 일이었다. 거기다가 신바람과 말을 주고받는 동안 감정이 과장되어 어느새 노랑머리는 꼭 만나야 할 사람이 되어 있었다. 그는 곧 성의 없이 차려낸 과일을 안주 삼아 '기본'으로 나온 병맥주를 비우기 시작했다.

하지만 나이트클럽 '샹그리라'는 그런 목적으로 술을 마시고 앉아 있기에는 별로 좋은 곳이 못 되었다. 채 9시도 되기 전에 취해서 흥청거리는 사람들에게 쫓기듯 그곳을 나오지 않을 수 없었다.

그 저녁 자신이 한 짓을 새삼 어이없어 하며 그가 이면도로를 빠져나오는데, 문득 골목 저쪽 큰길가에서 무언가가 번쩍, 하는 것이 있었다. 얼른 눈길을 모아 보니 한 떼의 사람들 속에 섞인 노랑머리였다. 그녀는 그 사람들과 함께 이제 막 녹색으로 신호가 바뀐 횡단보도로 꺾어들고 있었다.

"어이……."

그는 그렇게 소리치며 노랑머리 쪽으로 급히 달려갔다. 그런데 몇 발 가기도 전에 갑자기 누가 뒤에서 발목이라도 잡아챈 듯 몸이 앞으로 확 쏠리며 그대로 엎어지고 말았다. 하도 모질게 패대기쳐지듯 엎어져 하마터면 얼굴을 길바닥에 갈아 부칠 뻔했다.

반사적으로 몸을 일으킨 뒤에 겨우 정신을 차려 발 밑을 보니 저만치 무언가로 불룩한 비닐 가방 하나가 보였다. 원래 길가에 놓여 있었으나 그의 발에 채여 보도 가운데로 밀려 나온 듯했다.

"누가 이런 걸 여기다가……."

그가 성나 소리치며 가방의 임자를 찾는데 어딘가 낯익은 사람의 그림자가 머뭇거리며 다가왔다. 초저녁 호텔이 있는 이면도로로 접어드는 길목에서 보았던 그 추레한 청년이었다. 청년이 죄지은 표정으로 가방을 집어 들며 그를 향해 소리쳤다.

"으버, 으버버, 으, 으버……."

험악하게 마주쳐 가던 그는 청년이 절름발이에 벙어리까지 겸하고 있다는 걸 알자 갑자기 맥이 쭉 빠졌다. 알아들을 수 없는 외마디 소리와 손짓 발짓으로 무언가를 변명하는 청년을 버려두고 노랑머리가 사라진 쪽을 보니, 어느새 횡단보도의 녹색 신호등은 붉은색으로 바뀌어 있고 그녀는 큰길 건너편의 인파 속에 묻혀 보이지 않았다.

4

대통령 선거가 얼마 남지 않아서인지 텔레비전에서는 이제 열기를 넘어 요기(妖氣)까지 느껴졌다. 얼굴 한번 붉힘 없이, 현 정권의 부패와 비리를 따지는 것을 소모적인 정쟁이며 비열한 인신 공격으로 규정하고, 이제부터 생산적인 정책 대결을 하자고 야당에게 제의하는 여당 후보의 천연덕스러운 표정이 바로 그랬다. 인상부터 혐오스러운 사기 전과자를 내세워 5년 전 바로 이 선거에서 그토록 요긴하게 써먹은 병역 비리를 또다시 확대 재생산한 뒤 텔레비전을 동원해 숨 넘어 갈 듯 떠들 때나, 여당 대변인까지 나서서 터무니없는 야당 후보의 20만 달러 수회(收賄)를 우길 때가 차라리 정직한 선거 열기였다.

야당이라고 크게 나을 것도 없었다. 분배 정책에서는 소극적일 수밖에 없는 보수 정당인 야당의 대통령 후보가 약속하는 복지 수준이 가장 급진적인 민주노동당 후보보다 오히려 높았다. 주한 미군 지위 협정 개정을 위한 서명 운동에도 한때 PD계열로 분류되기까지 했던 여당 후보보다는 어쩔 수 없이 우파를 떠맡게 되어 있는 야당 후보가 먼저 달려갔다. 불행한 사고로 죽은 두 여중생을 떠메고 미국을 수렁 속에 처박으며 싸구려 민족주의 잔치를 벌이는 촛불 시위에도, 보수를 떠맡아야 할 야당 후보가 먼저 참석했다. 한 표에 갈팡질팡한다기보다는 모두가 어떤 요기에 홀려 있는 듯했다.

추악한 이미지 전쟁 — 입으로는 그렇게 중얼거리면서도 특별하게 격렬한 감정 없이 그는 텔레비전을 껐다. 방 안이 갑자기 너무하다 싶을 만큼 조용하고 어두워졌다. 그는 거실에 불을 켜려다 말고 반 넘게 내려진 커튼 쪽으로 갔다. 커튼을 올려 바깥 빛도 끌어들이고 베란다 문을 조금 열어 며칠째 닫혀 있었던 방안 공기도 한번 갈고 싶어서였다.

그런데 창가에 가서 보니 바깥에는 눈발이 휘날리고 있었다. 그는 잠시 커튼을 걷으려던 손길을 멈추고 밖을 내다보았다. 짙은 하늘에서 잇달아 쏟아져 내리는 눈송이가 얼마나 빽빽한지 7층에서 아파트 주차장이 잘 보이지 않을 정도였다.

그래. 맞아 눈이 올 거라고 그랬지. 그는 전날 퇴근 무렵 종각 클럽 녀석들이 스키장 부킹, 어쩌고 하며 저희끼리 몰려 수군거리던 것을 떠올렸다. 그때는 무심히 들어 넘겼는데, 하룻밤을 보내고 나서 새삼 떠오르는 게 조금은 이상했다. 창문까지 열고 밖을 내다보게 된 것도 마찬가지였다.

그는 자신의 그 별난 느낌이 첫눈이어서 그런가 싶었으나, 기억은 이내 그게 아님을 알려 주었다. 벌써 보름 전쯤인가, 일찍 내린 서설(瑞雪)이라는 호들갑과 함께 동해안 산마루의 눈꽃 화려한 영상을 텔레비전에서 본 적이 있었다. 무언가 평소와는 다른 감정이 그를 몰아대고 있는 듯했다.

한참 동안이나 망연히 밖을 내다보던 그는 찬바람에 깨어나 통유리 미닫이를 닫으면서 비로소 그 낯선 감정의 실체를 짐작할 수 있었다. 그것은 일종의 심란함이었다. 눈송이 몇 개가 휘날리기만 해도 방 안에서 그냥 배겨나지 못한 때가 내게도 있었다. 그런데 이제는 하늘 가득한 눈보라를 보고도 아무런 감흥을 느끼지 못하게 되고 말았다…….

소파로 돌아온 그는 담배를 찾아 물면서 전혀 예정에 없던 외출을 계획해 보았다. 해장국 라면으로 아침을 때운 게 방금 같은데 시간은 어느새 정오를 넘기고 있었다. 누구를 불러 무엇을 할까. 그러나 토요일 오후에 갑자기 불러낼 만한 사람은 얼른 떠오르지 않았다. 자신처럼 일주일에 닷새 근무를 하는 친구들은 이미 쉽게 불러낼 수 있는 곳에 있을 것 같지 않았고, 아직 엿새를 꼬박 근무하는 친구들도 토요일 그때쯤은 다른 약속에 묶여 있을 것 같았다.

오랜만에 집에나 가볼까 싶었으나, 지난번에 갔을 때를 떠올리자 그것도 썩 마음이 내키지 않았다. 어머니는 거동이 불편한 데다 치매 기운까지 있어 형의 집안에 드리운 어두운 그림자처럼 누워 있었다. 그새 머리가 더 희어진 형은 까닭 모르게 지친 기색과 심술궂음으로 늙은이 티를 내기 시작했고, 얼마 전까지만 해도 곱상한 데가 있던 형수는 정년을 몇 해 앞둔 하급 공무원 부인의 불만과 불안으로 팍삭 늙어 있었다. 짐작 못할 저희들의 세계에 빠져 있던 조카들도 갑자기 거기서 불려 나오는 게 싫었던지 오랜만에 찾아온 삼촌을 할금거리며 마지못해 안겨왔다. 어머니 잡비를 십만 원 올려 달에 삼십만 원을 자동이체 하는 것으로 형수를 위로하고 집을 나섰지만 왠지 발길이 가볍지 않았다.

휘날리는 눈발을 바라보며 술이나 한잔 할까도 싶었으나 그것도 아니었다. 눈발을 바라보며 술을 마실 곳도 없거니와, 갑자기 불려나와 함께 취해 줄 사람도 없었다. 극장도 마찬가지였다. 오랜만에 대형 스크린과 질 좋은 사운드로…… 하다가 토요일 오후 시간대의 바글거리는 극장 매표구를 떠올리자 그런 기대도 곧 시들해졌다.

이 고적함과 무망함. 삶이 이렇게 외롭고 쓸쓸할 수 있는가. 애타게 바라는 것도 없고 당장은 가슴저려 하며 그리워하는 사람도 없다 — 그는 담배를 끄고 일어나 방안을 서성대기 시작했다. 스스로 느끼기에도 야릇하게, 갑자기 밀려든 무어라 형언할 수 없는 슬픔이 사람을 안절부절못하게 했다.

그가 대낮부터 컴퓨터 앞에 앉게 된 것은 아마도 그런 갑작스럽고도 수상쩍은 감상에 대책 없이 끌려다니기 싫어서였을 것이다. 채팅으로라도 해야 할 일과 만나고 싶은 사람을 만들려고 그는 서둘러 부팅을 시켰다. 그렇게 해서라도 그날따라 점점 더 무겁게 자신을 내리누르는 고적감과 무망함을 잊고 싶었다.

인터넷에 연결한 뒤 습관적으로 이메일을 열어 보니 그새 보내온 편지가 무려 일곱 통이나 쌓여 있었다. 전날 열어 보지 않고 잠자리에 들어 메일이 쌓인 듯했다. 그 때문에 컴퓨터를 켠 것은 아니었으나 확인하지 않은 편지를 그냥 두고 갈 수도 없어 차례로 열어 보았다.

첫 번째는, 이제는 발을 끊다시피 한 동호인 단체의 정기모임 안내였고, 두 번째는 운동기구를 선전하는 스팸 메일이었다. 세 번째 네 번째도 그럴싸한 아이디로 눈길을 끄는 스팸 메일이었는데 내용은 사채(私債) 광고와 포르노 동영상 선전이었다. 그런데 다섯 번째 메일을 열던 그는 예사롭지 않은 느낌에 가슴부터 철렁했다. 지난번처럼 석굴도 없었고, 특별한 도안이나 게시판 같은 것으로 인상을 강화하고 있지는 않았으나, 시원스런 크기로 떠 있는 문장이 첫줄부터가 낯설지 않았다. 근래 잇달아 번지수를 잘못 찾아오고 있는, 허황되면서도 뒤숭숭한 메일의 속편 같았다.

참된 사람의 아들이여. 하나 된 우리 지혜로 기름 부은 자여.

너는 빈들[曠野]에서 들려온 외침소리에 놀랐구나. 그 어지럽고 거짓된 말에 홀렸구나. 너는 의심으로 눈멀고 걱정으로 귀먹었으며, 네 가슴은 두려움에 떨고 있구나. 하지만 아니다. 아니다. 세 번 아니다. 엉터리 예언자들이 날로 먹은 메뚜기에 체하고 함부로 마신 석청(石淸)에 취해 헛것을 보고 하는 소리다. 허술한 입성으로 빈들의 독한 밤기운을 쐰 탓에 오른 신열(身熱)에 들떠 내지르는 흰소리다.

변증(辨證)의 용광로를 거쳐 저 태초(太初)보다 고양된 하나가 된 우리가 다시 한번 너희에게 말하노니, 너희는 부질없이 의심하고 걱정하지 말라. 이제 와서 너희가 새삼 두려워할 일도 없거니와 더 기다려야 할 이도 없고 그가 가져 올 것도 없다. 우리는 너희를 지어낼 때 이미 모든 것을 주어 보냈다.

우리의 뜻을 알려고 헛되이 애쓰지 말라. 너희 영혼에 모두 담겨 있어 길어내지 않아도 절로 솟으리라. 너희 자랑과 부끄러움을 너무 분별하지 말라. 우리가 준 것을 너희는 겨자씨만큼도 더하거나 덜지 못한다. 너희가 하는 모든 일은 하늘에서도 땅에서도 아무 빛깔이 없다. 너희는 지음 받아 태어나면서 이미 완성되었다. 우리는 스스로 분별하는 번거로움 대신에 너희에게 착함을 부어 넣었고, 간섭하는 수고로움을 피하고자 슬기와 앎을 더하였다. 너희는 부질없이 하늘을 우러러 찾지 말아라. 우리는 너희를 땅 위에 세웠으니 구함도 풀리고, 놓여남도 땅 위에서 찾으라.

진실로, 진실로 너희에게 이르노니, 너희에게 빼앗아서 우리 거룩함에 더할 것은 아무것도 없고, 너희를 낮춰 우리를 높일 것 또한 아무것도 없다. 너희 괴로움 위에 우리 즐거움이 있을 리 없고, 너희 슬픔이 우리 기쁨이 될 리 없다. 너희를 가장 잘 섬긴 자가 우리를 가장 잘 섬긴 자이며, 이 땅 위에서의 모든 것은 너희에게서 일어나고 너희에게서 끝나리라.

그런데 이제 다시 누가 오고, 오는 그가 무엇을 한단 말이냐. 그가 무엇의 로고스며 누구의 육화(肉化)란 말이냐. 지난날 반쪽의 말씀이 몸을 입고 이 땅에 왔으나, 그 몸은 너희 처형대 위에서 고통과 한탄 속에 죽어 갔고 그 넋은 저를 내려 보낸 이에게로 울며 돌아갔다. 그가 다시 돌아오겠다[再臨]고 큰소리 쳤다 하나 부디 속지 말아라. 말씀은 우리 고양된 합일(合一) 속에 폐하여졌고, 그 주검마저 승냥이에게 도적맞았으니 무엇이 무엇을 입고 다시 온단 말이냐.

그리고 다음 메일은 다시 지난번에 이미 읽어 보았던 것처럼 무슨 황제의 조서(詔書) 같은 문서였다.

미혹 앞에 내던져진 그대에게 다시 한번 더 이르노라.

저들이 다시 움직이기 시작했나니, 저들의 궁극적인 목표는 다음과 같은 의도를 향해 몰아가는 것이니라. 그 의도란 곧 그리스도교의 가르침이 일구어낸 세계적인 종교 및 정치 질서를 송두리째 때려 부수고 둘러엎는 것과 저들의 관념에 일치하는 새로운 국면으로 바꿔치는 것으로, 그 기초와 법칙은 다름 아닌 자연론(自然論)으로부터 이끌어내느니라.

자연론자들의 기본 이론은 다름이 아니라 모든 것에서 인간의 본성과 이성이 여신(女神)인 동시에 길잡이가 되어야 한다는 것이니라. 이는 저들이 천주께서 가르쳐 주신 것이면 무엇이건 다 부인하며, 인간의 지력이 미치지 못하는 종교의 신덕(信德) 도리나 진리 어느 것 하나 그냥 내버려두지 않음은 물론, 권위 때문에라도 마땅히 신뢰받아야 하는 스승마저 용납하지 않는 까닭이라. 저들은 시민 국가에서 교회의 직책과 권위를 하찮은 것에 지나지 않게 만들기 위해 오랫동안 무진 애를 썼고, 똑같은 이유로 교회와 국가가 서로 융합돼서는 아니 된다고 우겨대며 백성들에게 널리 퍼뜨렸느니라.

저들은 또 자기들이 품고 있는 적의로써 교회에 상처를 입혀야 한다. 최상의 안내자인 교회를 멸시하는 것만으로는 족하지 않고 교회에 상처를 입혀야 한다고 여기는지라. 짐은 교회 재산의 자투리마저 매우 쓰기 어려운 형편에 빠져 교회의 손과 발에 차꼬가 채워진 것같이 됨은 물론, 교회가 국가 행정관의 권력과 방자한 뜻에 종속되는 것을 보는도다. 저들은 이제 천주님의 존재며 인간 영혼의 비(非)물질성과 불멸성 같은 것들을, 자연 이성의 빛으로써 완전하게 이해할 수 있는 것이라고 하는 동시에, 확실하고 영원한 것이라 여기지 않기 때문이라.

자연 원칙들이면서 또한 지식 및 실용에 중요한 원칙들이기도 한 진리가 없어지고 나면, 공공 윤리와 개인 윤리 둘 다 어떻게 될는지 아는 일이란 그리 어려운 일이 아니니라. 그리스도인다운 교육을 제거함으로

써, 저들 패거리가 더욱 완전하게 지배하기 시작한 곳이 어디이건 거기서는 도덕의 선량함과 완전성이란 것이 급속도로 붕괴되기 시작한 까닭에, 기괴하고도 추잡한 여론이 자라나 대담무쌍한 악행이 고도로 득세하게 되었도다.

그러므로 짐은 인류가 공공연하게 쾌락을 추구하게 하는 유혹에 시달리고 있음을 잘 알고 있나니, 타당치도 않을뿐더러 수치를 모르는 저널 및 팜플렛들이 나도는 것, 무대 공연들이 눈에 띄게 방자한 것, 예술작품을 위한 디자인이 후안무치하게도 이른바 리얼리즘이라는 풍조에 물드는 것, 편안하고 화려한 생활을 위한 기획물이 용의주도하게 고안되는 것, 그리고 그저 미덕을 얼러 잠재우기만 하는 유혹적인 쾌락을 끊임없이 탐색하는 데 열중하는 일 등이 그것이니라.

유용하고 고귀한 물건을 마음에 드는 대로 활용하는 문제뿐이라면 그나마 그냥 참아 견딜 수 있지만, 사악하고 음란한 물건을 선한 것과 동등한 수준에 놓기 때문에 가만히 두고볼 수가 없다. 궁극적으로 모든 게 다 죄를 부추기기 위한 것이다. 사회가 완전한 자멸을 향하여 내달리고 있는 중이라는 것을 알아도 놀라지 말지어다…….

그런데 마지막 메일은 또 전혀 종류가 달랐다.

성민아.

오래 적조하였다. 그간 잘 지냈느냐. 회사로 몇 번 전화했는데 그때마다 연결이 잘 되지 않더구나. 그렇다고 일 년이 넘도록 연락을 끊고 지낸 내가 무심한 것이냐, 오히려 잘됐다는 듯 벌써 두 해째 얼굴 한번 비치지 않는 네가 매정한 거냐? 이 글 보는 대로 내게 전화 한번 해라.

- 혁

틀림없이 자신을 잘 알고 있고, 또 근년까지는 자주 연락하고 지낸 사이였던 것 같은데, 그는 도무지 혁이라는 인물이 누군지 알 수가 없었다. 혁이라 혁이……. 그는 몇 번이나 소리 나게 그 이름을 중얼거려 보았다. 떠오르는 얼굴은커녕 그런 음조차 귀에 익숙하지 않았다.

그는 다시 기억해야 할 전화번호라면 거의 다 입력돼 있는 전자수첩을 찾아 꼼꼼히 들춰 보았다. 전화를 하라고 하면서 전화번호도 남기지 않은 것은 자신에게 그의 전화번호가 있다는 뜻이기 때문이었다. 하지만 어디를 어떻게 들춰 보아도 혁이라는 인물의 전화번호는 없었다. 그러자 그게 더 이상해졌다.

'내 이름이 맞는 걸로 보아 분명 잘못 온 메일은 아니다. 그렇다고 누가 장난치는 것 같지도 않다. 이게 어찌된 일인가. 내 기억에 무슨 문제가 생긴 것일까.'

문득 그런 생각이 들면서 공연히 으스스해져 그 앞에 있던 두 개의 메일도 지난번처럼 무시할 수 없었다. 그 바람에 그는 컴퓨터 휴지통을 뒤져 지난번에 버린 메일까지 다시 찾아 이번에 새로 온 것과 대조해 가며 읽어 보았다.

다시 꼼꼼히 살펴보니 그 문서들도 반드시 잘못 보낸 것이라고 할 수만은 없을 듯했다. 이단(異端)을 배격하는 교황청의 칙서(勅書)쯤으로 보이는 글은 지난 번과 같은 곳에서 보낸 것이 틀림없었고, 누가 오고 있다는 것을 두고 시비하고 있는 두 글도 같은 사람이 보낸 것 같지는 않지만 어딘가 맥락이 이어지는 데가 있었다. 그러자 문득 전날 밤 나이트클럽을 찾아가는 골목길에서 들은 외침과 벙어리 청년이 떠올라 그는 갑자기 섬뜩해졌다.

'이 메일들도 틀림없이 내가 누군지를 알고 발송된 것들이다. 있다면 무슨 착각이나 오해가 있을 뿐이다. 하지만 너무 큰 착각이고 엉뚱한 오해다. 학생 때의 내 어쭙잖은 시위 경력을 알고 있는 어떤 시민 단체가 동참을 호소할 수도 있고, 선거 막바지에 다급해진 민주노동당이 입당을 권유할 수도 있다. 1990년대 초반의 다미 선교회가 찾아왔어도 이토록 엉뚱하지는 않겠다. 그런데 이 무슨 난데없는 광야의 외침이며, 뒤숭숭한 교황청의 칙서인가. 무엇이 이 같은 착각과 오해의 원인이 되었을까.'

컴퓨터를 끄고 소파로 돌아온 그는 다시 담배에 불을 붙이며 속으로 그렇게 중얼거리다가 문득 오랫동안 내팽개쳐 둔 삶의 이력을 더듬어 보았다. 정화가 떠난 뒤로는 한 번도 소중하게 돌이켜본 적이 없는, 30년을 훌쩍 넘긴 지난 세월의 거친 요약이었다.

우리가 존재한다는 것은 그냥 어디에 있는 것이 아니라 그곳의 무엇과 관계를 맺는 것이라고 한다. 따라서 우리 존재의 구체적인 전개인 삶의 기억은 그런 관계들의 기억이며, 특히 사람들과의 관계가 그 중심이 된다. 그런데 의사(疑似) 기억인지는 모르지만, 그가 처음 기억하는 것은 묘하게도 사람과의 관계가 아니라 어둠과 정적이었다. 막막한 어둠 속에 외로움에 지치고 두려움에 떨며 한없이 오래 갇혀 있었던 기억.

그다음이 그 뒤 한번도 만나 본 적이 없고 그들이 누군지 추측해 볼 길조차 없는 한 때의 어른들이었다. 무엇 때문인지 모르지만 그들이 자꾸 그를 어떤 문밖으로 밀어내던 기억이 설명할 수 없는 서운함과 함께 기억에 남아 있다. 그리고 다시 어둠 속에서 홀로 깨났을 때의 외로움과 두려움에 이어 어머니, 나중에 그 존재를 확인할 수 있었던 첫 번째 사람. 어머니는 먼저 냄새와 느낌으로 기억되다가 이윽고 시각(視覺)으로 확정되었다.

아버지는 어머니 뒤를 그림자처럼 서성거리다가 초등학교에 들어갈 무렵에야 구체적인 존재로 드러났다. 그 존재는 징벌과 교훈으로 차츰 커졌으나 권위를 형성하지는 못했다. 그다음은 무엇보다도 먼저 폭력으로 자신을 선명하게 인식시킨 형. 그에게서 어떤 끈끈한 정을 느낀 것은 훨씬 자란 뒤의 일이었다. 따스함 못지않게 매몰찬 뿌리침으로 뚜렷해진 누나. 그러다가 어느새 70년대로 접어든 세상은 별로 기억에 없다.

고향이 댐 건설로 물에 잠겨 서울로 떼밀려 나온 뒤 밑바닥 삶을 면하지 못하던 아버지는 그가 초등학교 3학년 때 연기처럼 사라진다. 아무리 들춰 보아도 아버지의 장례식은 기억에 없고 사인(死因)도 뒷날 전해 들어 알고 있다. 산업재해, 추락사. 그리고 그 보상금이 큰 힘이 되어 마련한 성북동 변두리의 낡은 한옥과 담배포가 딸린 작은 구멍가게. 그 구멍가게는 그들 삼남매를 먹이고 입히고 가르칠 수 있었던 경제적 토대였을 뿐만 아니라, 90년대 중반 마침내 대형 슈퍼마켓에 밀려 두 손을 들 때까지 어머니의 중요한 일터였다.

이른바 뺑뺑이를 돌려 중학교로 진학한 이듬해부터 80년대가 시작된다. 동네 골목과 어깨동무가 사라지고, 집과 가족은 아직 살아남아 있었지만 그 의미는 최소한으로 축소된다. 모든 것은 학교로 쏠려 인간 관계도 학교를 중심으로 형성되고 삶도 추억도 학교 언저리만 맴돈다. 그에게도 친구라 부를 만한 아이들이 주로 학교와 학급을 고리로 삼아 몇 생겨났고, 그중의 한둘은 아직도 옛 친구로 만나고 있다. 사춘기와 첫사랑이란 것도 그 무렵 애매하게 경험한다. 하얗고 갸름한 얼굴 반쯤이 말간 안경에 덮여 있는 것처럼 느껴지던 사거리 가구점 딸. 그녀에게 느꼈던 투명한 여성성. 애틋한 그리움도 가슴 저린 추억도 아닌, 그저 낯선 설렘과 야릇한 스멀거림의 기억.

그리고 다시 고등학교. 몸만 좀 더 자라고 교과 과정만 달라졌지 나머지는 중학교 때와 별반 다를 바 없었다. 보다 구체적이 되기는 했지만 아직도 욕망들은 그보다 더 삼엄한 금기에 억눌린 추상이었고, 사람들과의 관계도 감각과 현상에서 크게 벗어나지 못했다. 어두운 골방에서 수음(手淫)할 때 그 얼굴을 떠올리게까지는 되었지만, 끝내 말도 제대로 붙여 보지 못하고 보내야 했던 여자애들의 얼굴 한둘이 기억 속에 불어나고, 성인비디오방 출입이나 본드 흡입 같은 모험에서의 공범 의식을 추억의 중요한 내용으로 삼는 친구가 몇 더 늘어난다. 하지만 대개는 같은 공간에서 비슷비슷한 나날이 흐르다가 갑자기 고삼(高三)이라는 불같은 시절이 닥쳐온다.

무엇이든 아귀아귀 머릿속에 우겨 넣기만 한 것 같은 그 1년이 지난 뒤 그는 운 좋게 세칭 일류대학의 85학번이 된다. 입학하자마자 민중 민족으로 무장하고 있던 선배들이 의식화라는 기치를 휘날리며 그와 그의 동기생들 주위로 득달같이 몰려들었다. 단 몇 달 동안에 입시용으로 머릿속에 가지런히 정리되어 있던 역사는 뒤집어져 난장판이 나고, 습관처럼 존경해 오던 기성세대는 속절없이 바보와 악당 중의 택일을 해야 하는 신세가 되었다. 우리는 공산당이 머리에 뿔 솟은 괴물로 알았다 — 실은 진작부터 그렇지 않다는 걸 알고 있었지만, 기성세대의 경직된 체제 유지 교육을 공격하기 위해 그렇게 우기는 법을 그도 배웠다. 그러나 시위에 처음 참가하게 된 것은 선배들의 공들인 의식화작업 때문이 아니라, 전경에게 머리끄덩이를 잡혀 질질 끌려가는 여학생을 보고 나서였다.

그 뒤 흔히 386세대라고 불리는 연배의 한 전형 같은 대학생활이 몇 해 이어진다. 직업 혁명가를 자처하고 오래잖아 전업(專業) 정치가로 변신한 핵심 지도부 몇몇을 제외한 대부분의 학생들은 비장감 없는 패배와 실속 없는 승리로 남은 80년대를 채웠다. 그도 몇 번의 닭장차 신세와 그에 따른 일련의 피학(被虐), 그리고 학사 경고에 이은 한 차례의 휴학과 복학을 겪으면서 그 시대 운동권의 중간치쯤 되는 그 방면의 이력을 쌓았다. 그사이 1987년의 요행 같은 승리와 허망한 패배가 있었고, 다시 1988년이 올림픽 열기와 이상한 무력감 사이에서 훌쩍 지나갔다. 그러다가 마침내 지치고 시들해진 그는 고약한 수렁같이 된 학교에서 도망치듯 입대해 버렸다. 졸업을 한 해 앞둔 1989년 봄이었다.

군 복무를 마치고 1992년 봄에 복학해 보니 세상이 많이 달라져 있었다. 적지 않은 운동권 선배들이 민정당과 합당한 YS를 따라 여당이 되기도 하고 DJ를 따라 야당이 되기도 했다. 쳐다보기에도 눈부시던 이념미(理念美)가 실은 위장된 권력욕에 지나지 않았으며, 대의란 요란하게 치장된 이기(利己)일지도 모른다는 의심으로 울적해졌다. 한번 마음이 그렇게 돌아서서 그런지 그 무렵 들어 슬슬 얼굴을 드러내기 시작한 이른바 '후일담(後日譚) 문학'에는 은근한 역겨움까지 느꼈다.

하지만 사람은 자신이 가장 많이 바친 곳에서 가장 많은 것을 얻으려 한다. 386세대의 이력으로는 그리 대단할 것도 없지만, 그래도 그의 대학 시절의 가장 많은 부분은 이른바 민중 민족과 민주화 운동에 바쳐졌다고 할 수 있었다. 속은 이미 냉담해졌으면서도 그는 군대까지 갔다 온 지긋한 선배로서 지리멸렬한 대로 아직 명맥을 이어가고 있던 운동권 뒷전에 슬그머니 남았다. 새로 출발하는 자의 열정으로 달떠 있던 정화를 만난 것도 바로 그런 학내 동아리에서였다.

정화와 별난 사이가 되면서 사그라져 가던 80년대의 열정을 다시 한번 되살려 보려고도 했지만 그것도 졸업과 더불어 끝이 났다. 한 일 년 취직 시험 준비 끝에 그는 다시 한번 운 좋게도 그 무렵 한창 호황을 누리던 메이저 급 증권 회사에 들어감으로써 기성 체제에 무난히 편입되었다. 그 뒤 그쪽 후배들과의 연계는 정화가 가끔씩 데리고 나오는 아이들에게 선배로서 술과 밥이나 따뜻하게 사 먹이는 정도였다.

그리고…… 마침내 정화가 왔다. 수배에 쫓겨 왔으나 한 여자로서 함께 살게 되면서 그가 느꼈던 평온과 자족. 모범적인 후기 산업 사회의 소시민으로 자리 잡아 간다고 믿고 있었는데 2년도 안 돼 느닷없는 내전(內戰)이 터졌다. 제대로 발산해 보지 못한 정화의 이상주의가 아이 없는 전업주부의 여가와 무료함을 만나 해묵고 치명적인 상처로 도졌다. 이건 아니야. 세 번 아니야. 그런 푸

념과 함께 이제는 환경운동이나 친여 외곽 단체로 흩어진 옛 동료들을 정화가 찾아나서면서 그들의 아파트는 텅 비고 식어갔다.

격렬한 언쟁에서 자조적인 탄식으로, 자조적인 탄식에서 차가운 침묵으로 불화가 깊어가다 어느 날 홀연히 정화는 떠났다. 올 때처럼 맨몸으로 낙서 같은 편지 몇 줄 남겨놓고.

'선배 미안해. 이러려고 선배를 찾아온 것은 아니었는데. 하지만 이건 아니야. 불문(不問)과 타성에 방치된 삶. 더불어 살아가는 이들에겐 그대로 비정과 잔혹일 수밖에 없는 이 속화(俗化). 이건 아니야. 세 번 아니야……'

그런데 참으로 알 수 없구나 — 남의 일처럼 지난날을 돌이켜보다 그는 문득 중얼거렸다. 여러 해 운동권 주변을 맴도는 동안 다른 단체와 손잡고 뛰어본 적이 있었고 그중에는 틀림없이 종교 단체도 있었다. 하지만 그것은 어디까지나 일회적인 연대 또는 연합이었을 뿐, 길게 관계를 이어간 적은 없었다. 특히 기독교 단체와는 기억조차 얼른 나지 않을 정도로 함께한 일이 드물었는데……. 그런데 이 정체 모를 이메일들은 어찌된 것인가.

5

"어엇!"

회사 현관문을 나서던 그는 놀란 외침과 함께 발길을 멈췄다. 저만치 사거리 모퉁이를 돌아 나오는 젊은 사내 때문이었다. 몸에 척척 달라붙는 것같이 엷고 부드러운 검은색 천으로 된 외투와 한눈에 묵직해 보이는 검은색 비닐 가방이 몹시 눈에 익었다. 거기다가 사거리 모퉁이를 돌아서면서부터는 아예 그를 목표로 하고 있는 듯 기우뚱거리면서도 줄곧 그를 바라보며 달려오고 있었다.

하지만 그런 낯익음에도 불구하고 사내를 기다리는 그의 심경은 반가움이나 기쁨과는 멀었다. 오히려 묘한 불길함에 가슴이 서늘할 지경이었다. 그 젊은 사내가 코앞으로 다가들 무렵에는 무턱

대고 돌아서서 달아나고 싶은 충동까지 느꼈다.

그런데 참으로 알 수 없는 것은 그 사내였다. 틀림없이 그를 목표로 기우뚱거리며 달려오고 있은 것 같았는데 가까이 온 걸 보니 그게 아니었다. 얼굴은 그쪽을 향해 있어도 두 눈동자는 다른 쪽으로 몰려 있었다. 무슨 다급한 일이 있는지 늘어진 외투자락으로 보도를 쓸 듯 그 앞을 지나가는데, 조금도 그를 알아보는 눈치가 아니었다.

'저게 누구더라…….'

그는 갑자기 낯설어지는 그 사내의 뒷모습을 보며 속으로 중얼거렸다. 분명히 아는 것 같은데도 어디서 만난 누구인지는 얼른 떠오르지 않았다. 그 바람에 혼란된 그가 잠시 기억을 더듬고 있는데 벼락 치듯 그의 귀청을 때리는 목소리가 있었다.

"회개하라! 천국이 가까웠느니라. 하나님께서 내리치실 심판의 도끼가 이미 열매 맺지 못하는 나무들의 뿌리에 놓여 있다……."

난데없지만 그윽하고도 거룩함이 깃든 그 외침에 그가 놀라 주변을 돌아보았다. 가까운 보도 위에 몇 사람이 지나가고 있었으나 저마다 제 길을 가고 있을 뿐, 누가 그렇게 외쳤는지는 전혀 알 수가 없었다. 다만 그사이 회사 현관 앞을 지나 저만치 가고 있던 그 사내가 갑자기 힐끗 뒤돌아보았을 뿐이었다.

무심코 그 눈길을 맞받은 그는 비로소 그 사내가 누군지를 알아보았다. 조금 전에 들은 그 외침의 묘한 여운과 더불어 텅빈 듯

하면서도 어둡게 쏘아보는 듯한 눈길이 문득 지난 주말 노랑머리 때문에 나이트클럽 '샹그리라'를 찾아가던 골목길을 떠오르게 했다. 사내는 바로 거기서 만난 그 벙어리 청년이었다. 약간 절름발이이고 아마는 귀머거리일.

벙어리 청년을 알아보자 그는 반사적으로 주위를 다시 둘러보았다. 어딘가 멀지 않은 곳에 노랑머리가 있을 것 같아서였다. 하지만 아무리 거리 이쪽저쪽을 샅샅이 훑어보아도 지난 주말과는 달리 노랑머리는 보이지 않았다.

따지고 보면 별 근거가 없는 연상에서 비롯된 기대였으나, 채워지지 못한 실망은 뜻밖에도 컸다. 그리고 그 실망은 불현듯 한 그리움으로 노랑머리를 떠올리게 했다. 갑자기 몸과 마음이 아울러 가볍게 떨리듯 그날 밤의 느낌들이 생생하게 되살아났다. 내가 그리워하고 있는 게 무엇인지 모르지만, 아무래도 너를 반드시 한 번 더 만나야 할 것 같다. 맞아. 틈나는 대로 다시 '샹그리라'로 찾아가 봐야지…….

"신 과장님, 여기서 뭐하세요? 바빠서 장 끝나는 것도 못 보고 나가셔야 한다더니……."

누가 등 뒤에서 그렇게 소리치는 바람에 그는 퍼뜩 정신이 들어서 돌아보았다. 창구에서 일하는 황 양이었다. 물음과 함께 빤히 쳐다보는 눈매가 맑아 자신의 머릿속을 다 들여다보는 것 같았다. 노랑머리를 떠올릴 때 곁들였던 외설스런 영상까지 읽혀버린 듯한 느낌에 그가 허둥대며 얼버무렸다.

"응, 아니, 잠깐 생각할 게 있어서……."

찻집 안은 조용했다. 회사 근처에는 얘기를 나누기에 마땅한 곳이 없어 한 블록 떨어진 곳에서 고른 커피 전문점이었다. 재혁(載赫) 형은 벌써 와서 기다리고 있었다.

그동안에 받은 이해 못할 메일들을 미리 재혁이 형에게 보내 그것들이 무엇인지 알아봐 달라고 한 것은 썩 잘한 일 같았다. 그의 해박한 잡학(雜學) 지식을 빌려 궁금증을 푸는 것도 좋았지만, 그보다는 그 구체적인 용건이 까닭 없이 오래 소원하게 지내다가 다시 만날 때의 어색함을 크게 덜어준 게 더욱 좋았다.

"그거 말이야. 참 별난 일도 있지. 내가 알아보니까 그 첫 번째 문서는 그들이 사용하는 기호나 상징, 그리고 발신자 명칭으로 보아 프리메이슨을 자처하는 패거리가 보낸 거였어. 그리고 발신자로 'HE'라는 이니셜을 쓰는 세 번째 것도 아마는……."

재혁은 커피숍에 마주 앉기 바쁘게 바로 그 이메일 얘기로 들어갔다. 일 년이 넘도록 전화 한 통 없이 지내온 사이 같지 않았다. 재혁이 그렇게 나오자 그도 덩달아 대하기가 편해졌다. 그럴 때 흔히 있게 마련인 구차한 변명이나 어색한 회복 절차 없이 바로 받았다.

"프리메이슨? 음, 프리메이슨이라……."

서양 근세사에서 들은 말 같기는 한데 그 뜻하는 바가 얼른 떠오르지 않아 그가 그렇게 되뇌자 재혁이 중요한 걸 상기시킨다는 듯 말했다.

"너 『푸코의 진자(振子)』 못 봤어? 거 왜, 움베르트 에코의 소설 말이야. 그게 프리메이슨 얘기잖아."

하지만 그런 상기가 어렴풋이 되살아나려는 그의 세계사 암기 실력을 오히려 가로막는 결과가 되고 말았다.

"아, 그 우중충한 수도원 얘기? 아리스토텔레스의 『시학(詩學)』이던가, 그 책 한 구절 때문에 사람을 독살하고……."

본 지 오래된 영화라 그가 떠오르는 대로 그렇게 더듬거리자 재혁이 느닷없이 짜증을 냈다.

"그건 『장미의 이름』이잖아? 비디오로도 나왔고……. 『장미의 이름』 말고 『푸코의 진자』, 옛날에 『푸코의 추』라는 제목으로 번역된 적도 있지 왜. 새로 두껍게 상, 중, 하, 세 권으로 나온 책. 너 정말 그 책 몰라? 아직 안 읽었어?"

재혁에게는 그가 『푸코의 진자』를 읽지 않은 게 무슨 큰 실수라도 되는 듯했다. 사람을 몰아세우는 듯하며 열을 올리는 게 은근히 그의 심사를 건드렸다.

"그게 그리 대단한 책이야? 뭐, 꼭 그렇지도 않은 모양이던데. 듣기로는 공연히 지적(知的)인 거품만 뿜어대는 중간물(中間物)이라고 혹평하는 사람도 있더라고."

그가 어디선가 스쳐들은 말을 과장하여 그렇게 빈정거리자 재혁이 펄쩍 뛰듯 하며 목소리를 높였다.

"너 에코가 얼마나 대단한 기호학자(記號學者)인 줄 알아? 완전 언어에 대한 그의 천착은 세계가 알아줄 정도라고. 듣기로는 유럽 공동체가 처음 형성됐을 때, 자기들이 쓸 공용어(公用語) 구상을 에코에게 의뢰했다는 말도 있어."

"그러니까 순수한 문학가는 아니네, 뭐. 자기 전문 분야의 지식으로 적당히 초치고 간 맞춰 베스트셀러 엮어냈다는 거 아냐? 그렇게 재미보는 작가 그 동네에 어디 한둘이야? 존 그리샴하고 마이클 클라이튼인가 뭔가 하는 작가처럼…… 스티븐 킹도 원래는 무슨 다른 업종 전문가였다지 아마."

"그리샴이나 클라이튼은 변호사고 의사니 그렇게 말할 수도 있을지 모르지만, 스티븐 킹은 꼭 그렇지도 않을걸. 고등학교 선생인가 뭔가 했다니까. 게다가 그건 미국 얘기고. 또 에코를 그런 대중물 작가들하고 비교해서는 안 되지."

재혁은 그렇게 말꼬리를 끌면서 에코에 관한 정보와 지식을 머릿속에서 정리하고 있는 눈치였다. 그대로 두었다가는 곧 에코에 관한 폭포 같은 교훈과 강좌가 쏟아질 판이었다. 그때 마침 프리메이슨에 관한 백과사전적 지식 몇 줄을 기억해 낸 그가 선수를 쳤다.

"근데 말이야, 형. 프리메이슨이라면 중세(中世)의 석공(石工)조합에서 유래한 자유주의 결사(結社) 아냐? 코스모폴리탄적인 성격이 있었고……. 그러고 보니 이메일에 뜬 석굴이 그 뜻이었어? 유럽의 지하에 거미줄처럼 얽혀 있다는 석공들의 비밀 통로……."

"'로지'라는 회합 단위도 그래. '블루 로지'는 미국에 있는 유명한 프리메이슨 지부 가운데 하나지."

"그런데 그 '블루 로지'가 어떻게 내게 메일을 보낸 거야? 그런 이름의 프리메이슨 지부가 한국에도 생겼다는 거야, 뭐야? 그리고…… 또 그 프리메이슨이 왜 그렇게 예수가 다시 오는 걸 못 마땅히 여겨? 그들이 특별히 기독교와 맞서는 집단이라는 말은 없었는데."

"프리메이슨이 반(反)기독교적이라는 혐의를 받게 된 것은 계몽주의 시절 그들의 자연론 신봉과 이성숭배 경향 때문이었을 거야. 한때는 가톨릭의 사주를 받은 국가 권력으로부터 탄압을 받은 적도 있지. 소설 속에서이기는 하지만, 움베르토 에코는 그들의 출발을 중세의 성당기사단으로 보고 그 몰락 과정을 통해 그들의 반기독교적 성격을 설명하려고 하기도 했어. 마니교와 몇몇 밀교(密教) 및 비의집단(秘儀集團)까지 엮어서……. 하지만 통설은 네 말대로 프리메이슨의 본질을 종교적 특성에서 찾으려고 하지 않아."

자신의 전공 근처에 이르렀기 때문인지 재혁의 느긋한 목소리가 설명조로 변했다. 하지만 자신 없어 하는 구석이 있어 그가 헤집듯 물었다.

"그러니까 더 이상해요. 잘 모르기는 하지만 내가 첫 번째로 보낸 메일에 나오는 '그'는 재림 예수쯤 되지 않아? 그런 '그'에 대한 적의를 보면 과거나 현재의 기독교에 대해서도 결코 우호적은 아닐 것 같은데. 마치 한판 결전을 앞둔 사람들 같은 말투였잖아요? 정치 선동 팜플렛 못지 않게 자극적이고……."

"그래서 실은 나도 누군가 프리메이슨을 사칭하고 있는 걸로 보았어. 네 말대로 우리나라에 프리메이슨이 활동하고 있다는 말도 듣지 못했고…… 더군다나 요즘 같은 시대에 느닷없이 서구 계몽주의 시절의 한물간 정신적 유행이라니."

재혁이 형이 처음의 단정과는 달리 한 발 물러섰다. 이번에는 재혁이 형의 그런 태도에 힘을 얻은 그가 몰아세우듯 물어댔다.

"거기다가 그 세 번째 메일은 또 뭐유? '변증(辨證)의 용광로를 거쳐 태초(太初)보다 고양된 하나가 된 우리'라니? 그것도 무슨 신(神) 같은데 무슨 신이 그런 신이 있어요? 나면 나고 우리면 우리지. 하나 된 우리가 뭐야? 또 첫 번째 메일은 무신론이거나 적어도 반신적(反神的)이었는데, 두 번째는 오히려 좀 엉뚱하기는 하지만 스스로 신을 자처하고 있잖아요? 그것도 프리메이슨이유?"

"실은 나도 그게 좀 엉뚱해. 페르시아적인 이원론(二元論)의 극단적인 전개거나 변형된 양면신(兩面神)의 논리라면 모를까, 프리메이슨적인 이성숭배와는 거리가 멀어 보이거든. 'HE'라는 이니셜을 따로 쓰기도 하고……."

짐작대로 재혁이 한층 더 자신 없이 받았다. 무엇에나 자신만만해하던 그 잡학도 막힐 때가 있다는 게 재미나 그가 한층 더 심술궂게 따지고 들었다.

"그런데 왜 세 번째 것도 프리메이슨이 보낸 것일 거라고 한 거야?"

"실은 네가 두 번째와 네 번째로 보낸 메일 때문이야. 틀림없이 그것들은 모두 첫 번째와 세 번째 문서에 대응한 것인데 거기서 한결같이 그들을 프리메이슨으로 단정하고 있었거든."

"참 그건 또 뭐유? 무슨 임금님 칙서 같은 그 거창한 문서."

"칙서 같은 게 아니라 바로 칙서야. 교황 레오 13세가 반포한 칙서."

"레오 13세? 그게 언제 적 교황인데? 그리고 레오 13세가 왜 그런 칙서를……."

"100여 년 전에 프리메이슨을 경계해 반포했지. 특별히 '후마눔 게누스(Humanum Genus)'라고 불리는 문서인데, 유럽의 가톨릭 국가들이 프리메이슨을 탄압하는 정당성의 근거를 제공하기도 했어. 두 번째와 네 번째 글은 바로 그 '후마눔 게누스'를 적당히 짜깁기한 것 같아. 거기서 첫 번째와 세 번째 글에 한결같이 프리메이슨을 공격하는 논리로 대응하고 있어서 나도 그렇게 본 거야. 특히 세 번째는 유신론(有神論)이 아니라 인간중심주의 또는 이성숭배의 변형으로 볼 수도 있고, 그래서 프리메이슨과 연관지을 수도 있지 않겠어? 그런데 말이야……."

거기서 갑자기 재혁이 깊숙한 우려의 눈길로 그를 바라보면서 잠시 숨을 가다듬었다.

"네게 무슨 일이 있는 거야? 그 네 번의 메일은 주고받으며 얽혀 있는 게 결코 잘못 보내진 것들이거나 우연의 축적은 아니야. 지극히 의도적으로, 앞뒤 맞춰 하나씩 너에게 발신된 거라고. 말해 봐. 무슨 일이 있어? 너 혹시 다미선교회같이 이상한 집단에 걸려든 거 아냐? 요새 어디 교회라도 나가?"

"아니. 그런 건 없어. 형 말마따나 열심히 빤질빤질한 속인(俗人)의 길을 가고 있을 뿐이야."

그는 그렇게 받아놓고 다시 재혁의 진지함이 마음에 걸려 털어놓듯이 말했다.

"실은 내가 변해서 그런 메일이 온 게 아니라 그 메일이 오고부터 뭔가가 조금씩 비틀리고 흔들리는 느낌이야. 이를테면 감각과 기억 같은 것들."

"기억과 감각이 흔들린다? 그게 어떤 건데?"

"같은 곳에 함께 있으면서 다른 사람이 느끼지 못하는 걸 혼자 느끼는 수가 있어. 남이 못 듣는 걸 나 혼자 듣거나 남이 못 보는 것을 혼자 보기도 해. 때로는 그런 것들이 조합되어 일련의 사건으로 나 혼자에게만 벌어지는 경우도 있고."

그는 특히 노랑머리와 벙어리 청년을 떠올리며 그렇게 말했다.

말해 놓고 보니 왠지 실제 겪을 때보다 더 섬뜩했다. 하지만 재혁은 그렇게 심각하게 듣는 것 같지 않았다.

"감각을 얘기하는 것 같은데……. 그런데 기억은 어떻게 비틀리고 흔들린다는 거야?"

"바로 형 같은 경우. 사실 지난 주말 형의 메일을 받았을 때까지도 나는 형을 까맣게 잊고 있었거든. 형 이름을 보고도 도무지 누군지 생각이 안 나 이메일 답신도 보낼 마음이 없었을 정도였다고. 그런데 말이야. 그저께 형 전화를 받고서는 또 형을 그렇게 잊고 지냈다는 게 신기하더라고. 그 순간 새롭게 입력받은 정보만큼이나 생생한 정감으로 형의 모습이 떠오르는데, 정말 그런 형과 어떻게 일 년씩이나 전화 한 통 없이 보낼 수 있었는지 도통 알 수가 없어."

"그럼 네가 연락 없이 지낸 게 모두 나를 까맣게 잊고 있어서였단 말이지? 정화 문제나 직장일 같은 것에 코가 빠져 그런 게 아니고……."

그제야 재혁도 좀 이상한 기분이 들었는지 희미하게 떠오르던 웃음기를 거두며 물었다. 그가 조금도 과장한다는 기분 없이 그 무렵의 느낌을 들려주었다.

"형에겐 미안하지만 정말 그랬던 것 같아. 뿐만 아니라 요새는 다른 기억들도 곧이 무질러진다 할까, 이상해지는 느낌이 들어. 특히 삶의 갈림길에서 내가 내렸던 결정들이 그런데, 어느 쪽을 선택

했는지 애매한 게 더러 있단 말이야. 보통 가지 않은 길은 잊어버리게 마련이라지만, 요즘 내게는 왠지 그런 길들도 가봤던 것처럼 떠오를 때가 있단 말이야…….”

그 말에 갑자기 재혁이 그의 어깨를 치며 억지웃음을 지었다.

“너 아무래도 안 되겠다. 빨리 여자 구해 결혼해라. 정화는 이만 단념하고. 그리고…… 친구들 좀 자주 만나. 나하고도…….”

그런데 그때 갑자기 그의 핸드폰이 울렸다. 모처럼의 만남이라 방해받고 싶지 않았으나 발신 번호를 보니 회사 것이라 핸드폰을 열었다.

“과장님, 지금 어디 계십니까? 회사에서 먼 곳에 있어요?”

김 대리였다. 목소리가 평소의 그답지 않게 다급했다.

“멀지 않은데, 왜?”

“그럼 어서 들어오십쇼. 여기 난리 났습니다. ‘억대’ 회장이 전화기 박살내고 책상 다 둘러엎었어요.”

“억대가 왜?”

‘억대’ 회장은 작년 가을 퇴직금 3억 남짓을 구좌에 넣으면서 회사에 단독 사무실 하나 내달라고 떼를 쓰다 웃음거리가 된 퇴직 공기업 사원이었다. 그 뒤로도 조금만 마음에 들지 않는 일이 있으면 ‘돈을 억대나 투자한 고객으로서…….’ 하며 직원들에게 목청을 높여 ‘억대’ 회장으로 불리게 되었다. 이 사람 저 사람 거쳐 근래에는 그가 구좌를 봐주고 있었는데, 무슨 탈이 나도 크게 난 듯했다.

"그 사람 삼성전자 언제 파셨어요?"

"팔기는 언제 팔아? 사십만 원 넘길 때 팔라고 했더니 삼십 팔만 원에 산 거라고 움켜쥐고 있었잖아?"

"그런데 보름 전에 삼십이만 육천 원에 500주 몽땅 팔렸는데요. 지난번 바닥 때 말입니다. 매도 주문은 과장님 단말기로 나가 있고……."

"무슨 소리야? 내가 왜 말썽 많은 영감탱이 주를 멋대로 손절매(損折賣)해? 다시 한번 봐!"

그는 자신도 모르게 목소리를 높였다. '억대'에게 어지간히 시달렸는지 김 대리의 목소리에도 날이 서 있었다.

"제가 벌써 확인했단 말입니다. 틀림없이 과장님 단말기에서 나간 매도 주문이더라고요. 어서 들어와 해결하십쇼."

그러자 상황을 짐작한 재혁이 먼저 자리를 털고 일어나면서 말했다.

"좋지 못한 일이 일어난 모양이군. 어서 들어가 봐. 주말쯤에 다시 만나기로 하고."

그가 인사를 나누는 둥 마는 둥 급히 회사로 돌아가 보니 '억대'가 벌인 난장판은 어느 정도 수습되어 있었다. '억대'는 고소를 벼르며 사라졌고, 김 대리만 걱정스러운 얼굴로 그를 맞았다. 하지만 뜻밖의 일이 하나 더 있었다. 이번에는 매수(買受) 사고였다. 고객이 점잖아 넌지시 통고만 받았지만 물량은 억대와 비교도 안 될 만큼 컸다.

"봐라. 신 과장 참말로 우째 된 기고? 생 낮도깨비 놀음 같은 코스닥 판에 들어갔다가 반동가리 난 미천, 그래도 쪼매 건져 볼라꼬 미더운 거 사놓고 기다려 볼라 카는데 이기 무신 일고? 왜 한전 1만 2000주하고 대한통신 5000주가 껍데기밖에 안 남은 대현상선 5만 주로 바꽈져 있노? 누가 대현상선 작전할라꼬 매집해 달라 카더나? 그런 일 없다꼬? 내 그럴 줄 알고 하마 다 알아봤다. 매수·매도 주문 말캉 다 신 과장 단말기에서 나간 기라 카더라. 이거 우짤래? 이거 우째야 될로? 엉?"

수화기를 통해 들리는 목소리는 나직나직했지만 그의 귀에는 책상 둘러엎는 소리보다 훨씬 크고 위협적이었다.

6

애야, 너 참 먼 길을 돌아왔구나……. 손가락 사이에서 푸르스름하게 피어오르는 담배 연기를 바라보면서 그는 불쑥 어떤 양담배 회사의 광고 한 구절을 떠올렸다. 청바지를 입은 젊은 미국 여자가 멋있게 담배 연기를 내뿜고 있는 사진 곁에 영어로 씌어 있는 구절을 우리말로 번역한 것이었다. 원래는 흡연권(吸煙權)과 여권(女權)을 교묘하게 연결시킨 담배 회사의 상업 광고 문구로서, 직역하면 '아가야, 너는 먼 길을 왔다'쯤이 되지만, 그에게는 왠지 그게 먼 길을 돌아 겨우 제자리를 찾아온 지친 이를 위로하는 말 같이 읽혔다.

거기다가 자신 없는 기억이기는 해도, 그 아가씨의 얼굴에는 담배 연기만큼이나 자우룩하게 피로가 덮여 있었다. 그래서 고단하고 지친 자신을 위로하듯 그 구절을 떠올린 것인데…… 그럼에도 불구하고 자신이 앉아 있는 썰렁한 비닐하우스 하꼬방 안이 어쩌다 도피처로 삼게 된 낯선 곳이 아니라, 먼 길을 돌아 찾아온 제자리인 듯한 느낌을 주는 까닭은 통 알 수가 없었다.

따지고 보면 옛집이 있는 성북동도 서울 변두리이기는 하지만 달동네라고 부를 수는 없었고, 대학시절 야학(夜學) 활동을 나갔던 달동네는 저녁 시간에만 드나들어 그곳의 삶을 속속들이 경험하지는 못했다. 그 밖의 기억을 아무리 들추어 봐도 그가 특별히 달동네의 분위기에 익숙해질 일은 별로 찾을 수가 없었다. 그런데 알 수 없게도 그에게는 새로운 형태의 이 달동네가 때로는 잔뼈가 굵은 고향같이 느껴지기까지 했다.

그 아침도 그랬다. 전날 초저녁에 보일러가 고장 나서 밤새 떨던 그는 끝내 새벽같이 일어나 전기난로를 껴안고 날이 밝기를 기다려야 했다. 날이 밝은 뒤에는 때 이른 오리털 파카를 껴입고 지구(地區, 자치위원회 지구-편집자 주) 밖 구멍가게에 들러 보일러 수리공의 전화번호를 물었고, 공중전화에서 응답 없는 번호에 전화를 몇 번이고 되풀이 걸어서야 고장수리를 부탁할 수 있었다. 그리고 이렇게 방으로 돌아와 궁상을 떨며 벌써 세 개비째의 식전 담배를 피우고 앉았는데도, 그 모든 일이 늘 있어온 일 같아서 별난 느낌은 전혀 들지 않았다.

“내 직장 선배로서가 아니라 그야말로 인간적으로 충고하는데, ‘억대’뿐만 아니라 사람 좋다는 박 회장도 기대하지 마. 실제 경위야 어찌 됐건 돈 날리고 좋은 사람 아무도 없어. 게다가 보니, 점잖게 손 털고 물러서기에는 걸린 액수들이 너무 많아. 회사하고 금융감독원 몰아치다 안 되면 소송 들어올 거고, 그러면 결국은 신 과장 못 배겨. 어느 선까지는 버텨 보겠지만 회사가 끝까지 막아줄 것 같아? 어림없지. 소송 들어갈 것도 없이 신 과장 자르고 돈 물어준 뒤 신 과장 보증인들에게 구상(求償) 청구 들어갈 거야.

신 과장 재정보증인 작년에 부도났는데 회사가 아직 몰라서 보증보험 혼자서 덤터기 쓰게 된 거 우선은 다행이야. 하지만 보증보험이라고 턱없이 돈만 물어주고 그냥 끝내지는 않지. 우리 회사에 돈 물어주고는 틀림없이 신 과장을 찾아갈 거라고. 다만 시간을 좀 벌었다는 것이 다른데, 신 과장은 바로 그 시간을 활용해야 할 거야. 살고 있는 아파트라도 건지란 말이야.

강북 25평이지만 그래도 요즘은 2억 가까이 나가는 아파트라며? 소송 들어가 가처분 떨어지기 전에 먼저 팔아치우든가 전세라도 왕창 뽑아내. 아는 사람한테로 명의만 옮겨놓는 법도 있지만 그건 좀 불안해. 철저하게 조사 들어가면 들통나기 쉬우니까 헐값에라도 팔든가 전세를 놓는 게 낫다, 이 말이야. 그러고는 저희끼리 지지든 볶든 놓아두고 잠시 잠적해 버리라고. 신용사회가 확립되어 가면서 다소간의 후유증은 남겠지만 지금으로서는 그

길밖에 없어."

입사할 때 팀장이었던 이 부장이 그에게 그런 충고를 해준 것은 '억대'사장과 박 회장이 임의매매 주장을 하고 나선 바로 그다음 날이었다. 도무지 일이 그렇게 된 영문을 알 수가 없어 몇 시간째 나지도 않는 기억만 쥐어짜고 있을 때였다. 하지만 그때만 해도 그는 자신이 빠진 그 고약한 상황이 전혀 실감이 나지 않았다. 그저 느닷없으면서도 생생한 악몽을 꾸고 있는 기분이었다.

그러나 아무리 들추어도 자신의 단말기에 뚜렷이 남아 있는 주문 기록을 지워버릴 만큼 유리한 기억이 나지 않는 데다, 그날 오후 '억대'사장이 벌써 소송 준비에 들어갔다는 말을 듣자 그도 마음이 달라졌다. 소송 결과가 어찌 되든 지킬 건 지키고 보자는 심사로 부동산을 찾아가, 이 부장이 시킨 대로 매매나 전세 어느 쪽이든 빨리 나가는 쪽으로 해달라며 아파트를 내놓았다.

그런데 일주일도 안 돼 당장 집을 비워줄 수 있다면 시세보다 높은 전세를 들겠다는 사람이 나오자 오히려 난처한 느낌이 든 것은 그였다. 그래도 따로 아파트를 가지고 살림을 한 지 5년이 넘어 크고 작은 가구와 집기들이 적지 않았다. 짐을 줄인다 해도 최소한 열 평 원룸은 돼야 있을 수 있을 것 같은데 보증금 적은 월세 원룸을 갑자기 구하기가 쉽지 않았다. 그때 재혁이 부른 듯 찾아와 말했다.

"내가 찾아오기를 잘한 것 같네. 얘기를 듣다 보니 네가 갈만

한 곳이 생각났어. 장차 나의 성전(聖殿)을 세울 터로 마련해 둔 곳인데, 오래 살기에는 불편하겠지만 당장 비어 있어 네겐 안성맞춤일 수도 있지."

그 말투가 과장스러운 게 장난기가 있는 것 같아 그도 큰 기대 없이 물었다.

"성전을 세울 터? 그럼 형이 벌써 교회 지을 땅을 마련했단 말야? 그게 어딘데?"

"서초구(瑞草區)에 있는 팔봉(八鳳) 마을이야."

"뭐 서초구? 팔봉 마을이 어딘지는 모르지만 서초구에 교회 지을 땅을 마련했다고? 그러고 보니 그새 형 뭔가 한 건 단단히 올린 모양이네."

그가 이제는 재혁의 일이 더 궁금해 그렇게 물었다. 그러자 재혁이 허탈한 듯 웃었다.

"서초구는 맞지만 그게 바로 강남의 노른자위 땅 서초동이라고는 생각하지 마라. 오히려 우리 시대의 가장 가난하고 어려운 사람들이 모여 사는 마을이야. 로마의 카타콤(지하 매장소. 특히 로마의 지하공동묘지-편집자 주)이나 문둥이 계곡쯤으로 여기고 내 첫 교회가 설 땅으로 점찍은 곳인데, 지금은 그곳의 비닐하우스 하꼬방 한 칸이야."

"요새 하꼬방이 어딨어? 그리고 형은 어떻게 그런 하꼬방을 얻게 됐어? "

그는 그제야 진작부터 궁금하던 것을 물었다. 재혁이 잠시 망설이다가 멋쩍은 표정을 억지로 감추며 말했다.

"어쩌다 보니……. 하기는, 어쩌면 그것도 부동산 투기열풍 덕분일지 몰라."

"부동산 투기? 형이 무슨……."

"내 친구들 가운데 밤눈 어두운 약은 고양이 같은 녀석이 하나 있지. 부동산 투자로 또래들보다 일찍 자리 잡은 녀석인데, 그 친구가 어떻게 팔봉 마을 얘기를 듣고 그것도 투자라고 거기 끼어들었어. 봉천동과 난곡에서까지 밀려난 사람들이 그린벨트 국유림 자락에 무허가로 얽은 비닐하우스 촌인데, 3년 전에 900만 원씩이나 주고 거기 있는 비닐하우스 방 한 칸을 산 거야. 나중에 그곳이 개발되면 아파트 입주권이 나오고, 설령 그 전에 강제 철거가 되더라도 임대아파트는 보장된다는 말에 넘어간 거지. 실제로 한때는 그 비닐하우스 방 한 칸이 2500만 원으로까지 치솟은 적도 있다더군. 하지만 아무래도 돈 될 가망이 없다 싶어지자 값이 떨어지기 시작해 지금은 도로 본전이라는 거야. 녀석은 처음 나보고 거기다 개척교회를 열어보라고 권했는데, 알고 보니 공짜로 쓰면서 갑작스러운 강제 철거나 막아달라는 뜻이었어. 그러더니 이제는 저도 단념했는지, 언제든 물건이 되면 본전만 내라면서 내게 모든 걸 넘겨주더라고."

그리고 그를 데려온 곳이 이 거대한 비닐하우스 촌이었다. 가장 부유한 동네에 있는 가장 가난한 이들의 마을, 200동(棟)이 넘는 원통형 비닐하우스 내부를 쪼개 넣은 하꼬방에 대략 2500가구가 모여 산다는 서울의 마지막 달동네였다.

"불심(佛心)천국 욕심지옥. 부처찬성 예수반대."

목탁 소리와 요령 소리 사이에 끼여 있는, 염불 같잖은 염불 소리에 그는 퍼뜩 애매한 회상에서 깨어났다. 간밤 내내 잠을 설친 데다 모포를 뒤집어쓰고 전기난로를 끼고 앉아서인지 얼었던 몸이 조금 풀리자 깜박 잠이 든 듯했다. 해가 솟아서인지 방 안의 추위도 한결 누어져 있었다.

그가 방금 들은 염불 같지 않은 염불을 하고 있는 것은 틀림없이 대박사(寺) 주지일 것이다. 세 칸 저쪽에 절을 차려놓고 있지만 부실한 칸막이 때문에 목탁 소리와 염불 소리가 바로 옆방에서처럼 똑똑히 들렸다. 주지가 마음 놓고 염불을 하는 걸로 보아 아침 10시가 넘은 것 같았다. 몇 겹 비닐에 보온 덮개만 씌운 지붕과 벽에다 기껏해야 합판을 양쪽에 덧댄 얇은 스티로폼 칸막이라 방음이 잘 안 돼, 늦은 아침까지는 서로들 잠을 방해하지 않기 위해 소음 내는 것을 삼갔다. 자기가 있는 방 쪽을 힐금거리며 염불에 열을 올리고 있을 대박사 주지를 떠올리자 그는 자신도 모르게 쓴웃음이 났다.

그가 그 마을로 이사 온 첫날의 일이었다. 비닐하우스 사이로 난 좁은 길로 앞장서 가는 재혁을 따라가던 그는 3지구(地區) 다섯 번째 동(棟) 비닐하우스의 첫 방문 위에 걸린 현판과 좌우에 늘어뜨린 주련(柱聯) 격인 글귀를 보고 하마터면 큰소리로 웃음을 터뜨릴 뻔했다. 한문과 한글을 섞어 '大박寺'로 되어 있는 현판도 현판인지 장난으로 한 낙서인지 분간이 잘 안 갔지만, '불심천국 욕심지옥' '부처찬성 예수반대'라고 써놓은 주련은 더욱 그랬다. 그때 재혁이 걸음을 멈추고 굳은 얼굴로 주의를 주었다.

"조심해! 웃지 마라."

그 바람에 터져 나오는 웃음을 겨우 참고 걷는데, 걸음을 빨리하던 재혁이 갑자기 거기서 멀지 않은 한 방문 앞에 서며 열쇠를 꺼내들었다. 헤어 보니 대박사에서 옆으로 세 번째 방이었다. 재혁이 열쇠로 주먹만한 자물쇠를 여는 걸로 보아 그게 바로 그가 말한 방인 것 같았다. 겉보기와 달리 방 안은 제법 넓고 깨끗했는데, 정면 벽에 검은 빛나는 커다란 십자가가 걸려 있는 게 좀 유별났다.

"형, 이거 장차 성전을 지을 터전이 아니라 이미 여기다 교회를 세운 거 아뇨? 대박사하고 나란히."

그가 빙글거리며 그렇게 묻자 재혁이 비로소 조금 마음이 놓인다는 듯 껄껄거리며 받았다.

"그건 아니고…… 조용히 기도하는 방 정도로 쓰려고 저걸 걸어놓았는데 사람들에게는 달리 보인 모양이라. 특히 그 대박사 주지에게는 버거운 경쟁자가 나타났다는 위기의식을 주었는지, 여기 저걸 달았다는 걸 알자마자 후끈 달아 달려왔더라고. 설법하러 왔다는데 설법이라기보다는 예수 따위는 믿지 말라는 억지였어. 그리고 은근히 자신이 모시는 부처를 믿으면 절 이름처럼 대박이 터질 거라며 저 십자가를 떼어 내라는 거야. 하지만 내가 별로 양보하지 않자 천둥같이 화를 내며 돌아가더군. 대박사 출입문 양쪽에 걸린 주련 중에서 '부처찬성 예수반대'라는 구절은 원래 없었는데 그 뒤에 추가된 거야. 염불에도 추가되고……. 아마 너도 여기서 지내려면 한 번은 대박사 주지의 설법을 들어야 할걸. 안 그러면 한바탕 종교 전쟁을 치르든지. 하지만 다행인 줄 알아. 내 덕분에 주지에게 네가 웃는 걸 들키지 않았으니 종교 전쟁을 치러도 헐하게 치를 수 있을 거다."

하지만 그러는 재혁의 목소리는 여전히 조심스럽고 낮았다.

대박사 주지가 정말로 그를 찾아온 것은 그날 오후 짐도 제대로 풀기 전이었다. 주지는 오십대 중반쯤으로 보이는 사내였는데, 한눈에 정신병 병력(病歷)이 드러나 보일 만큼 생김과 차림이 특이했다. 턱과 볼이 넓고 이마가 좁은 얼굴에 불길하게 번쩍이는 눈이 그랬고, 깎은 머리에 얹은 털실모자와 잿빛 개량 한복 위에 걸친 얼룩덜룩한 가사가 그랬다. '달통법사(法師)'라고 자신을 소개했지만 정작 경문 한 줄 제대로 욀 줄 아는 것 같지 않은 데다, 조계종(曹溪宗)이 무언지 태고종(太古宗)이 무언지조차 알지 못하는 대처승(帶妻僧)이었다. 그러면서도 기독교에는 터무니없이 적대적이어서 오직 그것으로만 자신의 불심(佛心)과 도력(道力)을 드러내려 드는 것 같았다.

몇 마디 나누기도 전에 그는 대박사 주지가 만만치 않은 상대임을 알아보았다. 그런 난적(難敵)과 공연한 시비에 말려드는 게 싫어 이내 손을 들어버렸다. 자신은 기독교인이 아님을 밝히면서 십자가를 보자기로 덮었다가 나중에는 아예 주지가 보는 앞에서 십자가를 떼어 내렸다. 그가 그렇게까지 나오자 주지도 더 붙들고 늘어지지 못하고 돌아갔다. 하지만 아무래도 그에게 의심을 거두지 못한 듯 그와 마주치기만 하면 '부처찬성 예수반대'를 염불처럼 외어댔다.

"계십니까?"

그가 아직도 대박사 주지 생각에 빠져 있는데 갑자기 출입문을 두드리는 소리와 함께 누군가가 밖에서 가만히 물었다. 낮고 부드러운 남자 목소리였지만 묘하게 귓속을 파고드는 듯한 데가 있었다. 그가 까닭 모르게 가슴이 설레어 문을 열자 아까의 목소리가 먼저 안으로 들어왔다.

"보일러 수리 나왔습니다. 혹시 아침에 전화로 보일러 수리 부탁하셨습니까?"

"아, 예……."

그러면서 끌린 듯 문밖으로 나간 그는 목소리의 임자를 쳐다보는 순간 잠시 할말을 잊었다. 보일러공은 서른 안팎의 청년이었는데 어디서 본 듯한 얼굴이었다. 그러나 아무리 기억을 더듬어도 어디서 만났는지 알 수가 없었다. 그래서 그 청년을 뜯어보는 사이에 이번에는 그 얼굴이 주는 별난 느낌이 다시 한동안 그의 말문을 막았다.

처음 그는 그 청년의 얼굴이 여위고 병색(病色)이 도는 것으로 보았다. 그러나 뜯어보니 얼굴이 약간 길뿐 여윈 것은 아니었고, 병색도 실은 청년의 낯빛이 너무 해맑아 그렇게 잘못 보게 된 듯했다. 거기에다 호리호리한 몸매도 막일꾼이나 다를 바 없는 비닐하우스 마을의 싸구려 보일러공과는 어울리지 않는 기품 같은 게 느껴졌다.

"그럼 …… 형씨가 보일러 기술자요?"

한참 뒤에 공연히 당황한 그가 그렇게 더듬거리며 묻자 청년이 여전히 낮고 부드러우면서도 파고드는 목소리로 받았다.

"네. 보일러 수리, 배관(配管) 배전(配電) 다 합니다."

"어째, 보일러 수리하고 다니는 사람 같지 않아서……."

그가 다시 그렇게 마음속을 털어놓자 청년이 공구가 들어 있는 듯한 가방을 들어 보이며 희미하게 웃었다.

"보일러 수리하고 다니는 사람은 어떤데요?"

그러고 보니 청년이 입고 있는 옷도 여기저기 기름때에 전 여느 작업복이었다. 그제야 멋쩍은 기분이 든 그는 얼른 말머리를 돌려 그 청년을 보일러가 있는 곳으로 데려갔다. 청년은 비닐하우스 바깥에 놓인 보일러와 기름통을 찬찬히 살펴보았다. 눈과 귀와 손만으로 하는 점검이 얼마나 세밀하고 조심스러운지 꼭 청진(聽診)과 촉진(觸診)을 겸하는 의사 같았다. 이윽고 청년이 말했다.

"보일러는 이상이 없는 것 같은데요. 기름통도 전기도 괜찮은 듯하고……."

"그럼 왜?"

"아마 배관이 탈난 듯하네요. 여기 플라스틱 파이프 배관이죠?"

"그건 잘 모르겠어요. 내가 한 게 아니라서. 안으로 들어가서 살펴보시죠."

"보나 마나예요. 팔봉 마을은 모두 그 배관이니까. 하꼬방에 누가 동(銅) 파이프나 스테인리스관으로 배관하겠어요?"

그러면서 방 안으로 들어간 청년은 다시 방바닥을 쓰다듬으며 고장 난 부위를 찾았다. 이번에는 노련한 산부인과 전문의가 임산부의 배를 어루만지듯 주의와 정성을 다한 점검이었다. 오래잖아 청년이 한 곳을 되풀이 더듬더니 자신 있게 말했다.

"여기군요. 다 같이 차와도 이쪽과 저쪽의 온도가 달라요. 한쪽에 더 오래 열이 공급되었다는 뜻이죠. 고장은 여기쯤에서 배관이 막힌 거고……."

청년이 가리킨 곳은 문턱에서 멀지 않은 방바닥으로, 자세히 들여다보니 한 군데가 제법 눈에 띌 만큼 내려앉아 있었다. 평소에는 보자기만한 싸구려 양탄자로 덮여 있던 곳이라 그 함몰(陷沒)을 알아보지 못한 듯했다.

탈이 난 곳을 알아낸 청년은 곧 일을 시작했다. 먼저 배관에서 물을 빼내는 조치를 한 뒤, 막힌 배관 위의 합성수지 장판을 걷어내고 가방 안에서 공구들을 하나씩 꺼내 쓰기 좋게 나란히 펼쳐 놓았다. 하나하나로는 흔히 보던 공구들이지만 한꺼번에 펼쳐놓으니 꽤나 다채로운 느낌을 주었다. 크고 작은 망치 둘, 역시 굵고 가는 정 두 개, 전지(剪枝) 가위처럼 생긴 함석 자르는 가위와 보통 가위, 테이프 몇 종류와 접착제, 그리고 용도를 알 수 없는 몇 가지 자질구레한 부속품 따위였다.

"차지 않겠어요? 이 위에 앉으세요."

맨 먼저 큰 망치와 정을 찾아든 청년이 찬 방바닥에 그대로 퍼질러 앉는 것을 보고 그가 방석을 내어주며 말했다.

"괜찮아요."

청년이 그렇게 사양하며 방바닥을 깨기 시작했다. 정 끝이 뭉툭해서인지 미장이 단단해서인지는 알 수 없지만 꽤나 힘을 들인 망치질이었다.

그는 방 한구석에 전기난로를 끼고 앉아 구경거리 만난 아이들처럼 청년이 일하는 것을 바라보았다. 그러다 보니 다시 등짝이 으스스해 와 아침 나절처럼 모포를 끌어다 덮었다. 방바닥을 깨던 청년이 문득 미안해하는 얼굴로 그를 쳐다보며 말했다.

"이거 한동안 몹시 시끄러울 텐데……. 어디 따뜻한 데 가서 쉬고 오시지요."

그러면서도 청년은 망치질을 멈추지 않았다.

"수리하는데 좀 시끄럽다고 안 고칠 수도 없잖아요? 여기서 그냥 쉴 테니 어서 고쳐 방이나 따뜻하게 해주세요."

그가 그러면서 무심코 정에 망치질을 하는 청년의 두 손에 눈길을 보냈을 때였다. 그에게 말을 하며 한눈을 팔다 그리됐는지 둔탁한 소리와 함께 굵은 망치가 끌 위에 얹힌 청년의 장갑 낀 엄지손가락을 내리쳤다. 뼈가 으스러질 정도까지는 아닐지 몰라도 작지 않은 상처가 날 만한 타격이었다. 그런데 참으로 알 수 없는 일이 일어났다. 터져나오는 비명을 억지로 삼키고 있는 그에 비해 청년의 얼굴에는 별로 고통의 기색이 없었다. 엄지만 얼른 내려 다시는 망치에 맞지 않게 끌을 감아쥐었을 뿐, 잠깐 멈추는 법도 없이 하던 일을 계속했다. 엄지에서도 피 한 방울 흐르지 않았다.

"그거…… 정말 괜찮으세요?"

그가 목을 빼어 청년의 엄지손가락을 살피며 묻자 청년이 망치질을 멈추며 되물었다.

"뭘 말입니까?"

"그 엄지손가락. 심하게 짓찧지 않았어요?"

"아 이거……."

그제야 생각났다는 듯 청년이 오른손으로 왼손 엄지를 새삼 감싸쥐며 희미하게 웃었다.

"보기보다 그리 심하게 내리친 건 아닙니다. 정에 망치질을 하다 보면 흔히 있는 정도죠."

하지만 알 수 없는 일은 한 번 더 있었다. 내려앉은 미장에 눌리고 이물질이 끼여 막힌 배관을 잘라내고 잇는 작업을 하는 중에 다시 한번 청년이 손을 다친 적이 있었다. 플라스틱 배관을 자르는 가위거나 쇠톱에 다친 모양인데, 이번에는 목장갑 밖으로 제법 흥건하게 피가 배어 나올 만큼 상처를 입었다. 하지만 한 시간쯤 뒤 일을 끝낸 뒤에 장갑을 벗고 손을 씻는 걸 보니 두 손 모두가 말짱했다.

그는 이번에도 잘못 보았는가 싶어 청년이 벗어둔 목장갑을 가만히 살펴보았다. 말라붙긴 했지만 분명히 핏자국이 있었다. 그는 놀라 청년의 얼굴을 다시 쳐다보았다. 그러나 그 얼굴 어디에도 그가 본 것을 믿게 할 만한 신비나 초능력의 기미는 눈에 띄지 않았다. 힘없고 마음 여려 뵈는 한 보일러 수리공의 눈길이 고요하게 마주 보아올 뿐이었다.

7

흔히 수학은 합리적이며 정확하고 증명이 가능한 것만 다루는 학문이고, 구체적인 현실에 적용할 때에만 쓸모 있는 도구가 되는 것으로 오해되고 있다. 하지만 자연수와 평면기하학의 정확성과 규칙성이 지배하는 초보 산술(算術)에서 벗어나면 그 같은 오해도 줄어든다. 그리하여 고급 수학으로 갈수록 수학은 다만 근사치를 얻을 수 있을 뿐이며(미적분을 상기하라), 증명이 불가능함을 증명하는 데 더 정확하다는 느낌을 준다. 그러다가…… 마침내는 오히려 수학이야말로 가장 추상적이고 관념적인 진술 체계가 아닐까 하는 느낌까지 들게 하는데, 그 한 예가 존재와 초월에 관한 수학의 진술들이다.

얼른 보아 존재와 초월에 대한 논의는 수리(數理)의 세계와 무관해 보인다. 누구도 '이미지가 곧 실체다'라든가 '유한 공간의 무한성' 같은 골치 아픈 논의가 간단한 공식이나 몇 개의 수(數)개념으로 설명될 수 있다고 보지 않는다. 하지만 조금만 유의하면 피타고라스학파처럼 신비주의를 끌어들이지 않고도 우리는 수학이 철학적 유용성을 지닌 진술 체계라는 데 동의할 수 있다. 이미지와 실체의 문제를 예로 들어보자. 이미지는 실체의 일부로서 전부를 드러내는 그 무엇이다. 선이면 끄트머리 같은 것으로, 면이면 가장자리로 그리고 입체이면 표면이 되는데, 수학은 다차원으로 갈수록 입체 표면의 비중이 커짐을 증명해 준다. 1차원 선의 끄트머리 10분의 1은, 2차원 면의 가장자리가 되면 100분의 19가 되고, 3차원 입체의 표면이 되면 1000분의 271로 비중이 커진다. 그리하여 무한대 차원에서는 마침내 표면이 곧 실체의 전부가 된다. 0차원 점에서는 끝도 가장자리도 표면도 없어 이미지가 곧 실체였던 것처럼…….

그는 책을 읽다 말고 힐끗 시계를 쳐다보았다. 약속시간이 지났는데도 재혁은 아직 보이지 않았다. 그는 사람들이 북적대는 낮 시간의 대형 서점에서 만날 약속을 한 게 슬며시 후회되었다. 전날 만날 약속을 할 때 재혁이 마침 사야 할 책이 있다기에 예전처럼 그리한 것이지만, 어느새 사람들에게 부대끼며 서서 기다리는 게 피곤하고 성가신 일이 되어 있었다. 방금 읽고 있는 책도 그 피곤함과 성가심을 잊기 위해 잠시 집어든 책이었다.

부근을 한 바퀴 둘러보고 아직 재혁이 오지 않았음을 확인한 그는 다시 읽고 있던 책으로 눈길을 돌렸다. 썩 재미난 것은 아니었지만, 묘하게도 그의 호기심을 자극하는 데가 있었다.

초월과 무한은 공간과 연관된 개념이며 신비주의로의 길목이 된다. 그런데 그 공간의 무한성에 관한 진술로는 수학만한 것도 없다. 우리는 임의의 이어진 두 자연수의 사이에 있는 수학적 공간을 가만히 짚어 보는 것만으로도 이른바 '유한 공간의 무한성'이라는 것을 실감할 수 있다. 자연수 1과 2 사이를 예로 들어 보자. 정수로는 1밖에 들어갈 수 없는 공간이지만 가만히 헤아려 보면 그사이에는 실로 무한이라고 해도 좋을 만큼 많은 수들이 들어갈 수 있다. 1 더하기 소수점 이하 0 가까운 곳에서 시작해 2까지에 이르는 무한대 가까운 소수(小數)들, 그만큼이나 엄청난 무리수(無理數)의 행렬. 그리고 소수로 바뀔 수 없는 분수(分數)들. 공간으로 바꾸면 작은 우주가 될 수도 있는 엄청난 수리의 틈이 그 사이에 벌어져 있다. 수 대신에 물리적 공간을 대입하면 임의의 두 물건 사이의 거리도 그와 같다. 아무리 가까운 거리라도 공간 단위가 무한히 미세한 인식 주체에게는 거의 무한대가 된다. 마이너스 1억 승(乘) 정도를 기본 단위로 쓰는 인식 주체에게는 1센티미터도 엄청난 거리일 것이다. 『서유기』를 보면 부처님의 두 손가락 사이가 손오공에게는 수백, 수천만 리가 된다. 이와 같이 한계 지어진 좁은 수리적 공간의 관념적 체험은 물리적 공간을 이해하는 데 활용될 수도 있다. 우주의 끝이 있는가의 문제는 어쩌면 수리적 공간과 물리적 차원과의 관계를 규명하는 데서 답을 얻을 수 있을지도 모른다…….

다시 책에 빠져든 그가 거기까지 읽었을 때였다. 수리적 상상력을 함께 발동시켜야 하는 내용의 부담에다 그런 책을 읽기에는 장소가 너무 어울리지 않는다는 갑작스런 자각으로 책을 덮는데 누군가 어깨를 툭 쳤다.

"뭘 그리 정신없이 읽고 있어?"

그러면서 그의 어깨를 친 손으로 그가 읽고 있던 책을 뒤집어 보는 것은 재혁이었다.

"뭐? 『존재와 초월에 관한 수학적 진술』이라, 거 참 묘한 제목이네."

말투에는 약간 장난기가 있었지만 얼굴은 무언가로 상기되어 있었다. 그가 얼른 읽던 책을 제자리에 갖다 놓으며 그런 그의 말을 농담 섞어 받았다.

"이젠 대형 서점 매장에서 만나자는 약속 같은 거 하지 맙시다. 형이나 나나 이런 데서 무작정 서서 기다릴 군번은 아니잖우?"

"하긴 나도 그래. 나가자. 어디 가서 커피나 한잔 하며 얘기하자."

재혁이 그 말과 함께 앞장서 매장을 빠져 나갔다.

"형, 책 살 거 있다며? 책부터 산 뒤에 저쪽 코너 휴게실로 가지."

그가 뒤따라가며 그렇게 말했으나 재혁은 뒤도 돌아보지 않고 걸음을 재촉했다.

"이놈의 뚜껑 열리기 전에 열부터 좀 식히자. 책은 나중에 돌아와 사면 돼."

"'미국 놈 까부수기'는 북한 유치원생들만 하는 놀이인 줄 알았는데 아니네. 초등학교 3학년이 반미(反美) 혈서(血書)라……. 이거 북한 유치원생들이 장난감 총 가지고 미국 놈 까부수기 하는 것보다 오히려 더한 거 아냐?"

서점을 나와 가까운 커피숍에 자리를 잡고 마주 앉기 바쁘게 재혁이 들고 있던 신문지를 탁자 위에 던지며 이죽거리듯 말했다. 얼른 알아듣지 못한 그가 물었다.

"형, 그게 무슨 소리야?"

"효순이 미선이 죽은 거야 가슴 아픈 일이지만, 이것도 너무 하는 거 아니냐고."

재혁이 신문지를 펼쳐 한쪽을 가리키며 말했다. 점점 열기를 더해 가는 반미 촛불시위 기사 사이에 있는 제법 눈에 띄는 박스 기사였다. 굵은 활자로 뽑혀 나와 있는 제목들을 보니 벌써 내용을 알 만했다.

"피해자는 있는데 가해자는 없다는 꼴이 된 미군 법정의 논리도 어이없지만, 아홉 살짜리가 쓴 혈서도 하긴 섬뜩하네요. 아니, 황당하다고 해야 하나."

"좌파 교원노조의 요술이지만 황당한 게 아니라 혈서를 쓴 가장 어린 나이로 기네스 북에 오를 만큼 진기할걸."

"하지만 어쩌면 그게 이제 더는 이 땅에서 점령군 같은 미군의 주둔 논리가 통하지 않는다는 뜻도 되잖아요?"

"문제는 지금 언론, 특히 방송에서 기이한 느낌이 들 만큼 과장되고 있는 것처럼 이와 같은 반미 시위가 다수의 자발적이고 자연스러운 의식만은 아니라는 점이야. 가망 없는 반공(反共) 세대의 억지라 보기에는 너무도 뻔하게 특정 세력에 의해 시비가 확대재생산되고 있는 혐의가 짙어. 그들의 목적이 어디 있는지 모르지만 인터넷의 익명성을 악용한 선동과 조작된 퍼오기, 그리고 얄팍한 민족주의 감정의 자극으로 규모를 키워가는 이 시위는 애초부터 문제 해결을 목적으로 하고 있지 않는 것 같아. 사고를 낸 부대 지휘관이 사과해야 한다고 하다가, 그 지휘관이 사과하면 8군 사령관더러 사과하라고 하고, 8군 사령관이 사과하면 미국 대통령이 사과하라고 하지. 그리고 미국 대통령이 사과한 지금에 와서는 다시 행정부 수반으로서의 '정식' 사과를 요구하고 있어. 아마도 행정부 수반의 정식 사과가 있으면 아메리카 합중국의 정식 사과를 요구할 것이고, 아메리카 합중국이 정식 사과를 하면 또 다른 사과가 요구되어 결국은 주한미군이 철수해도 시비는 끝나지 않을 거야."

"어째 형이 80년대에 하던 주장과는 많이 다르네. 만약 이 땅에 메시아가 온다면 그 메시아조차도 외투 속에 기관단총을 감추고 도시 게릴라전을 벌여야 할지도 모른다고 했던 것 같은데. 형이 말하는 구원 중에는 민족 해방도 한 중요한 내용이고, 그걸 쟁취할 대상은 바로 아메리카 제국(帝國)이라고 하지 않았어? 옛

적 유대의 열심당(熱心黨)이나 시카리가 로마에게 그랬던 것처럼."

갑자기 재혁을 만났던 80년대 후반의 야학 교실을 떠올리며 그가 특별히 빈정거린다는 기분 없이 말했다. 구로동이었던가, 그래, 그 닭장집 옆 공터의 천막. 나이는 세 살이나 위였지만 머리를 박박 깎아서인지 유난히 앳돼 보이던 재혁의 얼굴이 10여 년의 세월을 훌쩍 뛰어넘어 그의 머릿속에 떠올랐다. 재혁도 그와 같은 시간 같은 장소를 떠올렸던지 잠깐 아련한 회상의 눈길이 되었다가 단호하게 받았다.

"그랬을지도 모르지. 그때는 엉뚱하게도 해방신학과 종속이론(從屬理論)으로 모든 것을 설명하려 들던 늦깎이 신학도 시절이었으니까."

"그럼 이제 와서 가이사의 것은 가이사에게, 하나님의 것은 하나님에게인가요?"

"그렇게 단순화시킬 수는 없지만 한 가지는 확실하다. 대미(對美) 민족해방전이 지금 우리 구원의 가장 중요한 내용일 수는 결코 없다."

"마카베우스(시리아 세레우코스 왕조의 지배 아래 있던 유대를 해방시키려고 싸우다 죽은 유다스 마카베우스. 그의 아우 시몬이 독립을 달성하여 마카베 왕가를 세움-편집자 주)의 영광은 어떡하시구요?"

그가 다시 옛날의 기억을 되살려 이죽거리듯 물었다. 마카베의 영광. 하스몬(마카베 왕가의 다른 이름-편집자 주) 왕가……. 언제인지 자세한 기억은 없지만 재혁은 그에게 열을 올려 마카베 전쟁과 그들 세 부자(父子, 마타티아스 · 유다스 마카베우스 · 요나단 마카베우스-편집자 주)의 장렬한 최후를 들려준 적이 있었다. 주사파(主思派) 쪽 사람이 나와 지도자론(指導者論)을 떠벌이고 간 뒤였던가. 하지만 재혁은 얼른 그 일이 기억나지 않는지 뜻밖이라는 눈길로 한동안 그를 바라보다가 다시 흔들림없는 어조로 말했다.

"예전에 내가 무슨 소리를 했는지 모르지만, 지금 내가 불길한 느낌으로 떠올리는 것은 마사다(쿰란 남쪽의 요새지로 제1차 유대전쟁 때 여자와 아이들을 포함한 960명의 열심당원이 그곳에서 로마군에 저항하다 전원이 집단 자살하였다-편집자 주)의 비극이다."

"마사다의 비극이라…… 그건 또 왜 말이 변하셨수? 옛날의 형에겐 그게 비극이 아니라 이념미(理念美)의 극치였던 것 같은데……."

"마사다의 비극을 설령 그렇게 미화할 수 있다 해도 남한의 우리와는 무관하다. 남한은 기껏해야 이쪽저쪽에서 굴리고 날리는 돌덩이와 불화살에 일찌감치 묵사발 나는 마사다 아랫동네고, 우리는 진작부터 죽어 자빠지거나 오히려 로마군을 위해 마사다 요새로 올라가는 비탈길이나 닦을 노예 신세 중의 하나를 고르게 되겠지."

그러는 재혁의 눈길이 전에 없이 번득였다. 더는 재혁을 이죽거려 좋을 게 하나도 없다고 본 그는 그쯤에서 말투를 바꾸었다.

"그런데 실은 말입니다. 제가 보기에는 지금 한창 키우고 있는 그 촛불놀이판, 반드시 그리 거창한 민족주의 논리만으로 가는 것 같지도 않던데요. 목적이 따로 있는 대중 조작이고, 그 때문에 어떤 의미에서는 그들의 반미(反美)가 위험한 게 아니라 얄팍한 민족주의 탈을 쓴 대중 조작이 더 위험해 보이기까지 합니다."

"목적이 따로 있는 대중 조작?"

"대통령 선거 말입니다. 그 낌새를 알아차리고 상대적으로 친미적(親美的)이어야 할 야당 후보가 오히려 여당 후보보다 먼저 소파(SOFA) 개정을 촉구하는 서명에 동참한 것일 테고."

그의 목소리가 진지해서인지 재혁도 조금 가라앉은 표정으로 받았다.

"아무리 선거가 며칠 남지 않았지만 그건 너무 비약이 아닐까. 반미시위로 특정 후보의 표를 모은다?"

"내가 보기에는 지난 여름 월드컵도 수상쩍던데요. 아니, 그 이전 오노의 할리우드 액션 가지고 온 방송국이 난리칠 때부터. 스포츠 국수주의라고 해야 하나. 전쟁처럼 승패를 갈라야 하는 스포츠의 특성과 얄팍한 민족주의 감정을 교묘하게 결부시켜 그때부터 애들 데리고 놀기 시작한 것 같은데. 사유(思惟)마저도 디지털 신호를 받아 같이 깜박깜박 하는 이른바 누리꾼 아이들 데리고……"

"에이, 그건 아니다. 김동성이 금메달 뺏겼을 때는 나도 화났고, 우리 축구 4강 들었을 때는 나도 신나더라."

그때쯤 해서야 비로소 처음 그 커피숍에 들어설 때의 격한 감정에서 깨났는지 재혁이 오히려 빈정거리듯 받았다.

"그건 나도 마찬가지지. 하지만 조금은 찜찜하지 않았수? 단거리 경기에서는 1초가 무서운데 오노는 그 불필요한 동작을 두 번이나 하고도 김동성이한테 바짝 붙어 결승선에 들어왔지 아마. 주최국 눈치를 살피는 심판이 김동성의 진로방해로 핑계 삼기에 충분할 만큼. 월드컵 4강 때도 그래요. 우리가 똥개 텃세하고 있는 거 아닌가, 이번에는 우리 선수들이 할리우드 액션을 하고 주최국 눈치를 보게 되어 있는 심판이 슬쩍슬쩍 고의적으로 우리에게 유리한 오판(誤判)을 하고 있는 것이 아닌가 하는 생각…… 전혀 안 들었수?"

"글쎄, 이제 보니 그런 기분이 전혀 안 드는 건 아니지만, 월드컵 축구 얘기는 좀 심한 거 아니냐? 홈그라운드의 이점이란 건 어디서나 인정되는 건데."

"그럼 김동성이 일을 화내지 말아야지. 내가 한 것은 로맨스고 남이 한 것은 스캔들이다, 이건가요. 스포츠에 싸구려 국수주의를 너무 노골적으로 끌어들인 거 같지 않아?"

"그래도 어쨌든 우리 반응은 자연스러운 거 아냐? 우리 편 이기면 좋고 지면 서운한……."

커피숍으로 들어올 때와는 달리 이제는 그가 더 열을 올리며 목소리를 높였다.

"그 자연스런 감정을 이용당해 더 섬뜩하다고 할 수도 있는 거유. 우리 증권회사와 거래가 잦은 어느 영국인 애널리스트가 내게 물은 말인데 형도 한번 들어 봐. 6월인가, 시청 앞 광장에 50만이 모였느니, 백만이 모였느니 할 때 그 영국인이 알 수 없다는 얼굴로 묻더라고요. 거기 가면 특별히 크고 해상도(解像度) 높은 모니터 같은 것이라도 있냐고. 그래서 상업 광고용 전광판 큰 게 몇 있기는 하지만 특별히 해상도가 높은 것 같지는 않다고 했더니, 이번에는 그럼 거기 모여 응원하는 소리가 우리 선수들에게 들려 격려가 될 수 있느냐고 묻습디다. 그것도 아니라고 했지. 상암 경기장도 10킬로미터가 넘을 뿐만 아니라, 어떤 경기는 지방에서 했기 때문에 응원 소리가 들릴 리는 없을 거라고. 그러니까 그 영국인이 고개를 갸웃거리며 다시 묻데. 그럼 왜 거기 젊은이들이 그렇게 몰려드느냐고. 잠깐 대답이 궁했지만, 이내 그 무렵 어디선가 주워들은 대로 대답해 줬지. 거기서 젊은이들이 잔치를 벌인 거라고, 우리의 스포츠 축제였다고 했지. 그러니까 그가 다시 한참이나 고개를 갸웃거리더니 말하더군요. 한국에서는 머지않아 별난 일이 생길 것 같다고. 왜냐하면 젊은이들이 광장에 백만씩 모인다는 것은 별난 일이기 때문이라는 거야. 유럽에서는 히틀러 시절에나 한 광장에 백만 군중이 모인 적이 있고, 인구 밀도 높은 동북아시아에서도 홍위병 이후에는 백만 군중이 모인 적이 드물 거라고. 정말 축구 때문에 열광해 모여도 그렇고, 무언가 다른 의도로 조작된 군중이라도 그렇다는 거야. 정치적인 대중 조작이면 집단주의 광기로 특징지어지는 어떤 좋지 않은 사태가 벌어질 것이고, 중남미형 스포츠 열광이면 중남미적인 의식의 혼란과 착종이 올 것이라고……."

그가 그렇게 말하고 숨을 고르는 사이에 오히려 재혁이 느긋해진 목소리로 말했다.

"그 양코배기 공연한 심술로 어깃장 놓는 거 아냐? 그건 그렇고, 우리 시방 여기 시국토론 하러 나왔냐?"

그러더니 만난 지 처음으로 빙긋 웃으며 서둘러 논의를 맺었다.

"지금 한창 들까부는 우리 반미(反美)가 힘이 닿으면 로마로 진군할 수도 있다는 공격적 시오니즘 같은 게 아니라면 됐고……. 그래, 며칠 있어 보니 거긴 살 만하데?"

어쩌다 열을 올리게는 되었지만 길게 잡고 늘어질 화제는 아니라서 그도 그쯤에서 말머리를 돌렸다.

"먼저 열을 올린 게 누군데. 어쨌든, 그 마을 재밌던데. 그래도 있을 건 다 있고. 어제 인터넷 전용선까지 들어왔어요."

"재밌다는 것은 대박사 주지나 왕년에 금송아지 안 기른 집이 없는 이웃들 얘기겠지. 그럼 회사일은 어찌 됐냐? 아예 그만둘 거야? 아니면 다시 나가면서 버텨볼 거야?"

8

“저기요……. 저 봐요. 이제 가봐야겠어요.”

누군가가 가만히 어깨를 어루만지면서 속삭이는 소리에 그는 눈을 떴다. 안개라도 낀 듯한 시야에 빛바랜 흑백 사진처럼 흐릿한 선으로 떠 있는 것은 마리의 얼굴이었다. 그제야 그는 자기가 어디 있는지를 알아차리고 벌떡 몸을 일으켰다. 마리를 만난 뒤에 더 마셔 정신을 잃고 자리를 옮기지 않았다면 그곳은 ‘샹그리라’ 호텔 객실일 터였다.

“몇 시지?”

두터운 커튼 사이로 새어든 한 줄기 햇빛이 너무 눈부시어 손바닥으로 눈썹 위에 그늘을 지으며 그가 물었다. 마리가 머리맡 시계 있는 곳을 가만히 바라보는 것 같더니 메마른 목소리로 대답했다.

“8시가 넘었는가 봐요. 꽤 많이 늦었어요.”

“8시? 그럼 아직 새벽이네, 뭐. 그리고…… 너 어디 따로 나가는 데 있어? 늦고 말고를 따지게.”

그러면서 그는 새삼스러운 눈길로 마리를 살펴보았다. 커튼 때문에 아주 환하지는 않아도 아침에 맨 정신으로 그녀를 보니 불빛 아래 취한 눈길로 바라볼 때와 많이 달랐다. 그녀를 가장 뚜렷이 기억나게 한 머리칼은 노란색이 아니라 갈색에 가까웠고, 얼굴도 앳된 데는 있었지만 스물은 훨씬 넘어 뵈는 어른스러운 그늘이 있었다. 차림도 청바지에 하얀 블라우스는 그대로였으나 그것들이 주는 느낌은 간밤 같지 않았다. 분방함과 현대성보다는 정결함과 검소함을 강조하고 있는 듯했다.

“그냥 가려고 했는데, 접때 자는 사람 버려두고 혼자 가버렸다고 하도 야단이시기에…….”

마리가 여전히 메마른 목소리로 그래놓고 희미하게 웃었다. 그런 그녀를 보면서 그는 오래 참은 요의(尿意)만큼이나 느닷없고도 다급한 욕정을 느꼈다.

“그래, 맞아. 또 그냥 가버렸으면 많이 섭섭했을 거야. 날 깨우길 잘했어. 작별의 의식이란 것도 있지 않아.”

그는 스스로도 느끼하게 느껴지는 목소리로 그녀의 말을 받으면서, 그냥 두면 사라지거나 꺼져버릴 존재를 잽싸게 낚아채듯 팔을 뻗어 그녀를 다시 침대에 끌어다 뉘였다. 그리고 그녀에게 한번 물어보는 법도 없이 블라우스 단추를 풀고 바지를 벗겼다.

마리는 최소한의 절차조차 무시한 채 서둘러 비집고 들어오는 그를 아무런 저항 없이 받아들였다. 성급한 그를 달래기라도 하듯 자연스럽게 몸을 여는 그녀에게서는 오히려 그 순간을 기다려 온 듯한 느낌마저 들었다. 하지만 그는 그런 걸 느낄 겨를조차 없이, 무엇에 내몰리듯 제 길을 갔다. 그러다가 그녀와 다시 한바탕 악전고투와도 같은 성합을 치르고 난 뒤에야 그는 비로소 첫날 그녀에게서 느꼈던 것이 고혹(蠱惑)이 아니라 실은 공격유발성(攻擊誘發性)이며, 그녀에게 쏟아낸 것도 욕정이 아니라 가학(加虐)의 열정이었을는지도 모른다는 생각을 했다.

"이젠 가요. 안녕히 계세요."

별로 성가셔 하는 기색도 없이 함부로 벗겨 내던진 옷을 찾아 입은 마리는 빗질까지 단정히 한 뒤에야 여전히 어떤 감정도 느껴지지 않는 목소리로 그렇게 말했다. 벗은 몸으로 늘어져 있다가 다시 아슴푸레 잠에 빠져들던 그가 놀라 깨어났다.

"그런데 얘. 하나 물어보자. 우리가 지금 뭘 하고 있는 거지? 너희들이 말하는 부킹이란 게 원래가 이런 거냐? 아니면 이것도 일종의 데이트냐?"

그는 그렇게 물어놓고 한층 바보스럽게 덧붙였다.

"우리는 앞으로 다시 만나게 되는 거냐? 만나면 언제 어디서 어떻게 만나냐? 또 오늘은 이렇게 헤어지는 거냐? 내가 뭔가 너를 위해 해주고 싶은데 너는 내게 바라는 게 없어?"

그러자 그녀가 희미하게 웃으며 받았다.

"옛날부터 많은 남자와 여자가 대강 이렇게 만나온 거 아녜요? 우리 만남도 그런 거죠, 뭐. 그리고 아마 우리는 또 만날 거예요. 바라는 거? 물론 있어요. 그러나 지금은 아니고, 언젠가 간절히 아저씨에게 바랄 때가 있을 거예요. 그때 저를 외면하지나 마세요."

또박또박 그의 물음을 받아서 하는 말이라 어떤 감정이 들어 있는 것처럼 들리기는 했지만, 희미한 미소만 떠 있는 얼굴로 보아서는 그게 어떤 종류의 감정인지 짐작되지 않았다.

"헤어지고 나면 또 너를 만났던 게 긴가민가한 꿈처럼 되겠구나. 핸드폰 번호 같은 거라도 줄 수 없겠니?"

"그런 거 없어요. 하지만 우리가 다시 만나야 한다면 반드시 다시 만나게 될 거예요."

그러면서 다시 백치 같은 웃음을 흘리는 그녀에게서 그는 문득 난데없는 아득함과 막막함을 느꼈다. 그 바람에 방을 나서는 그녀의 뒷모습을 그는 속수무책이라는 기분으로 멀거니 바라볼 수밖에 없었다. 그러다가 그녀가 방을 나가고 한참 뒤에야 불쑥, 우리가 어떻게 다시 만났는데…… 하는 생각으로 급히 옷을 꿰고 뒤따라 객실을 나갔다. 늦었지만 다시 한번 떼를 써 어떻게든 마리의 연락처를 얻으려고 호텔 로비까지 달려나가 보았으나 이미 그녀의 자취를 찾을 길은 없었다.

왜 그녀를 만나면 모든 게 추상적이고 애매해져 버리는가……. 지나가는 택시를 잡아타고 팔봉 마을로 돌아오면서 그는 차분히 전날의 기억을 더듬어 보았다.

아무리 단말기에 기록이 남아 있다 해도, 도무지 한 적이 없는 매수 매도를 책임져야 하는 게 너무 억울해 펄펄 뛰는 그에게 회사는 일단 냉각기를 가지고 정밀하게 자체 조사를 해보자고 제안했다. 그래서 먼저 쓰기로 한 게 연가(年暇)였다. 그러나 연가 일주일을 다 쓰기도 전에 담당자로부터 회사로 나와 달라는 연락이 왔다.

시내로 나온 김에 먼저 재혁과 만난 그는 세상 돌아가는 이야기로 시간을 죽이다가 퇴근 무렵을 기다려 회사로 갔다. 담당자를 만나 들어 보니 그새 일은 한층 고약하게 꼬여 있었다. '억대' 사장과 박 회장이 함께 소송 전 단계로 금융감독원을 들쑤셔 놓아 회사도 자체 조사로만 대응할 수 없는 형편이었다. 회사는 성난 고객에게 먼저 성의를 보인다는 뜻에서, 책임추궁을 한 등급 높여 그를 징계하는 절차에 들어가는 한편 그에게는 의원(依願) 휴직을 권했다. 겉으로는 여전히 그의 편인 듯했지만, 속셈은 우선 시간을 벌어 진상을 정확하게 파악한 뒤에 최종 결말을 짓겠다는 것 같았다.

하지만 말이 휴직이지, 전례로 보아서는 사실상 퇴직이라 그가 일하던 영업부는 회식에 이어 작은 술자리까지 마련해 두고 있었다. 여러 해 한솥밥을 먹은 정리로 나이 든 사람들이 시킨 듯했다. 그런데 그 술자리에 다시 뒤풀이가 더해지면서 분위기가 변질되기 시작했다.

「웬만해서는 그들을 말릴 수 없다」라는 코믹 드라마 제목이 있더니 종각 클럽이 그랬다. 작별 회식이고 송별연이고 상관없다는 듯 저녁 내내 그저 유쾌하기만 하던 그들은 끝내 자리를 엉뚱한 곳으로 이끌었다. 간이주점에서의 조촐한 뒤풀이가 끝나갈 무렵 나이 든 이들부터 하나둘 자리를 떠, 이윽고 그들만 남자 김 대리가 대표처럼 불쑥 말했다.

"과장님, 오늘 '샹그리라' 어때요? 그 신비의 노랑머리 아직 못 만나셨죠? 한 번 더 찾아봐야 하지 않겠어요?"

나머지 종각 클럽 멤버들도 왁자하게 웃으며 김 대리를 거들었다. 마치 그가 영전이라도 해 떠나게 되어 축하연을 벌인 뒤 같았다. 비극을 모르는 세대……. 속으로는 그렇게 중얼거리면서도 그는 그런 그들을 별로 서운해하지 않았다.

그런데…… 그렇게 해서 찾게 된 나이트클럽 '샹그리라'에서 그는 정말로 노랑머리, 아니 마리를 다시 만났다.

그날도 부킹은 일찌감치 성공했고 종각 클럽 멤버들은 저번과 비슷하게 민망할 정도로 어린 아가씨들을 하나씩 꿰어찼다. 따로 얼굴을 익힌 나이트클럽 웨이터 신(申)바람은 그에게도 '끝내주는' 아가씨를 앉혀주겠다고 큰소리쳤지만 그는 굳이 마다하고 노랑머리만을 기다렸다. 하지만 종각 클럽 멤버들은 술이 오르기도 전에 짝을 지어 슬금슬금 사라지기 시작해 12시 무렵에는 김 대리네 쌍만 남아 있었다. 김 대리의 대머리 때문에 마지막 단계로의 진행이 뜻 같지 못한 듯했다. 그러다가 무엇으로 쑤석거렸는지 마침내 고개를 까닥하며 일어서는 아가씨를 따라 자리에서 일어나면서 김 대리가 약간 겸연쩍은 얼굴로 권했다.

"틀린 거 같은데 과장님도 다른 애로 바꿔 보시지요? 노랑머리 걘 요즈음 잘 오지도 않는다고 하지 않았습니까?"

"아니, 좀 더 기다려 보지 뭐. 먼저 나가. 남은 술이나 비우고 나도 나갈게."

그가 그렇게 말하자 김 대리는 필요한 절차를 겨우 다 치렀다는 표정으로 자리를 떴다.

홀로 남겨지자 그는 처음 그들을 따라나설 때보다 더욱 간절한 마음으로 노랑머리를 기다렸다. 이미 12시가 넘어 그녀를 거기서 만날 가망이 별로 없어 보였지만 선뜻 자리를 털고 일어날 수가 없었다. 남아 있는 맥주를 다 비운 뒤에도 다시 몇 병을 더 불러 얼얼하게 취해가고 있는데, 갑자기 머리 위에서 쏟아지는 듯 메마르고 정감 없는 목소리가 귓전을 울려왔다.

"또 오셨군요. 안녕하세요?"

그가 돌아보니 어둑한 바닥에서 솟아오른 듯 노랑머리가 서 있었다.

"어, 노랑머리, 아니 마, 마……."

그가 너무 갑작스러워 그렇게 말을 더듬는데 그녀가 희미하게 웃으며 받았다.

"마리예요. 마리. 그런데 저를 찾으셨다구요."

"그랬지. 그것도 아주 열심히. 이리 와. 여기 앉아."

그는 마리가 금세 어디론가 사라져버릴 것 같아 자리에 끌어 앉힌 뒤에도 움켜잡은 손목을 놓아줄 수가 없었다. 차지만 얇고 보드라운 촉감에 머뭇거리던 취기가 일시에 머리끝까지 솟아올랐다.

"취하셨네요. 그만 마시세요."

자리에 앉은 그녀가 가볍게 손을 빼내며 말했다. 그리고 그가 급하게 채워 내미는 술잔에 손사래를 쳤다.

"저 원래 술 별로 좋아하지 않잖아요? 오늘 밤은 더욱 마시고 싶지 않네요."

"그럼 우리 춤출까?"

그가 공연히 다급해져 얼른 몸을 일으켰다. 그녀가 가만히 그의 옷깃을 잡아끌며 말렸다.

"접때 춤을 좋아하지 않는다고 하신 것 같은데. 저도 별로구요."

"그럼 뭘 하지?"

그가 엉거주춤 자리에 앉으며 멍청하게 물었다. 술기운 탓인지 주변이 급격하게 어둡고 애매하게 느껴지기 시작했다. 그녀가 천천히 몸을 일으키며 나직이 말했다.

"여기서 나가요. 여긴 시끄럽고 숨 막혀요."

여전히 메마르고 정감 없는 목소리였지만 그는 갑자기 대담한 도발이라도 만난 듯했다. 새로 시킨 술이 절반이나 남았는데도 아까워할 겨를조차 없이 자리에서 일어났다.

엘리베이터를 타고 내려와 밝은 호텔 로비 쪽으로 나오다 보니 어둑한 나이트클럽 안에서는 별로 눈에 띄지 않던 마리의 옷차림이 새삼 눈길을 끌었다. 쭉 뻗은 다리를 시원스럽게 드러내주는 청바지에 헐렁한 흰 블라우스를 걸쳤는데, 그런 차림이 풍기는 현대성과 발랄함이 왠지 애매하고 추상적으로 느껴지던 그녀의 존재를 갑자기 생생하고 구체적인 것으로 만들었다.

"어디로 갈까?"

그는 후끈 치솟는 열기를 억누르며 그녀에게 물었다.

"좋은 데루요."

그녀가 희미하게 웃으며 받았다. 그런데 무언가를 비웃는 것 같기도 하고 무심히 흘리는 것 같기도 한 그 희미한 웃음이 다시 새로운 도발이 되어 그를 들쑤셨다. 갑작스런 욕정이 수천 수백 마리의 벌레가 온몸을 스멀거리며 기어다니듯 진저리 처지게 그의 몸을 달게 했다. 그는 완연히 열에 들뜬 사람처럼 그녀를 끌고 로

비 안쪽 프런트 데스크로 갔다.

"그럼 여기 객실을 쓰지. 싸구려 모텔보다 여기가 나을 거야."

하지만 그렇게 해서 마리와 함께 들어간 호텔 객실 안은 다시 애매함과 추상의 공간이었다. 걸신들린 듯 다급하고도 무자비한 욕망. 짓이김 또는 잔인한 복수와도 같은 섹스와 아득히 떨어져 내리듯, 까무라치듯 하며 깜빡깜빡 가닿던 절정들. 기억할 만한 대화도 사건도 없고, 모든 게 그저 몽롱한 탐닉 속에 녹아 흘러버리는 시간이었다…….

그사이 택시는 벌써 영동 사거리를 지나고 있었다. 해가 늦게 뜨는 계절이라 그런지 아침 9시를 훨씬 넘겼는데도 횡단보도가 출근 인파로 붐볐다. 차도도 붐비기는 마찬가지여서 그가 탄 택시도 직진 신호를 한 번 놓친 뒤에야 겨우 사거리를 빠져 나올 수 있었다.

그런데 무심코 그런 주변을 돌아보던 그가 왼쪽 차창 밖으로 눈길을 보냈을 때였다. 길 건너 버스 정류장에서 무언가 번쩍 하는 게 있었다. 플래시 같은 게 터진 듯했는데, 가만히 눈여겨보니 그게 아니었다. 버스를 타려고 모여 있는 사람들 중에 낯익은 얼굴이 있어 무심히 지나가던 그의 눈길을 잡아끈 것 같았다. 그는 시력을 모아 그 낯익은 얼굴이 누구인지를 살펴보았다. 정화였다. 못 본 지 이미 2년 가까이 되는 얼굴이고, 6차선 건너편 달리는 택시 안에서 보고 있어도 정화임에 틀림없었다.

"아저씨, 잠깐 차 돌릴 수 없어요? 저기 좀 가야 하는데……."

"저기 어디요?"

택시기사가 못마땅한 얼굴로 돌아보다가 그의 손가락이 가리키는 쪽을 보고 이마를 찌푸리며 말했다.

"1킬로는 더 가야 유턴이오. 저기로 가야 한다면 차라리 여기서 내려 길을 건너가쇼."

그때 정화 앞으로 시내버스 한 대가 오고 정화가 종종걸음으로 그 버스를 향해 달려갔다. 그가 자신도 모르게 다급해져 소리쳤다.

"아저씨, 아저씨. 저기 저 차. 푸른색 6870번 시내버스, 저거 어떻게 따라갈 수 없겠어요? 돈은 얼마든지 낼게요."

그러자 택시 기사가 거칠게 브레이크를 밟으며 목소리를 높였다.

"내리쇼. 나는 돼먹잖은 할리우드 영화 흉내에 목숨 걸고 싶지 않소. 또 그래 봤자 이 차에 날개가 돋기 전에는 틀린 일이고……."

그때 버스를 따라잡은 정화가 그 뒤편으로 사라지고 잠깐 섰던 버스는 다시 속력을 냈다. 버스가 지나간 자리에서는 정화를 찾을 수가 없었다. 그 모든 일이 아주 짧은 순간에 일어나 그는 갑자기 정화의 환상을 본 게 아닌가 싶기까지 했다. 그래서 다시 한번 눈길을 모아 그쪽을 살피는데 완전히 차를 세운 택시 기사가 으크렁거리듯 물었다.

"어쩔 거요? 여기서 내릴 거요? 그냥 갈 거요?"

길이 다르고 주위의 경물이 달라서인지, 겨우 하루 낮 하루 밤을 떠나 있다 돌아왔는데도 팔봉 마을은 처음 찾아가는 것처럼 낯설었다. 지구(地區)와 동(棟)을 물어가며 그가 자신의 하꼬방이 있는 비닐하우스 골목으로 접어들었을 때는 11시에 가까웠다. 햇볕은 밝고 바람도 없었으나 벌써 12월 중순으로 접어들어 날씨가 몹시 쌀쌀했다.

대박사의 별난 현판과 주련을 보고서야 마음을 놓은 그는 비로소 여유를 가지고 주위를 살피면서 자신의 하꼬방 쪽으로 갔다. 그런데 방 앞에 이르러 출입구 자물쇠에 열쇠를 끼워 넣으려 할 때였다. 출입구 곁에 놓인 헌 철제 옷장이 바람막이가 되는 곳에 무슨 그림처럼 나란히 붙어 앉은 늙은 부부가 눈길을 끌었다. 얼른 보아서는 바람 없고 볕바른 곳을 찾아 사이좋게 해바라기를 하고 있는 것 같았으나 자세히 보니 그렇지가 않았다. 눈을 감고 가쁘게 숨을 몰아쉬며 비닐하우스 벽에 머리를 기댄 채 앉아 있는 할아버지를 보다 말쑥하고 젊어 뵈는 할머니가 곁에서 부축하고 있었다.

"할아버지 할머니, 여기서 뭐하세요? 제가 뭐 도와드릴 일 없어요?"

할아버지의 가쁜 숨소리나 할머니의 걱정스러운 눈초리를 그냥 지나칠 수 없어 그가 물었다. 할머니가 예절바르게 사양했다.

"고마워요. 잠깐만 이렇게 있으면 곧 괜찮아질 거예요."

하지만 할아버지의 얼굴을 보니 그렇지도 않았다. 눈을 감고 있는 얼굴에 핏기가 가신 게 꽤나 심각해 보였다.

"할아버지 많이 편찮으신 거 아닙니까?"

"그렇지 않아요. 협심증 발작이지만 당장 위급한 건 아니에요. 방금 나이트로 글리설린을 혀 밑에 넣고 녹이는 중이에요."

가까이서 찬찬히 살펴보니 할머니도 일흔 살은 되어 보였다. 그런데 그 나이에 비해 니트로글리세린 영어 발음이 이상하게 들릴 만큼 또렷한 데다 악센트까지 정확하게 넣고 있는 것 같았다. 그러고 보니 그들의 옷차림도 갈 데 없어 길가에 나앉은 노부부는 아니었다. 조끼까지 받쳐 입은 할아버지의 단정한 양복 정장이나 할머니의 갈색 투피스는 오히려 그런 비닐하우스 촌에 어울리지 않을 만큼 세련되고 품위 있는 차림들이었다. 게다가 그는 회사에서 발작으로 쓰러진 상사 때문에 협심증(狹心症)과 니트로글리세린을 좀 알고 있어 더욱 그냥 지나칠 수 없었다.

"그래도 잠깐 들어와 쉬어 가시지요. 누추하지만 이 방이 제 방입니다. 할아버지께는 그렇게 쭈그리고 앉은 것보다 잠시라도 편하게 누워 쉬시는 게 더 나을 겁니다."

출입구 자물쇠를 따면서 그가 그렇게 권하자 할머니도 굳이 마다하지는 않았다.

“그럭해도 될까? 그럼 고마워요, 젊은 양반. 우리 늙은이들을 생각해 줘서.”

그러고는 할아버지를 보고 가볍게 나무라듯 말했다.

“내 뭐랬수? 추운 날은 조심하자 그러지 않았어요? 이 젊은이 말대로 하는 게 좋겠어요. 안에 들어가서 잠깐 쉬어갑시다.”

그사이 방문을 연 그는 할머니를 거들어 할아버지를 방 안에 데려다 뉘였다. 어제 나갈 때 보일러를 자동으로 전환해 두어 방바닥이 그리 차지는 않았다. 두 사람에게 몸을 맡긴 할아버지는 요 위에 누워서도 자는 듯 눈을 감은 채 말이 없었다.

“그런데 할머니, 여긴 무슨 일로 오셨어요?”

누워 있는 할아버지를 한시름 놓았다는 듯 내려다보고 있는 할머니에게 그가 물었다. 아무래도 그 동네에는 어울리지 않은 이들이라 진심으로 그게 궁금했다.

“응, 그거…….”

할머니는 그래놓고 왠지 망설이는 눈길로 할아버지와 그를 번갈아 쳐다보다가 겨우 마음을 정한 듯 말했다.

“잃어버린 우리 아이 찾으려고 왔수. 누가 그 아이를 여기서 보았다고 해서.”

“아드님을……요?”

그가 좀 엉뚱한 기분이 들어 바로 그렇게 받았다. 그들 부부의 아들이라면 막내라도 스물은 넘었을 것 같았다. 그런데 마치 어린이대공원에서 손목 놓친 어린아이 찾듯 하니 이상하지 않을 수 없었다.

"그래요. 집 나간 지 벌써 여러 해 되었다오. 보자…… 이게 십 년째인가."

할머니가 그러면서 한숨을 섞었다. 그 말을 듣고 나니 꼭 그들을 이상히 여길 일은 없을 듯했다.

"아하, 그럼 어렸을 적에 잃어버린 아드님을 찾으시는군요."

"그건 아녜요. 걘 스무 살이 넘어 집을 나갔어요."

"그렇다면 지금 아드님은 서른 살이 넘는다는 얘기네요?"

"새해 들면 셋일 거유. 서른셋."

거기서 그는 다시 혼란되기 시작했다.

"그럼 맏아드님?"

"아니, 막내예요. 그것도 형들과는 10년 이상 터울 진……."

"막내가 서른셋이라면 할머니 할아버지 연세는 지금 어떻게 되세요?"

"내가 여든다섯이고 저이는 여든아홉."

그 말에 그는 섬뜩한 기분으로 할머니를 살폈다. 살피고 또 살펴도 여든이 넘은 할머니로는 보이지 않았다. 그러나 그에게 한층 괴이쩍은 기분이 들게 하는 것은 그런 할머니의 얼굴 어디에서도 농담이나 거짓말을 하고 있는 듯한 기색이 없다는 점이었다.

그때 할아버지가 조금 회복이 되었는지 가볍게 헛기침을 했다. 이맛살을 심하게 찌푸리고 있는 게 무슨 특별한 뜻이 있는 것 같았다. 할머니가 그 뜻을 알아차렸는지 할아버지에게 항의하듯 중얼거렸다.

"착한 젊은이 같은데 그럼 거짓말이라도 하라는 거예요?"

하지만 그의 귀에는 그런 할머니의 말이 전혀 들어오지 않았다. 마음속에 충격처럼 떠오른 또 다른 의문 때문이었다.

"그럼 할머니께서는 쉰 살 넘어 출산을 하셨다는 겁니까?"

"그랬지. 쉰셋에. 그뿐만이 아니우. 그때 저이는……."

다시 할아버지의 헛기침 소리가 두어 번 거듭 들렸다. 할머니가 그런 할아버지를 흘긋 돌아보더니 말을 이었다.

"단종(斷種) 수술을 받은 지 이십 년도 훨씬 더 지난 늙은이였다오."

거기서 그는 한 번 더 할머니의 얼굴을 찬찬히 살펴보았다. 여전히 거짓말을 하거나 장난을 치고 있는 것 같지는 않은 게 오히려 좀 전의 알 수 없는 섬뜩함을 덜어주었다. 하지만 그것도 그가 빠져 있는 혼란마저 걷어내지는 못했다.

"실례지만 할머니 할아버지께서 젊으셨을 때 무슨 일을 하셨어요?"

"우리 내외? 나는 일흔 들던 해까지 산부인과 개업을 했고, 저이는 공대(工大) 화공과에서 정년까지 학생들을 가르쳤지."

"그런데……."

그는 할머니의 말에 더욱 혼란되어 다음 질문을 얼른 잇지 못했다. 많이 겪은 일인 듯 할머니가 그의 질문을 미리 알아차리고 받았다.

"어떻게 그런 일어날 수 없는 일이 우리에게 일어났느냐고 묻고 싶은 거예요? 그건 우리도 모르겠어요. 하지만 젊은이가 들으면 신기해할 일은 더 있지. 누구보다도 그런 일이 있을 수 없다는 걸 잘 아는 산부인과 의사면서도 내가 그 임신과 출산을 자연스럽게 받아들인 것은 꿈속에서 누가 미리 수태(受胎)를 알려준 까닭이에요. 저이도 마찬가지, 정관수술을 받은 지 20년이 넘은 늙은이이면서도 나를 의심하지 않은 것은 꿈속에서 뭘 보았기 때문이라구요. 할망구가 아이를 배더라도 의심하거나 걱정하지 말라고 일러준 이가 있었다는데, 그 모양을 형용하는 걸 보니 어찌나 내가 꿈에 본 사람과 똑같던지……."

그 말에 그는 다시 한번 할머니의 얼굴을 살폈다. 미쳤거나 신들린 징후를 알아보기 위함이었지만, 그를 가만히 마주 보는 것은 여전히 나이보다는 엄청나게 젊어 보이기는 해도 단정하고 빈틈없는 할머니의 얼굴일 뿐이었다. 그때 할아버지가 잇단 헛기침과 함께 천천히 몸을 일으켰다. 할머니가 걱정스레 할아버지를 바라보며 물었다.

"벌써 일어나시게요? 좀 더 쉬지 않으시겠어요?"

"당최 불편해서 그냥 누워 있을 수가 있어야지."

할아버지가 뭔가 못마땅한 목소리로 그렇게 받더니, 가볍게 혀까지 차며 나무랐다.

"당신, 시방 저 사람이 당신 말을 믿어줄 거라고 그렇게 할 말 안 할 말 다 하고 있는 거요?"

"할 말 안 할 말이라니, 이제 와서 뭘 더 감추고 숨겨야 한단 말예요? 더군다나 착한 젊은이 같은데……. 믿고 안 믿고는 우리가 상관할 바 아니잖아요?"

할머니가 되레 그런 핀잔으로 할아버지의 말을 받았다. 거기서 그의 혼란은 현실감을 잃어갔다. 그들 부부를 내보낸 뒤로도 한동안 그는 무슨 풀이 못할 꿈길을 걷고 있는 기분이었다.

9

이제 날은 다 되었고, 더는 떠날 곳도 머물 곳도 없으리니. 사람의 아들이여, 우리 지혜로 기름 부은 자여. 너는 무엇을 위해 삼가고 살피며, 무엇 때문에 기웃거리고 망설이느냐. 어인 일로 저물어오는 너희 날을 아득하게 바라보고만 있느냐. 어찌하여 너희 땅을 지키기 위해 떨쳐 일어날 줄 모르느냐.

이미 말했거니와, 그는 너희같이 사람의 몸을 입었으되 너희 중에 하나는 아니며, 이 날과 이 땅에 묶여 있지 아니하니라. 이제 광야로 들어 묵상(默想)과 기도 속에서 마지막으로 그의 독선을 익히고 있나니, 저희 아우성과 외마디 소리로 막힌 사람의 귀를 열어 그를 다시 이 땅으로 내몬 아비의 말씀을 받들게 하기 위함이니라. 차마 못할 끔찍한 저버림을 참된 사랑인 양 겉 꾸미기 위해 또 한 번 그 혀를 갈고 목청을 닦고 있느니라.

이제 깨어나라. 떨쳐 일어나 그를 찾아 나서거라. 그가 숨어 있는 광야는 멀지 않으니 춥고 쓸쓸한 곳, 헐벗고 굶주린 이들의 땅은 모두가 그가 머물 쿠아란타리아(예수가 머물렀다는 광야의 이름-편집자 주)니라. 사람들은 그 땅이 황무(荒蕪)함을 들어 그가 돌아오지 못할 것이라 하나, 그래도 메뚜기는 날고 석벌은 바위틈에 꿀을 모아 그를 기르리라. 그리하여 모진 독선이 무르익고 묵은 말씀이 새 것인 양 갈고 닦이면 그는 너희들에게로 돌아오리라.

너는 서둘러 그를 찾아 그 독선은 익기 전에 부수고 말씀은 갈고 닦이기 전에 지워버려라. 그의 칼이 세상을 갈라놓고 그가 지른 불이 너희 대지를 살라버리지 못하게 하여라. 이도 저도 아니 될 때에는…… 차라리 그를 너희에게로 돌아오지 못하게 하여라. 이번에는 그로 하여금 한번 너희 눈과 귀를 꾀어보지도 못하고 그 아비에게로 울며 돌아가게 하여라. 다시 말하거니와 그가 숨어 있는 광야는 너희에게서 멀지 않다…….

또 시작이구나, 싶으면서도 그는 참고 첫 번째 이메일을 다 읽었다. 인터넷 전용선을 깔고 처음 열어보는 전자 우편함이었다. 아직 확인해 보아야 할 우편물들이 다섯 통이나 더 남아 있었다. 이틀 전 가까운 동네 PC방에서 확인해 봤을 때만 해도 깨끗했는데, 그사이 다시 여섯 통이나 들어와 있는 게 왠지 예사롭지 않았다.

그 괴이쩍은 발신인들이 모두 그의 삶에 생긴 변화를 훤히 꿰고 있으면서 거기 맞춰 메일의 양을 조절하고 있는 게 아닌가 하는 느낌까지 들었다.

짐작대로 다음 메일은 첫 번째 것에 대한 답신 또는 반박의 뜻을 가진 것이었다. 그러나 따로 지어낸 것이 아니라 신약성경 속의 구절을 인용하고 있는 것 같았다.

무화과나무의 비유를 배우라. 그 가지가 연하여지고 잎사귀를 내면 여름이 가까운 줄을 아나니, 이와 같이 너희도 이 모든 일을 보거든 인자(人子)가 가까이 곧 문 앞에 이른 줄 알라. 진실로 너희에게 이르노니 이 세대가 다 지나가기 전에 이 일이 다 이루리라. 천지는 없어져도 내 말은 없어지지 아니하리라. 그러나 그날과 그때는 아무도 모르나니, 하늘의 천사들도 아들도 모르고 오직 아버지만 아시느니라.

노아의 때와 같이 인자의 오심도 그러하리라. 홍수 전에 노아가 방주에 들어가던 날까지 사람들은 먹고 마시고 장가가고 시집가며 마침내 홍수가 나서 저희를 모두 죽일 때까지 깨닫지 못하였으니 인자께서 오심도 이와 같으리라. 그때에는 두 사람이 밭에 있다가도 하나는 데려감을 입고 하나는 버림을 받을 것이며, 두 여자가 맷돌을 갈고 있어도 하나는 데려가고 하나는 버려둘 것이니라. 그러므로 언제나 깨어 있으라. 어느 날에 주께서 오실는지 너희가 알지 못함이니라.

……그때의 천국은 마치 등불을 들고 신랑을 맞으러 나간 열 처녀와 같다 하리니, 그 중에 다섯은 미련하고 다섯은 슬기 있는지라. 미련한 자들은 등을 가지되 기름을 가지지 아니하고 슬기 있는 자들은 그릇에 기름을 담아 등과 함께 가져갔더니, 신랑이 더디 오므로 다 졸며 잘 새 밤중에 소리가 나되 '보라. 신랑이로다. 맞으러 나오라' 하더라.

이에 그 처녀들이 모두 일어나 등을 준비할 새 미련한 자들이 슬기 있는 자들에게 이르되 '우리 등불이 꺼져 가니 너희 기름을 좀 나눠 달라' 하거늘, 슬기 있는 자들이 대답하여 가로되 '그리하면 기름이 우리와 너희가 쓰기에 다 부족할까 하노니, 차라리 기름 파는 자들에게 가서 너희 쓸 것을 사라'고 하니, 저희가 기름을 사러 간 동안에 신랑이 오므로 예비하였던 자들은 신랑과 함께 혼인 잔치에 들어가고 문은 닫힌지라.

그 후에 남은 처녀들이 돌아와서 문을 두드리며 '내 주인 되시는 이여. 주님이시여. 우리에게도 문을 열어주소서' 하니 신랑이 대답하여 가로되 '진실로 너희에게 이르노니 나는 그대들을 알지 못하노라' 하였느니라. 그런즉 항상 깨어 있으라. 너희는 그날과 그때를 알지 못하느니라.

그전처럼 누군가 초월적인 존재가 오고 있는데 한쪽은 그를 부인하며 지워버리기를 명하고, 다른 한쪽은 예비하고 있다가 맞아들이기를 권유하고 있었다. 그런데 그 논리가 한결같이 기독교에 바탕하고 있다는 게 문득 재혁을 의심하게 하였다. 따지고 보면 그의 이메일 주소를 아는 사람 가운데 재혁을 빼면 그런 메일을 보낼 수 있는 사람이 없었다. 일 년이 넘도록 소식 없이 지내던 그가 갑자기 찾아온 게 하필이면 그 이상한 전자우편들이 뜨기 시작한 때였다는 것도 새삼 수상쩍었다. 하지만 그래도 그의 장난으로 보기에는 너무 집요한 데가 있어 다시 다른 메일들을 살펴보려는데 누가 문을 두드렸다.

"바람에 우편물 다 날아가겠습니다."

문도 열어주기 전에 베레모 비슷한 털실모자부터 들이밀며 대박사 주지가 들어왔다. 손에는 고지서나 지로 용지 같은 종이조각 몇 장이 쥐어져 있었는데, 그를 보는 눈길에는 어딘가 살피는 듯한 기색이 있었다.

"아직 제겐 올 게 없겠지만, 어쨌든 고맙습니다."

그는 컴퓨터 화면을 끌 틈도 없이 자리에서 일어나 대박사 주지가 내미는 우편물들을 받았다. 대박사 주지가 그 중에서 한 장을 따로 빼 그의 눈앞에 펼쳐 보이면서 물었다.

"그런데 요새도 아직 이런 미친 것들이 있다니까. 이걸 온 동네가 허옇도록 뿌리고 다녀요, 글쎄."

그러면서 종이쪽지를 내미는 대박사 주지의 눈길에는 그저 그를 살피는 정도가 아니라 확신에 가까운 의심을 직접 확인하러 왔다는 듯한 데가 있었다. 이거 네가 뿌리고 다닌 거 아냐, 라고 묻는 듯한 느낌이었다. 그가 얼결에 종이쪽지를 받아 펼쳐 보니 오른편 모퉁이에 인쇄된 시커먼 십자가가 먼저 눈에 들어왔다. 선교용 유인물(油印物)인 듯한데, 모든 것이 넉넉해진 요즘에는 보기 드물 만큼 질 낮은 종이에 조잡한 인쇄였다.

"2천 년 전에 죽은 색왕(色王)의 졸개들이 아직까지도 이렇게 마구니[魔軍]로 세상을 어지럽히고 돌아다닌다니까."

"색왕이라구요?"

부처를 향상왕(香象王)인가 상왕(象王)이라고 부르는 것은 들어 보았지만 색왕이라는 말은 처음이라 그가 펼쳐보고 있던 전도용 전단에서 눈을 떼며 물었다.

"예수 말이오. 색계(色界)에서나 조그만 권세를 부릴 수 있다 하여 우리 불가에서는 그리 부르지. 윤회의 대법(大法)으로 돌아가지 못하고 그 뼈, 그 살로 되살아나겠다고 구업(口業)까지 짓고 있어 선사(先師)들이 붙인 이름일 게요."

저번에 만났을 때와는 달리 그때는 제법 도통한 대사 같은 소리를 했다. 이 사람이 바로 그 대박사 주지 달통법사일까 싶을 만큼 낯설어 보였다. 하지만 무엇보다도 예수를 그렇게 부르는 게 재미있어 그가 건성으로 맞장구를 쳐주었다.

"듣고 보니 색왕이란 이름 그거, 그럴 듯한 이름이네요. 하지만 이 마을에도 교회가 많던데요. 바로 옆 동(棟)에도 임마누엘 교회가 있잖아요. 거기서 뿌린 건 아닐까요?"

그리고 다시 선교용 유인물의 내용을 살피던 그는 첫줄에서 갑자기 가슴이 철렁하는 느낌이 들었다. 바로 조금 전에 열어본 전자우편 중에서 뒤에 읽은 메일이 부호까지 그대로 인쇄되어 있었기 때문이었다.

> 무화과나무의 비유에서 배우라. 그 가지가 연하여지고 잎사귀를 내면…….

그가 놀라 나머지를 읽어가고 있는데, 대박사 주지의 목소리가 귀청을 파고들었다.

"아, 임마누엘 박? 에이, 그 냥반은 그럴 사람이 아니야. 그 냥반은 어디까지나 페어풀레이루다 한다고."

그러나 그는 조금 전의 기억을 애써 되살려가며 선교용 유인물을 읽기에 여념이 없었다. 그러다가, '……너희는 그날과 그때를 알지 못하느니라.'까지 다 읽고 나자 섬뜩함을 넘어 으스스한 느낌까지 들었다. 조금 전 이메일로 읽은 내용을 그대로 옮겨 적은 듯 똑같았기 때문이었다.

잠깐 작은 혼란에 빠졌던 그가 겨우 정신을 가다듬어 주변을 돌아보니, 대박사 주지가 어느새 날카롭게 살피는 눈길로 되돌아가 그를 바라보고 있었다. 아마도 그 글을 읽는 동안 그가 보여준 지나친 집중이 주지가 품고 온 의심을 다시 자극한 것 같았다.

"임마누엘 박이 누군데요? 페어플레이는 또 무엇이구요?"

그가 얼른 주지의 마지막 말을 떠올리고 그렇게 되물었다. 그제야 주지도 날카로워져 있던 눈길을 풀며 대답했다.

"임마누엘 교회 전도사 양반 말이야. 자기보고 그렇게 불러달라고 그러데. 뭐라더라, 임마누엘 그게 예수를 높여 부르는 기독(基督)보다 더 끗발 있는 이름이라던가. 뿐만 아니야. 그 냥반 기(氣)도 알고 무도(武道)도 하는데, 지난번 태보산(太父山)에서 만나 곡차 한잔 꺾으면서 들으니 조금만 더 도를 닦으면 색왕하고도 한판 맞장 깔 모양이더라구. 그냥 목사나 전도사가 아니더라니까. 그런 양반이 쫀쫀하게 신도 하나 더 끌어들이자고 하꼬방마다 기웃거리며 이런 찌라시 뿌리고 다니겠어?"

그때 보니 대박사 주지는 다시 서울의 마지막 달동네 비닐하우스에 네 평짜리 하꼬방 절이나 열어놓고 난데없이 대박 터지기나 기다리는 땡초 달통법사로 돌아가 있었다. 그가 할 수 있는 일은 성질 더러운 술주정꾼 달래듯 고이고이 달통법사의 비위를 맞춰 대박사로 돌려보내는 것밖에 없었다.

대박사 주지가 돌아간 뒤 그는 다시 인터넷 우편함을 뒤져 남은 메일들을 읽었다. 세 번째 메일은 낙석주의(落石注意)를 알리는 교통표지판 비슷한 도안이 들어 있었는데, 그 안에 '블루 로지'라는 발신인이 표기되어 무슨 공문서 같은 느낌을 주었다. 그러나 내용은 그새 조금씩 익숙해지기 시작한 종교적 논쟁이었다.

그 시작은 시공(時空) 속에 있는 존재의 불완전성, 특히 전지(全

知)의 불가능함을 증명하는 것이었다. 시공 속의 존재는 물리법칙의 지배를 받기 때문에 하나님조차도 예외가 될 수 없다는 식이었는데, 그것은 「창세기(創世記)」가 시간의 창조를 언급하지 않은 것을 겨냥하고 있었다. 시간과 공간은 한덩어리이며 겉과 속 같은 것이므로, 시간을 만들지 못했다면 공간도 만들지 못했을 것이고, 따라서 「창세기」는 무지거나 거짓의 기록이라는 주장으로 발전했다. 최신 핵물리학 이론까지 끌어들인 악의에 찬 야유와 조롱이 한동안 퍼부어졌다.

그러다가 다시 화살은 교부(敎父)철학 쪽으로 날랐다. 그 첫 번째 대상은 신이 시공 안에 있을 때의 난점을 피하기 위해 '시간을 만들었으나 시간을 초월한 존재'라고 주장한 아우구스티누스였다. 초월성이라는 애매모호한 개념으로 모든 논리의 고리를 잘라놓았다는 주장이었는데, 그런 아우구스티누스의 논의에 덩달아 깨춤을 춘 다른 교부철학자들까지도 잘근잘근 씹히다가 흙탕에 내동댕이쳐졌다.

'시간 밖에 계시는 하나님'에 대한 반론과 오류 검증도 현란했다. 독일 관념론, 특히 칸트의 『순수이성비판』으로부터 폴 틸리히의 『조직신학』과 카를 바르트의 『교리학』에 최첨단 현대과학 개념까지 두루 동원되고 있었는데, 대강의 논점을 이해하기에도 머리가 지끈거릴 지경이었다. 그래도 중첩된 논리 구조를 통해서가 아니라 단장취의(斷章取義)에 가까워 전공자가 아니라도 알아들을 수 있게 되어 있는 게 다행이라면 다행이었다.

'후마눔 게누스'의 말투를 그대로 빌려 그런 세 번째 메일을 반박하고 있는 네 번째 메일도 곧 만만하지는 않았다. '저들은 절대자(絶對者)가 있음을 믿지 아니하고 그 신성(神性)과 거룩함에 맞섬으로써 하나님의 초월성을 지우려 획책하는 무리들이니……'로 시작해서 세 번째 메일을 반박하고 있는데, 철저하게 종교적 관점에 의지하고는 있어도 그 논조는 자못 준엄하였다.

저들은 믿음과 지식에 의지해 자기를 주장하고 있는 듯이 보이나 실은 겨우 걸음마를 시작한 기계주의의 치기(稚氣)와 과학만능의 사고에 홀린 것이요, 그 정신은 용기에 의해서 지탱되는 것이 아니라 비굴에 이끌린 것에 지나지 않느니라. 그리하여 몇 가지 반짝이는 현대과학의 발견 발명에 홀려 거룩한 섭리의 찬연함을 알아보지 못하게 되었더라. 또 저들은 하나님의 섭리와 그 하위체계인 물리적 법칙을 고의로 혼동하며, 초월성을 차원의 문제로 끌어내려 귀 엷고 심약한 현대적 진리의 수호자들을 현혹시켰도다.

알기 때문에 믿는 것이 아니요, 믿기 때문에 알게 되는 것이니…….

메일은 그런 식으로 사뭇 장중하게 이어지고 있었으나 읽어나가던 그는 차츰 지치고 싫증이 났다. 직장일이 갈수록 고약하게 꼬여가서 그런지, 근래의 그에게는 그런 추상적인 논의를 즐길 만한 여유가 없었다. 쓸데없이 머리 썩이지 않고 건성으로 나머지를 대강 훑어본 뒤 마지막으로 하나 남은 다음 메일로 넘어갔다. 그런데 마지막 메일을 여는 순간 그는 갑자기 소스라쳐 굳었다.

이카루스 님,

어디 계세요. 살던 집에 가보았는데 낯선 사람이 나오고, 회사에도 출근하지 않는 것 같고. 무엇이 어떻게 될지 모르지만 한번 만났으면 해요.

– 살 맛 안 나

이카루스는 제대하고 복학한 뒤에 그가 장난삼아 쓰던 필명(筆名) 같은 것이었고, '살 맛 안 나'는 집나갈 무렵 쓰던 정화의 아이디였다. 감정 표현이 절제되어 있기는 해도 정화가 띄운 메일임에 틀림없었다. 그는 풀썩 주저앉듯 두 팔을 늘어뜨리고 한동안이나 멀거니 모니터를 들여다보았다. 정화가, 한번 떠난 뒤로 그토록 애써 찾아도 자취를 알 수 없던 정화가, 스스로 나타나 나를 찾고 있다……. 그게 틀림없다는 생각이 들면서도 한편으로는 그 메일이 정말 정화에게서 온 것이라고는 믿기지가 않았다.

'그래, 너 어디 있느냐. 순간순간 시퍼렇게 깨어 있는 삶을 움키고 있느냐. 이제 너의 나날은 축복처럼 찬연한 이데아의 광휘에 쌓여 있는 것이냐…….'

지난 2년 늦게 취해 돌아와 홀로 술잔을 기울일 때면 어김없이 저주와 기원을 반반 섞어 하던 중얼거림을 되뇌었다. 하지만 정화가 자신을 만나고 싶어 한다는 것, 다시 그 앞에 나타날 것이라는 데 생각이 미치자 그는 한번도 그런 일을 예상해 본 적이 없는 사람처럼 은근히 혼란스러워지기까지 했다. 그런데 이제 돌아오겠다는 것이냐. 무슨 일로 어찌하여 돌아온다는 것이며, 돌아와서 나와 무엇을 어떻게 하겠다는 것이냐…….

그날 오후 며칠 전에 내린 눈으로 정상 곳곳이 아직 희뜩희뜩한 태보산을 그가 오르게 된 것은 아마도 정화가 넣은 메일 때문이었을 것이다. 간절한 기대의 말과 함께 자신의 주소와 휴대폰 번호를 정화의 이메일 주소로 보내고 나니 갑자기 마음이 다급해져 그대로 방 안에서는 기다리고 있을 수가 없었다. 그는 정화가 자신의 우편함을 열어볼 시간을 줌과 아울러 혼란스러울 만큼 뒤엉켜버린 생각을 정리하기 위해서 평소 보아둔 마을 근처의 등산로로 접어들었다.

그런데 등산로로 접어든 그가 무심코 저만치 발 아래 펼쳐져 있는 비닐하우스들을 돌아보았을 때였다. 멀지 않은 제5지구의 동과 동 사이에 누군가가 오락가락하며 하꼬방마다 무언가를 돌리고 있는데 그 모습이 먼빛으로도 눈에 익은 데가 있었다. 휘감겨 펄럭이는 검은 겉옷에 절룩거리는 다리, 그리고 긴 끈이 달려 어깨에 메게 되어 있는 비닐 가방…… 틀림없이 마리를 찾아 호텔

'샹그리라'로 가다가 우연히 만난 뒤로 까닭없이 그 주위를 맴돌고 있다는 느낌을 주는 그 벙어리 청년이었다.

벙어리 청년을 알아보자 그는 움찔하며 걸음을 멈추었다. 문득 지난번에 '샹그리라' 옆 골목길에서 자신을 나동그라지게 한 일이 떠오르며, 그게 어쩌면 고의적으로 마리를 뒤쫓지 못하게 하려고 그랬을지도 모른다는 의심이 든 까닭이었다. 그는 이제라도 무슨 확증을 잡겠다는 듯 방금 그 벙어리 청년이 하고 있는 짓을 눈여겨보았다. 하지만 이내 그 벙어리 청년이 그때 나눠준 것이 룸살롱 광고지였다는 것을 떠올리고 어이없어하며 풀썩 웃었다. 아무리 저능이나 정신이상의 징후가 있다 해도, 서울의 가장 밑바닥 삶이 펼쳐지고 있는 비닐하우스 마을 하꼬방마다 돌아다니며 룸살롱 광고지를 돌릴 리는 없었다.

그러자 퍼뜩 그의 머리에 떠오른 게 그날 아침 대박사 주지가 보여준 종이쪽지였다. 저 벙어리 청년이 지금 돌리고 있는 것이 바로 그 조잡한 전도용(傳道用) 유인물일지 모른다…… 느닷없이 그런 추측이 들더니, 추측은 곧 흔들림 없는 확신이 되었다. 처음 그 청년을 만나던 날부터 그 주변에서 들은 환청이 다시 생생하게 귓전에 떠오른 때문이었다. 세상에 복화술(腹話術) 같은 것이 정말로 있는지는 알 수 없으나, 그때 그가 들은 성경 구절들은 틀림없이 그 청년과 어떤 연관이 있었다.

하지만 그뿐이었다. 온몸이 굳어 걸음을 멈추었던 것도 잠시,

그는 서두르듯 발길을 떼어 능선을 타고 올랐다. 왠지 불길한 예감 때문이었다. 그 벙어리 청년이 무엇을 하고 있든, 어서 그로부터 멀리 떠나 있고 싶었다.

명상 또는 사색이 어려운 까닭은 그걸 위한 특별한 정신운용 방식과 거기에 따른 오랜 수련이 필요한 데 있다. 따라서 그 방식에 숙달되지 않고 오랜 수련도 없는 여느 사람들에게 명상과 사색은 종종 몽상과 잡념의 다른 이름이 되고 만다. 그 점은 그에게도 마찬가지였다. 산을 오를 때의 뒤엉킨 생각을 정리한다는 것은 다분히 사색적인 것이었으나, 한 시간 뒤쯤 산을 내려올 때의 더 혼란스러워진 머릿속은 악화된 잡념에 다름 아니었다.

어디서 어떻게 다시 시작하나……. 그저 그런 생각으로 멍해진 그가 산을 오를 때와는 달리 1지구 오른쪽으로 난 등산로로 내려오는데 갑자기 가까운 관목 숲 저쪽에서 무언가 으르렁거리는 듯한 소리가 들렸다.

"이 새꺄. 바로 대. 너 여기 왜 왔어?"

이어 무언가를 사정없이 내리치는 소리가 나더니 좀 특이한 신음소리가 들려왔다.

"으, 으어, 으버버. 으버……."

놀란 그가 꼭 숨어서 엿본다는 생각도 없이 소리 나는 쪽을 살펴보니 관목 숲 가운데 난 공터에 주먹패들인 듯한 사내 서넛이 몸을 방어적으로 웅크리고 앉아 있는 벙어리 청년을 심문하고 있었다. 한차례 발길질에 땅바닥에 엎어졌다 일어난 듯 흙투성이 차림으로 몸을 일으킨 벙어리 청년이 그때까지 끼고 있던 비닐 가방에서 종이쪽지 한 줌을 꺼내더니 앞서 묻고 있는 사내에게 내밀었다. 사내가 힐끗 그 종이쪽지를 보더니 땅바닥에 흩뿌리며 다시 벙어리 청년에게 발길질을 해댔다.

"이거 순 웃기는 새끼네. 벙어리 흉내에 이젠 예수쟁이 찌라시 아냐? 야 너 정말 닭발 내밀 거야? 여기서 아작 나기 전에 바로 대."

"으, 으버, 으버……."

다급해진 벙어리 청년이 두 손까지 내저으며 흐느끼듯 외쳤지만 소용없었다. 이번에는 그들 중 선글라스를 낀 친구가 한 차례 매서운 손찌검과 함께 차갑게 물었다.

"남의 나와바리로 들어섰을 때는 목적이 있었을 거 아냐? 솔직히 말해. 약이야? 깡이야? 너희 오야붕은 어디 있어? 너희 원래 나와바리는 어디야?"

저희끼리의 은어와 속어가 섞여 있기는 하지만 대강 그런 물음이었는데, 그에게는 왠지 어이없는 물음 같았다. 그들이 벙어리 청년에게 걸고 있는 혐의가 아무래도 엉뚱해 보였기 때문이었다. 아는 대로 변명해 주어 애매한 손찌검이라도 막아줄까 하고 있는데 사내들 중 하나가 인기척을 느꼈는지 다가와 관목 줄기를 젖혔다.

"형씨, 별 볼일 없거든 그냥 지나가슈. 남의 나와바리 싸움에 끼어들어 괜히 먹피 보지 말고……. 생각 있으면 벗어부치고 화끈하게 끼어들어 보든가."

말은 제법 예의 발랐지만 표정은 여차하면 그대로 한 주먹 내지를 듯했다. 그러나 정작 그가 위협을 느낀 것은 그 험악한 표정이 아니라 사내의 뺨에 나 있는 흉터였다. 사내의 왼쪽 눈초리 어름에서 턱밑까지 이어진, 한 마리 검붉은 지렁이가 기고 있는 듯한 흉터가 무슨 끔찍한 흉기처럼 그를 위협해 맞서볼 엄두조차 못 내게 했다. 오히려 그는 부끄러운 짓을 하다 들킨 아이처럼 무안해하며 대꾸 한마디 제대로 못하고 그곳을 떠났다.

그날 그가 기껏 그 벙어리 청년을 위해 할 수 있었던 일은 한참이나 지난 뒤에야 112에 좀 과장된 폭행사건 신고를 해준 것뿐이었다.

10

무슨 날일까, 버스 안은 아이들과 울긋불긋 차려 입은 사람들로 넘쳐났다. 버스에서 내려 찾아간 곳은 더했다. 입장권을 파는 곳이라는데 몇 갈래 사람의 줄이 다시 몇 겹으로 엉겨 시장바닥 같았다. 안에 들어가 보면 창경원 따위하고는 비교도 안 된대요. 디즈니랜드 부럽잖다는 거예요. 우리나라가 그만큼 발전한 거지요, 뭐. 아니, 꼭 그렇지도 않다던데. 박정희가 이북의 인민궁전인가, 소년궁전인가를 소문으로 듣고 김일성이한테 지기 싫어서 흉내 한번 내본 거라던데. 큰일 날 소리 말아요. 지금이 어느 땐데…….

아버지와 형이 번갈아 줄을 서서 표를 사올 때까지는 지루했다. 그러나 나머지는 즐거운 잔치 같은 하루였다. 김밥과 맛동산과 아이스크림과 솜사탕 맛으로만 남아 있는 잔치의 기억. 이윽고 잔치는 파하고 사람의 물결에 섞여 흘러나와 올 때보다 더 빽빽하게 들어찬 버스에 올랐다. 아득히 올려다보이는 어른들의 벽…… 어머니의 연둣빛 치맛자락만 잡고 아슴아슴 졸다가 그 치맛자락을 따라 버스에서 내렸는데 갑자기 낯선 목소리. 얘야, 넌 누구니. 왜 남의 치맛자락을 잡고 따라오니. 그제야 놀라 고개를 들어보니 낯선 아주머니가 걱정스레 내려보고. 이를 어째. 사람을 잘못 알고 따라 내린 모양이구나. 차는 떠나고. 어떡하나. 너희 집 어디니…….

파출손지 경찰선지, 공연히 무서운 경찰 아저씨들. 너희 집 어디야. 사거리 지나 백구사 옆. 어느 사거리야. 그냥 사거리예요. 백구사는 또 뭐야. 가게. 사탕도 팔고 연필도 팔고. 동네는 어디야. 알았던 것도 같은데 갑자기 캄캄하게 떠오르지 않는다. 아니, 나이 다섯 살씩이나 먹은 녀석이 제 사는 동네도 모른다구. 이거 골치 아프네. 인적사항이나 기록에 남기고 시설로 넘겨. 그리고…… 커다란 블록 집. 한 방에 대여섯씩 함께 자던 아이들. 보육원. 보육시설. 시설 아동. 시설 아동. 갑자기 사방이 어둑어둑해지고…….

그런데, 그 어둠 한구석에서 불쑥 재혁이 형이 솟아나온다. 처음부터 어른 같던 재혁이 형. 얘, 우리 달아나자. 너희 집 찾아 줄게. 보육원을 도망치던 날의 조마조마함. 재혁이 형과 함께 돌아온 서울. 산비탈이 있는 동네를 구석구석 뒤지다가 종로통으로 나갔는데……. 너희들 시설에서 도망 나왔지. 무서운 왕초 아저씨. 무서운 형들. 너는 껌통 들고 돌고, 너는 여기 자빠져 있어. 죽은 듯이 널브러져 있어야 해. 땡그랑 찰그락. 깡통에 동전 떨어지는 소리. 근질거리는 몸, 쥐가 오르는 팔다리. 앵벌이. 앵벌이…….

그러다가 '선생님'과 '큰형'. 그들의 부드럽고 다정한 웃음. 배부름과 따뜻함. 큰 옥탑방. 그리고 다시 천막집. 공부와 예배. 무언가를 외우기. 편안함 속에 가물거리는 기억. 적어도 봄 여름 가을 겨울이 한 번씩은 지나갔다. 그러다가 갑작스러운 어둠과 적막. 불쑥 떠오르는 또래의 걱정스러운 얼굴. 큰형이 잡혀갔대. 순경이 잡아갔대. 그날 밤 늦게 돌아온 힘없는 선생님의 목소리. 얘들아, 나도 멀리 다녀올 일이 있다. 집을 찾을 수 있으면 집으로 돌아가고 아니면 당분간만 내가 보내는 시설에서 지내라. 나 못지않게 너희를 돌보아 줄 분이 운영하는 시설이다. 말 잘 듣고 기다리면 꼭 다시 데리러 오마.

양심적인 사회봉사 시설. 벧엘보육원. 벧엘보육원……. 그런데 미처 정을 붙이기도 전에 아버지와 어머니가 찾아왔다. 어디 있었니? 지난 3년간 시설이란 시설은 다 돌아다니며 찾아보았단다. 이제는 영영 잃어버렸다 싶으면서도 마지막으로 서울 근교만 한 번 더 둘러보았는데, 이렇게 돌아와 있었구나. 성고 사거리와 문방구점 백구사는 기억하면서 성북동은 기억하기가 그렇게 어렵디. 가자. 이제 집으로 돌아가자…….

"성민아. 어이 신성민."

누군가 부르는 소리에 퍼뜩 깨어나 보니 초저녁 잠에 개꿈이었다. 까마득하게 잊고 지냈던 30년 전의 기억이 그렇게 오롯이 순서대로 정리되어 기억되는 게 깨고 나서도 야릇한 느낌을 주었다. 그때 다시 누가 문을 두드리며 소리쳤다. 재혁의 목소리였다.

"성민아, 뭐해? 안에 없어?"

"으응, 재혁이 형? 조금만 기다려요. 곧 나갈게."

대답과 함께 몸을 일으키면서 그는 문득 방금 꾼 개꿈을 정연히 설명할 수 있겠다는 기분이 들었다. 긴 꿈도 실은 몇 분을 넘기지 않는다고 하니, 아마도 꿈을 시작한 것은 재혁이 형이 처음 그를 불렀을 때부터였을 것이고, 꿈의 내용은 그 목소리의 암시를 받았을 것이다. 재혁이 처음 그의 인생에 끼어들던 때의 일로.

"뭐야? 지금이 몇 신데 벌써 한밤중이야? 더구나 오늘 같은 날……."

문을 열자 재혁이 찬바람을 몰고 들어오며 들뜬 목소리로 말했다. 시계를 보니 아직 밤 11시도 되기 전이었다. 제대로 끄지 않아 지지직거리는 라디오가 깜박 잠들기 전에 그가 하고 있었던 일을 상기시켜 주었다.

"오늘 같은 날? 아, 그거? 대통령 선거……. 보자…… 그럼 뭐야? 형도 노사모 한 거야?"

모든 방송의 출구 조사가 여당 후보의 우세를 점칠 때만 해도 그는 얼른 믿을 수가 없었다. 4년 11개월 동안이나 줄곧 유지돼 온 야당의 우세가 여당의 후보 단일화 뒤 한 달도 안 되는 사이에 뒤집힌 셈이었다. 그는 뭔가 잘못된 거겠지, 하며 뒤이어 시작된 개표를 지켜보았다. 하지만 밤 10시가 지나면서 여당 후보의 역전(逆轉)은 일시적인 현상이 아니라 미미하지만 꾸준한 추세로 자리잡아 가기 시작했다. 그걸 보자 그는 야릇한 나른함과 함께 졸음이 왔다. 주민등록 이전을 제대로 하지 않아 투표를 못했지만, 그렇지 않았다 해도 기권을 했을 그였다. 따라서 결코 그 나른함은 승리감이나 안도에서 온 것이 아니었는데도, 그렇게 쉽게 잠들 수 있었다는 게 스스로도 이상했다.

"계열은 달랐어도 옛 동지 아니냐? 노사모까지는 아니지만 표는 찍었지."

"그래, 이제 그 사람 당선이 확정되니 혼자 가만히 있을 수 없어 달려온 거야? 즐겁고 신이 나서?"

그러자 재혁의 얼굴에 갑자기 씁쓸해하는 빛이 떠올랐다. 방바닥에 펼쳐 놓은 이불 한 모퉁이를 젖히고 앉으며 자조적인 목소리로 말했다.

"실은 도무지 즐겁지도 신나지도 않은 게 견딜 수 없어서 왔어. 늙은 기생의 엉덩이질 같은 짓을 했다는 느낌이 들며 공연히 심란해지데. 대열 한 끄트머리를 이름없이 채우고 있었지만 그래도 민중 민족의 깃발 아래 싸운 386이라는 구차한 의식. 동지도 깃발도 지난 10년의 민주와 개혁을 내건 권력 추구와 이권 다툼의 탁류에 휩쓸려 가버렸지만…… 한번 지지했으니 어쩔 수 없이 계속 지지할 수밖에 없다는 고집. 그것도 사표(死票)는 만들고 싶지 않아 민노당은 안 되고…….”

“이회창에게는 이제는 있지도 않은 민정당 상속인으로서의 꼬리표를 기어이 붙이면서도, 노무현에게는 지난 5년의 실정과 부패를 상속시키지 않으려고 민주당과 김대중 정권으로부터 정치적으로 단절되었다고 굳이 우기는 식의 이중적 잣대 적용 같은 것도 그렇겠지요. 5년이나 재야 신세였던 야당 후보는 수구 기득권 세력으로 몰면서, 집권 여당이 정권 재창출을 위해 급조한 후보는 오히려 신진 개혁세력이라 억지를 쓰는 것도 마찬가지고……. 거창하게 비유하면, 부하린이 서방 기자들 앞에서 스탈린이 뒤집어씌운 말도 안 되는 죄를 스스로 자복하면서 죽어간 것과 비슷한 심리일 수도 있겠지. 내가 가담하여 이룩한 혁명, 내가 만들어낸 소비에트 공화국의 오류는 곧 나의 오류가 되니까, 뭐랄까, 죽어가면서도 끝내 버리지 못하는 자기무오류(自己無誤謬)의 고집 같은 것 아니겠어요? 그래서 민주당의 정권 재창출에 표를 던져놓고 보니 불안하고 또 불길한 느낌이 드는 거겠지. 하지만 형, 너무 그리 자조할 건 없어. 나 같은 것도 결국은 기권하고 말았으니까.”

스스로도 뜻밖일 만큼 길고 감정적으로 대꾸해 놓고 보니 그도 잠들기 전에 적잖이 심란한 단상들에 젖어 있었음이 기억났다.

1980년대 그렇게 현란하게 부르짖었던 민주화의 대의가 지난 5년 너무도 뻔뻔스럽게 그 지역성과 이기주의를 드러내며 값싸게 감투와 이권으로 바뀌는 것을 보고 분개해 오던 그였다. 하지만 그래도 적극적으로 등을 돌리지는 못하고 기권이라는 형태로 실망을 드러냈을 뿐이었다. 어쩌면 역전의 추세가 확인된 순간 그가 느꼈던 나른함도 그러한 단상 끝의 막연한 체념 같은 것에서 왔는지도 모를 일이었다.

"너도 결국 무심하지는 못했구나. 그런데 야, 이 기분이 왜 이러냐? 그래도 내 표가 죽은 표가 되지 않은 게 다행스러워야 할 텐데 왜 이렇게 당황스럽고 불안하냐? 어렸을 적 어른들이 하지 말라고 한 짓을 기어이 저질렀을 때의 심경 같은 거……."

"형, 생각보다 많이 여리네. 하지만 걱정허들 마슈. 아마도 노아무개라는 캐릭터의 불확실성과 불특정성 때문일 텐데, 까짓 거 잘못됐다 쳐도 뭔 상관이유? 개발 독재 속살 한 5년 더 파먹는다고 생각하면 되지."

"YS부터 DJ까지 파먹은 것만도 하마 10년이야. 그런데 아직도 더 파먹을 게 있을까. 이번 5년 더 거덜나고도 나라 살림 거기 기대 회복할 그루터기가 남을까?"

"과연 우리나라가 정치 과잉이 맞기는 맞구나. 형까지 왜 이래? 한나라당 연수 교육이라도 받았수? 그러지 말고 술이나 한잔 해요. 언젠가는 사목(司牧)을 하게 될 분한테 할 소리는 아니지만."

절실하지도 않는 정치 이야기로 공연히 심각해지는 게 싫어 그가 과장스레 자리를 털고 일어나며 말했다. 재혁이 손사래를 쳤으나 그는 방 안의 작은 냉장고에서 캔 맥주 몇 개를 꺼냈다.

"그런데 말이야, 형 접때 만났을 때 내가 한 얘기 기억해요?"

그가 화제를 바꾸기 위해 그렇게 물었다. 맥주 캔 하나를 잡고 만지작거리던 재혁이 시답잖아 하는 눈길로 되물었다.

"무슨 얘기?"

"인식도 기억도 흔들린다는 거."

"아 그거? 그런데 왜? 뭐 또 이상한 거 있어?"

"아주 어렸을 적에 우리가 만난 일 말예요. 조금 전 형이 날 깨우기 전에 꿈꾸었는데, 깨고 나니 왠지 옛날에 실제 있었던 일 같지가 않아. 한 다발의 기억이 통째 이식된 듯, 전에는 한번도 떠올려 본 적이 없는 일들이 꿈으로 가지런히 되살아나는 느낌이라구요."

"그래? 뭐가 그런데?"

재혁이 그때까지의 화제를 잊고 정말로 알 수 없다는 듯한 표정으로 물었다.

"형은 그때 그 보육원에 왜 가 있었어요? 우리 처음 만난 그 보육원."

"아, 혜성? 혜성 보육원? 나, 갓난쟁이 때부터 거기서 자랐잖아? 벌써 몇 번이나 얘기했을 텐데."

"아, 참. 형은 부모를 전혀 모른다고 했지. 그런데 그때 세 살씩이나 어린 나하고 왜 달아날 생각을 했수?"

"널 우리 방에 넣어줬는데, 밤마다 하도 울어대서. 게다가 네가 말하는 너희 집, 잘하면 찾을 수도 있을 것 같아서……. 그게 왠지 꼭 우리 집 같기도 하고."

"그런데 우리 집을 못 찾았으면 다시 그 보육원으로 돌아갔어야 했잖아요?"

"혜성, 거기 지금 생각해 보아도 질 안 좋은 시설이었어. 먹이는 것도 입히는 것도 재우는 방도. 별로 돌아가고 싶은 곳이 아니었지. 게다가 곧 역전파(驛前派)한테 걸려들어서……."

재혁이 가물거리는 기억을 되살리듯 실눈이 되어 그렇게 받았다.

"맞아. 그런데, 역전파 다음에 우릴 데리고 있었던 그 '선생님'하고 '큰형'은 누구예요? 아무래도 좀 난데없어."

"난데없게 느껴지기는 나도 마찬가지야. 그런데 누군지는 이제는 알 것 같아. 그 사람들 시기로 보아서는 아직 해방신학(解放神學) 쪽의 운동가들까지는 못 되고…… 옛날 실천신학(實踐神學) 계열의 봉사 활동가들이었을 거야. 정말 우리를 잘 거둬 주었지. 너는 어려서 별로 감화받지 못한 모양이지만 내게는 신앙적으로도 아주 중요한 사람들이야. 어쩌면 내가 오늘날 이 길을 걷게 된 것도 그때 받은 감화 때문인지도 몰라."

"그런데 왜 하나는 선생님이고 하나는 큰형이었지요? 우리가 보기에는 둘 다 비슷한 어른이었는데."

"사제간(師弟間)으로는 좀 무리였지만, 둘 사이에 나이 차이는 있었지. 하지만 큰형이 왜 그렇게 깍듯이 선생님, 선생님 했는지는 나도 모르겠지만……."

"꼬마에게 들었는데 큰형이 경찰에 잡혀갔다는 것은 무슨 얘기야? 그리고 선생님은 왜 그렇게 갑자기 사라졌지?"

"그거 내게도 이상한 일이야. 그런데 말이야…… 너 좀 전에 기억 한 다발이 송두리째 이식된 거 같다고 했지. 얘기를 듣다 보니 내가 더 그러네. 너는 여섯 살부터 아홉 살 때까지지만 나는 아홉 살부터 열두 살 때까지 일인데, 어떻게 너보다 더 까마득히 잊고 지냈어. 마치 내 얘기대로 기억이 새로 심어지는 느낌이야."

그러다가 재혁이 갑자기 무얼 떠올렸는지 다급하게 말했다.

"그런데 말이야. 너, 접때 그 이메일 처음 내게 보여준 것, 그거 다시 뽑을 수 있지? 그거 다시 한번 보여줘."

재혁이 하도 재촉하는 바람에 그는 까닭도 제대로 물어보지 못하고 인터넷 휴지통을 뒤져 그때의 메일들을 끄집어냈다. 재혁이 그 중의 하나를 뽑아들고 소리쳤다.

"이거야. 네가 처음 보여줄 때 낯익다 싶으면서도 어디서 본 것인지 기억이 나지 않았는데, 이제 알겠어. 그때 선생님과 큰형이 우리에게 외우게 하던 것 중 여기 있는 것과 비슷한 내용이 있었어. 세상에, 기껏해야 열대여섯 살밖에 안 된 애들에게 이런 걸 외게 했다니……. 이제 알겠어. 그 사람들. 선생님과 큰형. 개신교(改新教)에서 출발한 이단(異端)이었어. 그것도 아주 광신적인……. 이것 봐. 바로 여기야!"

그러면서 그는 '참된 사람의 아들이여. 하나 된 우리 지혜로 기름 부은 자여……'로 시작되는 글 중에서 몇 구절을 읽어나갔다.

"여길 봐, 여기 이 구절. '변증(辨證)의 용광로를 거쳐 저 태초(太初)보다 고양된 하나가 된 우리…….' 여기도 그래. '우리는 너희를 지어낼 때 이미 모든 것을 주어 보냈다. 우리의 뜻을 알려고 헛되이 애쓰지 말라. 너희 영혼에 모두 담겨 있어 길어내지 않아도 절로 솟으리라. 너희는 선과 악, 자랑과 부끄러움을 너무 분별하지 말라. 우리가 준 것을 너희는 겨자씨만큼도 더하거나 덜지 못한다.' ……기억 나. 조금 쉽게 풀어두기는 했지만 틀림없이 이거라고. 이런 구절들로 된 긴 글을 중학교 이상의 형들에게는 모두 외우게 했어. 그런데…… 그런데 말이야. 그렇다면 그때의 선생님과 큰형이 이제 와서 너를 찾아내고 다시 이걸 보냈다는 거야?"

그 말을 듣자 갑자기 그도 으스스해졌다. 이제는 얼굴조차 기억나지 않는 30년 저쪽의 추상이 갑자기 음험하면서도 위협적인 실체로 다가온 느낌이었다. 그 바람에 그 밤의 화제는 두 번 다시 그날의 대통령 선거 결과로는 돌아가지 못하고, 갑자기 솟아난 듯한 '선생님'과 '큰형'의 추억만을 줄곧 맴돌았다.

술을 그리 많이 마시지 않은 데다 불을 켜두고 잠들어서일까, 조용하면서도 왠지 방안이 수런거리는 듯한 느낌에 그는 눈을 떴다. 재혁이 벗어두었던 겉옷을 걸치다가 그가 눈뜨는 걸 보고 변명처럼 말했다.

"깼구나. 생각해 보니까 오늘 일찍 가볼 데가 있는데, 집에 들러 뭘 꼭 가지고 가야 해. 조용히 나갈 테니까 이대로 자라."

하지만 무엇 때문인지 그는 내처 잘 기분이 아니었다. 게다가 시계를 보니 벌써 7시라 일어나서 억울할 것도 없었다.

"그래도 아침은 먹어야 할 거 아뇨? 요 아래 가면 집은 허름해도 해장국 맛 하나는 기찬 데가 있는데, 형. 거기서 속이라도 좀 데우고 가는 게 어때?"

그가 몸을 일으키며 그렇게 말하자 재혁이 서두르는 몸짓을 거두었다.

"그것도 술이라고 해장국 찾는 거냐? 그 집이야 나도 알지. 좋아. 더 잘 생각이 아니라면 해장국이라도 한 그릇 나누고 헤어지자."

그들이 밖으로 나오니 7시가 되었다고는 해도 겨우 어둠이 가셨을 정도였다. 하꼬방이 들어찬 비닐하우스 동과 동 사이에 선 가로등에는 아직 불이 켜져 있었다. 비닐하우스에 덧씌운 검은색 보온 천에 하얗게 서리가 덮인 걸로 보아 차가운 날이었다.

그런데 그 하꼬방 동네를 벗어나 옛날부터 있던 작은 마을 앞을 지날 때였다. 역시 가로등이 켜져 있는 어떤 집 앞에 남녀 한 쌍이 껴안고 있듯 붙어 있는데, 그에게는 둘 모두 어딘가 눈에 익은 데가 있는 사람들이었다.

"보니 잠 잘 자고 일찍 출근하는 맞벌이부부 같은데…… 아는 사람들이야?"

걸음을 멈추는 그를 보고 재혁이 낮은 소리로 물었다. 그는 대답 없이 왜 그들 남녀가 눈에 익은지부터 가만히 알아보았다. 먼저 여자의 노란 머리칼이 눈에 들어오고 뒤이어 얼굴의 짙은 음영이 식별되면서 그는 이내 그녀가 누군지 알았다. 마리였다. 그 시각 그곳에서 그녀를 보게 되자 왠지 가슴이 철렁했다.

"아니, 마리가 여길……."

그가 자신도 모르게 그렇게 중얼거리자 재혁이 다시 물었다.

"그럼, 저 여자, 아는 여자야?"

적잖게 호기심이 인 눈길이었다. 그러나 그는 대답 없이 남자 쪽을 살펴보았다. 역시 몹시 낯익었는데, 누군지 얼른 기억이 나지 않았다. 그러다가 인기척을 느낀 남자가 힐끗 그들 쪽을 돌아볼 때에야 그는 비로소 그 남자가 누군지 알 수 있었다. 왼뺨에 굵게 난 한 줄기 흉터…… 며칠 전 저편 산기슭에서 벙어리 청년을 모질게 두드려 패던 조직폭력배 가운데 하나로, 숨어서 구경하던 그를 위협하여 쫓은 바로 그 사내였다.

그 사내를 알아보자 그는 거의 반사적으로 가까운 담벼락 뒤로 몸을 숨겼다. 재혁이 덩달아 긴장한 채 몸을 숨기며 낮은 목소리로 다시 물었다.

"무슨 일이야? 저 사람들 누구야? 왜 그래?"

"쉿, 잠깐만."

그렇게 재혁을 단속한 그는 마리와 흉터 난 사내를 찬찬히 살폈다. 그러자 다정하게 안고 있는 것처럼 보였던 그들의 자세가 실상은 전혀 그렇지 않음을 곧 알 수 있었다. 왼손으로 마리의 오른팔을 비틀 듯 움켜잡은 사내는 오른손을 그녀의 턱밑으로 내밀고 있었는데, 그 손 안에는 무언가 번쩍이는 것이 들려 있었다. 폭력배들이 패싸움에 잘 쓴다는 이른바 '사시미 칼' 같았다.

그때는 재혁도 사태를 알아본 듯했다. 갑자기 입이 얼어붙은 사람마냥 가볍게 몸까지 떨며 그의 옷깃을 잡았다. 그때 사내의 낮지만 위협적인 목소리가 그들이 선 곳까지 들려왔다.

"야, 이 썅년아. 낯가죽을 벗겨놓기 전에 빨리 대. 어디야? 어디서 나오는 길이야?"

그러나 마리는 하얗게 질린 얼굴로 눈을 꽉 감고 있을 뿐 아무런 대꾸가 없었다. 사내가 다시 한번 주위를 힐끗 돌아보고는 그녀의 오른팔을 비틀고 있던 왼손을 풀어 그녀의 머리칼을 움켜잡았다. 그리고 그녀의 머리칼을 치켜들어 얼굴을 젖히더니 그 코앞에 칼끝을 들이대며 한층 차갑게 다그쳤다.

"바로 불어. 뻗대 봐야 소용없어. 요 손바닥만한 동네, 애들 풀면 한나절이야. 아니, 한 시간이면 어떤 놈인지 알아내 사시미 뜰 수 있다고."

그래도 마리는 무겁게 고개만 저을 뿐, 비명 한번 지르지 않았다. 사내가 한층 거칠게 그녀의 머리를 흔들어 젖히며 목소리를 높였다.

"이것도 아래위 서로 다 알고 지낸 사이라 인정 쓰는 거야. 알아? 그러니 괜히 성질 돋우지 말고 빨리 대. 성한 쌍판으로 한평생 살고 싶거든 말이야!"

그러면서 오른손을 까딱하는 게 칼끝으로 턱밑을 건든 듯했다. 그제야 얕은 비명과 함께 아픔과 겁에 질린 마리가 눈을 떴다. 그렇게 보아서 그런지 한 줄기 피가 하얀 목을 타고 내리는 것 같았다.

이대로 두고 볼 수는 없다…… 그가 그런 기분으로 막 몸을 드러내려는데 갑자기 가로등 그늘에서 무언가 검은 덩어리가 뛰쳐나왔다. 몸에 휘휘 감기는 듯한 검은 옷을 입은 사람이었는데, 그가 다시 들고 있던 무언가 검고 묵직해 뵈는 덩어리로 칼 든 사내의 뒤통수를 후려쳤다. 사내가 맥없이 고꾸라지며 그가 들고 있던 칼이 날카로운 쇳소리와 함께 시멘트 포장 위로 떨어졌다.

"으버, 으버버……."

갑자기 뛰어들어 칼 든 사내를 쓰러뜨린 검은 그림자가 아직도 굳은 채 서 있는 마리의 등짝을 밀며 그렇게 소리쳤다. 어서 피하라는 뜻 같았는데, 그 소리를 듣고 나니 그가 누군지 알 듯했다. 바로 그 벙어리 청년이었다. 그렇다면 조금 전에 그가 휘두른 것은 아마도 그가 늘 들고 다니는 검은 비닐 가방이었을 것이다. 언제나 선전지나 광고전단 같은 것들이 묵직하게 들어차 있어 힘차게 휘두르면 그만한 둔기로 쓰일 수도 있었다.

칼 든 사내로부터 놓여나고도 한동안을 굳은 듯 서 있던 마리가 벙어리 청년의 외침에 깨어났는지, 갑자기 돌아서더니 말 한마디 없이 큰길 쪽으로 내닫기 시작했다. 겁에 질려 본능적으로 현장에서 멀리 떨어지려고 하는 것 같았다.

그때 쓰러져 있던 사내가 일어나며 주위를 두리번거렸다. 떨어뜨린 칼을 찾고 있는 눈치였다. 잠시 마리에게 한눈을 팔고 있던 청년이 놀라 그런 사내를 덮쳤다.

"안 되겠어. 나가자!"

재혁이 그러면서 그들 쪽으로 뛰쳐나갔다. 그도 얼결에 뒤따랐다. 재혁은 한데 엉겨 뒹구는 두 사람을 버려두고 시멘트 포장 위에 떨어져 있는 칼부터 주웠다. 짐작대로 시퍼렇게 날을 세운 외제 식칼이었다. 그사이 겨우 몸 일부를 빼낸 사내가 아직 허리를 벙어리 청년에게 잡힌 채로 재혁을 향해 소리쳤다.

"뭐야? 칼 이리 내!"

그러는 그의 왼뺨에는 지렁이가 꿈틀거리는 듯한 검붉은 흉터가 위협적으로 번들거리고 있었다. 재혁이 제법 그럴 듯하게 칼을 움켜 방어 자세를 취하며 자르듯 하는 목소리로 받았다.

"그건 안 되겠소. 경찰서에서 찾아가도록 하시오."

그러고는 사내의 허리를 끌어안고 있는 벙어리 청년에게도 냉정하게 말했다.

"그만 일어나시오. 무슨 일인지 모르지만 경찰서에 가서 해결합시다."

벙어리 청년은 그때에야 그와 재혁이 나타난 걸 알아차린 듯했다. 불안한 눈길로 힐긋 그들을 살피더니 무얼 보았는지 사내의 허리를 죄고 있던 깍지를 스르르 풀었다. 재빨리 몸을 빼낸 사내는 벙어리 청년으로부터 두어 발짝 떨어진 곳으로 물러나서야 몸을 일으켜 세웠다. 그리고 먼저 그와 재혁을 향해 한 번 더 으르렁거렸다.

"당신들 아무래도 오늘 잘못 끼어든 것 같애. 지금이라도 늦지 않으니 칼 이리 내고 각기 볼일들 보시지."

"잘못 일을 벌인 것은 당신 같소. 이제 함께 경찰서로 가겠소? 아니면 112에 신고해 경찰을 이리로 부르는 게 좋겠소?"

재혁이 흔들림 없이 맞받았다. 그러자 사내가 한층 험한 표정으로 목소리를 높였다.

"맘대로 해. 경찰이라고 남의 사생활까지 간섭해? 바람 핀 계집 붙잡아 상대편 놈씨가 누군지 알아보겠다는데 왠 거지 떨거지 같은 것들이……."

"무슨 사생활이 그리 요란스럽소? 새벽에 흉기로 사람까지 찔러가며……. 게다가 저 사람은 오늘 처음이 아니실 텐데."

그가 참다못해 재혁을 거들고 나서며 이제 겨우 몸을 추스르고 일어서는 벙어리 청년을 가리켰다. 사내가 벙어리 청년을 보더니 새삼 이를 갈았다.

"이 병신 새끼. 접때 아예 염(殮)까지 해버리는 건데. 야, 이 새꺄. 너 앞으로 조심해. 날 다시 만나는 날이 네놈 제삿날인 줄 알라고!"

그러면서 금세 주먹질이라도 할 듯 벙어리 청년 쪽으로 다가가려 했다. 하지만 사내가 한 발자국 제대로 떼놓기도 전이었다. 갑자기 큰길 쪽에서 경찰차의 사이렌 소리가 들려왔다. 경광등을 번쩍이며 그쪽으로 오는 게 누군가의 신고를 받고 출동한 것 같았다.

거기다가 몇 집 안 되지만 집집마다 대문이 열리며 사람들이 빼죽빼죽 얼굴을 내밀었다. 진작부터 바깥에서 벌어지고 있는 일을 알고 신고한 뒤 경찰이 오기만을 기다리고 있었던 듯했다. 오래잖아 사내도 사태를 모두 알아차렸다.

"병신 새끼들. 구석구석 육갑들 떠는구나. 언제 한번 애들 데리고 와서 이눔의 동네 사그리 아작을 내놔야지……."

마지막으로 그렇게 허세를 부리고는 슬쩍 되돌아서더니 경찰차가 오고 있는 맞은편 산비탈 쪽으로 화들짝 뛰어 달아났다.

11

아침 일찍부터 대박사 주지의 염불 소리가 요란한 게 벌써 뭔가 심상치 않았다. 새벽까지 일하고 돌아와 잠든 사람들이 많기 때문에 팔봉 마을 하꼬방 사람들은 빨라도 아침 10시까지는 큰 소리 내기를 서로 삼갔다. 그런데도 대박사 주지는 서슴없이 목탁을 두드리고 요령을 흔들어가며 염불 같지도 않은 염불을 소리소리 읊어대고 있었다.

그 염불 소리와 함께 묘하게 수런거리는 바깥 분위기 탓에 그도 평소보다 일찍 깨나 밖으로 나가 보았다. 하꼬방마다 문이 열리고 사람들이 여기저기서 고개를 내밀었다. 그보다 일찍 방을 나온 사람들은 골목 어귀에 몰려 웅성거리고 있었다. 얼른 보아도 여남은 명은 되어 보였다. 그도 이끌린 듯 방을 나와 그들이 모여

선 곳으로 가보았다.

골목 어귀에는 그새 얼굴은 알아보게 된 3지구장(地區長)과 5동장(棟長)이 어느 낯선 사내와 거기 모인 동네 사람들의 대화를 중계하고 있었다. 그런 일에 별로 경험이 많은 편은 아니었으나 그는 한눈에 그 낯선 사내가 형사이고, 지금 동네 사람들을 상대로 뭔가를 탐문하고 있음을 알아보았다.

"신 형(申兄)이던가요? 신 형은 어제 저녁에 무슨 소리 못 들었소?"

주민등록 신고 때문에 비교적 그의 신상에 대해 잘 알고 있는 동장이 그를 보고 알은체를 하며 물었다.

"무슨 소리라니요?"

그가 얼결에 되묻자 이번에는 지구장이 나섰다.

"여럿이 모여 싸우는 소리라든가, 비명 소리 같은 거. 어쨌든 1지구로 내려오는 뒷산자락 쪽에서 이상한 소리 듣지 못했어요?"

"글쎄요. 자정 무렵까지는 옆방 텔레비전 소리 때문에 아무것도 못 들었고, 그 뒤로도 그쪽에서 특별히 이상한 소리가 나는 것 같지는 않았는데. 적어도 새벽 2시까지는. 헌데…… 무슨 일 있어요?"

그가 그렇게 대답하자 마침내 형사로 보이는 중년 사내가 직접 나섰다.

"사람이 죽었어요. 칼에 목이 잘려. 수법이 하도 잔인하고 엽

기적이라 특별하게 흔적을 남긴 거라도 없나, 하고 인근에 탐문을 나왔습니다."

그 같은 형사의 말에 이어 지구장과 동장이 그동안에 보고 들은 것을 중계하듯 번갈아 들려주었다.

"목을 딴다는 말만 들었지. 정말 그렇게 고개가 확 젖혀질 정도로 목살을 갈라놓은 건 처음 보았다니까. 무슨 원한으로 그랬을까."

"내가 보기에는 그냥 원한으로 죽인 게 아니라, 그 시체로 누구에겐가 본때를 보이고 있는 것 같더라고. 봐라, 너희들도 까불면 이 꼴 난다, 라고 을러대는 것처럼. 틀림없이 조폭(組暴)들 세력 다툼일 거라."

"꼭 그렇게 말할 것도 아니라니까. 무슨 조폭이 벙어리에 절름발이인 조폭이 있어? 차림도 노숙자 수준이었다며? 게다가 가방에 잔뜩 든 것도 무슨 찌라시 같은 거였다고 하던데."

"그거야 위장일 수도 있고오…… 또 죽은 사람이 물품 전달책에 지나지 않는 하빠리(하급) 조직원이라고 해도, 그 시체로 그가 속한 조직을 얼마든지 겁줄 수는 있지."

그때 다시 형사가 끼어들어 그들의 마구잡이 추론을 차단했다.

"자, 자, 그거야 앞으로 더 수사해 봐야 알 일이고……. 어쨌든 여러분 중에 이 사건에 대해서 보고 들은 게 있거나 가해자든 피해자든 알고 있는 분이 있으면 좀 일러주십시오."

그러면서 그를 비롯해 방금 새로 나온 몇 사람을 돌아보았다.

벙어리에 절름발이, 할 때 그는 벌써 눈앞이 아찔해지는 충격을 받았다. 거기다가 가방에 잔뜩 든 찌라시 같은 거, 하는 소리까지 듣자 그대로 풀썩 주저앉고 싶었다. 한번도 그런 끔찍한 일을 예상한 적이 없지만, 벌어지고 나니 처음부터 그렇게 짜여진 것을 알고 있었던 느낌이었다. 그러면서도 그 벙어리 청년이 비참하게 죽어가는 걸 무력하게 바라보고만 있었던 것 같은 회한에 가슴까지 메어져 왔다. 나중에 돌이켜보니 실로 엉뚱할 만큼 난데없는 감정이었다.

"그런데, 신 선생이라고 했던가요? 이 일에 대해 무엇인가를 알고 계신 듯한데……. 뭡니까? 어느 쪽입니까? 가해자 피해자 중에……."

형사가 그런 그에게서 무얼 느꼈는지 갑자기 날카로운 눈빛으로 그를 살피며 물었다. 그는 쓸데없는 의심을 받기 싫어 애써 태연한 척하려 했으나 민망스럽게도 느닷없는 눈물까지 치솟았다.

"아뇨, 어느 쪽도 잘은 모릅니다. 그저, 그저……."

그가 눈물을 감추려 허둥대며 그렇게 받았다. 형사의 목소리가 전보다 몇 배나 차고 깐깐해졌다.

"잘은 모르시더라도 아시는 것만 좀 말씀해 주십시오. 사소한 것이라도 사건 해결에 유용한 단서가 될 수 있습니다."

그제야 그도 쉽게 얼버무릴 수 없을 만큼 일이 꼬인 걸 알았다.

자신도 모르게 가빠오는 숨을 애써 고르며 차분하게 대답했다.

"만약 죽은 사람이 내가 아는 사람이 맞다면 나는 가해자와 피해자를 다 안다고 할 수도 있을지 모르겠습니다. 그들의 정확한 신원은 모르지만 이 며칠 사이에 그들이 다투는 것을 두 번이나 보았으니까요."

그런 그의 말에 형사의 두 눈이 번쩍 빛나는 듯했다.

"그게 언젭니까?"

"대통령 선거 이틀 전하고 선거 다음 날 새벽입니다."

"그렇다면 모두 열흘 안쪽의 일이군요. 그 사람들은 누구였습니까? 또 그들은 어떻게 다투었습니까?"

형사가 어느새 수첩까지 꺼내 들며 긴장한 낯빛으로 다가들었다. 형사의 그 같은 변화가 오히려 그의 긴장을 풀어주었다.

"먼저 피해자부터 확인했으면 합니다. 내가 알고 있는 그 사람이 아니면 상대도 또한 이 사건과는 무관할 테니까요."

그가 그렇게 말하자 형사도 다시 서두르는 기색을 거두었다.

"하긴 그게 먼저지. 그럽시다. 현장도 보고, 시체도 확인하고……."

그러면서 수첩을 점퍼 주머니에 쑤셔 넣은 형사는 모인 사람들에게 반은 건성으로 물었다.

"다른 분들 중에는 이 사건에 대해 따로 보고 들은 거나 피해자 가해자 어느 쪽이든 알고 계시는 분이 없으십니까?"

하지만 그 표정은 한 건 제대로 건졌다는 안도감으로 꽤나 느긋해 보였다.

그 형사와 함께 현장에 이르니 피살자의 시체는 이미 옮겨지고 없었다. 하지만 그는 오래 살펴볼 것도 없이 피살자가 자신이 알고 있는 그 벙어리 청년임을 확인할 수 있었다. 현장이 흉터 난 사내 패거리가 처음 그 벙어리 청년을 때리고 있던 바로 그 관목 숲 근처였기 때문이었다. 거기다가 아직 그곳에 남아 있는 눈에 익은 벙어리 청년의 검은색 비닐 가방은 그의 확신을 더욱 굳혀주었다.

그는 벙어리 청년을 만날 때마다 들었던 환청(幻聽)과 설명하기 고약한 마리와의 관계를 빼고는 그 형사에게 아는 대로 모두 일러주었다. 그가 워낙 숨김없는 태도로 털어놓아서인지 성씨가 강(姜)이라는 그 형사도 그대로 믿어주었다. 경찰서까지 갈 것도 없이 들을 것만 듣고는 그를 놓아주었다. 그의 주소와 연락처를 진작부터 확보해 두었다는 것도 강 형사를 느긋하게 만든 듯했다.

하지만 강 형사에게서 놓여난 뒤에도 그는 얼른 현장을 떠날 수 없었다. 신고를 받은 경찰이 출동한 그 아침부터 그곳에 진을 치고 구경을 하던 사람들이 모여서 떠드는 소리 때문이었다. 그들은 뒤이어 소문을 듣고 모여든 사람들을 상대로 진진한 목격담과 억지스런 추리를 함께 떠벌리고 있었는데, 처음 목격한 현장이 끔찍했던 만큼이나 나름대로 펼치는 추리가 허황되어 듣고 있는 그에게는 신비한 느낌까지 주었다.

"시체를 굵은 소나무 그루터기에 기대놓았는데, 반나마 잘린 목이 반듯하게 그루터기 위에 놓여 있어 처음 본 사람은 커다란 나무쟁반에 사람의 목을 얹어놓은 줄 알았다더만. 끔찍하지. 그것도 하나가 아닌 여럿이 모여 그 짓을 한 모양이야. 주변에는 술판이라도 벌였는지 켄터키 닭다리 봉지와 양주병 맥주깡(캔)이 즐비하고, …… 어쩌다 수틀려 한 칼 먹인 게 아니라 작정을 하고 사람의 목을 딴 거라고."

"그뿐만 아녀. 여기서 젤 가까운 1지구 5동 사람한테 들은 얘긴데 그 사람이 죽었다고 추정되는 무렵에는 촛불인지 후랏쉰지 그쪽 산비탈이 온통 훤했다는 거여. 무슨 왁자한 노랫소리 같은 것도 들렸다지 아마. 거 뭐야, 촛불시위나 캠프파이어 같은 거라도 벌인 줄 알았다데. 게다가 죽은 사람 가방에는 교회 찌라시가 가득 채워져 있었다잖아? 뭐라더라, 예수가 다시 온다는 건데, 요 며칠 팔봉 마을 하꼬방마다 돌던 거라더군. 아무래도 단순한 조폭들 싸움이 아니야. 무언가 무시무시한 사이비 종교 단체가 한 짓 같아. 미쳐 돌아가는 그 신도들이 모여 종교 재판 같은 걸 하고, 지네들한테는 극악무도한 죄인을 처형한 거야. 그리고 그 목을 잘라 지들 제사에 쓴 거라고. 틀림없다니까."

뒤에 들은 얘기는 예전 같으면 그에게 터무니없는 추리로 들렸을 것이다. 하지만 그때는 그 말을 하는 사람이 오히려 무언가를 제대로 알고 하는 것 같아 공연히 가슴이 섬뜩했다. 그리고 처음 벙어리 청년을 만났을 때와 그 얼마 뒤 회사 앞에서 보았을 때 그가 들었던 소리들도 분명 환청이 아니었다는 확신마저 들었다. 그런데 더욱 그에게 놀랍고 자극적인 것은 세 번째 사람이 하는 소리였다.

"나는 치정(癡情) 사건이 아닌가 해. 이래 봬도 내가 젤 먼저 현장을 목격한 사람인데, 그 전에 먼저 뭘 본지 알아? 어떤 젊은 아가씨야. 아침 운동 삼아 이쪽 능선으로 접어드는데, 청바지 차림에 머리칼을 노랗게 물들인 하이칼라 아가씨 하나가 그쪽에서 내려오더라고. 어스름 속이지만 몸매도 쭉 빠졌던데…… 눈물을 줄줄이 흘리면서 저편 구(舊)마을 있는 데로 허둥거리며 뛰어가는 거라. 아직 날도 밝지 않은 꼭두새벽에 이상하지 않아? 하지만 붙들어 물어보고 자시고 할 핑계가 없어 그냥 지나쳤는데, 몇 발자국 가지 않아 피 냄새가 훅 끼치더라고. 놀라 살펴보니 바로 현장이라. 틀림없이 그 아가씨, 이 사건과 무슨 관련이 있어. 그 현장에 같이 있었거나, 적어도 거기서 무슨 일이 벌어졌는지는 알고 있었던 거야. 그것도 피해자거나 가해자 누군가와 치정 관계에 얽혀……."

그렇다면 마리가 또 거기 있었다는 말이었다.

빰에 길게 흉터 진 사내와 실랑이를 벌이느라 말 한마디 건네보지 못하고 마리를 놓쳐버린 그날 저녁, 그는 행여나 하는 기분으로 호텔 '샹그리라' 나이트클럽으로 가보았다. 이번에는 성적(性

的)인 기대가 아니라 벙어리 청년이며 흉터 진 사내와 그녀의 관계가 궁금해서였다. 하지만 마음 내키지도 않는 찬 맥주를 여섯 병이나 마시며 자정 가까이 기다려도 전과 달리 그녀는 끝내 나타나지 않았다.

'그런데…… 이 아침 그녀가 이곳에 있었다. 더구나 구마을 쪽으로 갔다면 그것은 바로 며칠 전에 흉터 진 사내로부터 그토록 무시무시한 위협을 당한 곳으로 다시 갔다는 말이 된다. 도대체 무슨 일이 있었는가. 그녀와 벙어리 청년, 그리고 흉터 진 사내…… 갑자기 내 주변에 솟아오른 이 셋은 어떤 관계로 얽힌 사람들일까. 정말로 흉터 진 사내가 벙어리 청년을 죽인 것일까. 그리고 마리는 벙어리 청년의 죽음에 어떤 역할을 한 것일까…….'

거기까지 생각하자 그는 무슨 신비스럽고도 불길한 수렁 속으로 깊숙이 빠져드는 느낌이 들었다. 무언가 알지 못할 섭리로 진행되고 있는, 처참하면서도 지극히 세속적인 외양을 띠고 있지만, 안으로는 한없이 초월적이고 성스러운 의례(儀禮) 속으로 멋모르고 끌려들고 있다는 자각 같은 것이었다.

그가 구마을, 곧 그린벨트가 지정되기 전부터 있었던 옛날 집 몇 채가 모여 있는 곳으로 가보게 된 것은 순전히 마리 때문이었다. 며칠 전 그 마을 공터에서 그처럼 끔찍한 일을 당하고도 그녀가 다시 나타났다는 것은 그녀가 무언가 그곳과 깊은 연고가 있으며, 어쩌면 아직도 그곳에 남아 있을지도 모른다는 추측을 하게 했다.

그는 먼저 옛날 초가집을 슬레이트 지붕으로 바꾼 집 네댓 채가 옹기종기 모여 있고, 그 가운데 공터에 어울리지 않게 큰 가로등이 서 있는 곳으로 가보았다. 며칠 전 이른 아침 흉터 난 사내와 마리, 그리고 벙어리 청년이 뒤엉켜 칼부림과 드잡이질을 하던 곳이었다. 왠지 그는 그곳에 가서 찾아보면 마리가 있는 곳을 알아낼 수 있을 것 같았다.

늦은 겨울 아침이어서인지, 그 공터는 괴괴하기 짝이 없었다. 사람의 그림자는커녕 자잘한 생활의 소음조차 들려오는 게 없어 주변의 집들이 모두 사람이 살지 않는 빈집들이 아닌가 싶을 정도였다. 그는 그 집들 가운데 한 군데 대문이 열려 있는 집으로 가서 머뭇머뭇 집 안을 들여다보았다.

"누구세요? 어디서 오셨세요?"

갑자기 뾰족한 목소리와 함께 안채 문이 열리며 쉰 안팎의 아주머니가 나왔다. 대답도 듣지 않고 대문께로 서둘러 걸어 나오는 것으로 보아 외출하는 길이거나 아니면 대문을 닫아걸지 않은 걸 후회하며 뛰쳐나오는 듯했다.

"저어…… 사람을 찾는데요……."

그가 그렇게 말끝을 흐리자 아주머니가 귀찮은 듯 흘겨보더니 퉁명스레 물었다.

"또 뭐예요? 새벽부터 두 번 세 번 훑고 갔으면 됐지, 뭘 더 물어보겠다는 거예요?"

아마도 그를 경찰로 지레짐작한 것 같았다. 그가 그런 아주머니의 경계심을 풀어줄 겸해서 짐짓 목소리를 가볍게 했다.

"전 경찰이 아닙니다. 그냥 아는 아가씨 하나 찾아보려고요. 이며칠 이 부근에서 자주 보았는데. 청바지에 머리를 노랗게 물들인 아가씨……."

그러자 풀려가던 그 아주머니의 표정이 다시 굳어지며 눈길이 실쭉해졌다.

"뭐, 경찰하고 같은 사람을 찾으면서……. 몰라요. 그런 사람."

그래놓고는 핀잔 주듯 덧붙였다.

"여긴 알다시피 부근에서 이름난 등산로 입구 아녜요? 어둑한 새벽부터 캄캄한 밤중까지 사람들이 줄을 이어 드나들지. 게다가 저놈의 하꼬방 동네. 저게 또 하루에 수백 명은 이 길로 사람을 불러대니……."

말은 그래도 그는 왠지 그녀가 마리를 알고 있다는 느낌이 들었다. 어떻게 그녀의 경계심을 풀어주고 다시 물어보려는데 갑자기 대문이 매몰차게 닫히더니 뒤이어 빗장을 지르는 소리가 들렸다. 그 날카로운 쇳소리가 집주인의 적의를 대신하고 있는 것 같아 그는 다시 대문을 두드려 볼 엄두가 나지 않았다.

12

임마누엘 박이 대박사 주지와 함께 그의 하꼬방을 찾아온 것은 벙어리 청년의 목 잘린 주검이 발견된 날로부터 대엿새 지난 세밑 어느 날이었다. 하루하루 버텨가기가 숨 가쁜 사람들이 모여 사는 곳인 데다 크리스마스와 연말연시가 이어져서인지 그 끔찍한 사건이 팔봉 마을에 끼쳤던 무겁고 어두운 분위기는 그사이 많이 가셔져 있었다. 하지만 없는 사람들에게는 어차피 부담일 수밖에 없는 강추위에, 여러 가지로 기대보다는 불안과 걱정이 앞서는 세밑이었다. 그렇게 보아서 더 그렇게 느껴지는지는 모르지만, 줄지어 들어선 하꼬방 비닐하우스 동(棟)은 저마다 무겁고 음울한 상념에 젖어 조용히 웅크리고 있는 듯한 느낌을 주었다.

"계십네까? 계십네까아?"

늦은 점심을 식은 밥과 라면으로 때운 그가 밥상을 한곳으로 밀쳐놓고 설거지를 하려는데 누가 출입구 문을 두드리며 소리쳤다. 더 늑장을 부리다가는 그대로 박차고 들어올 것 같아 그는 뛰듯이 가서 문을 열었다. 쉰 살 이쪽저쪽으로 뵈는 건장한 사내가 다시 문을 두드리려고 올러멨던 주먹을 슬그머니 내리며 찡긋, 무슨 뜻인지 모를 눈웃음을 보냈다. 곁에는 대박사 주지가 평소의 공격적이고 당당한 그답지 않게 뭔가 미안해하는 표정으로 붙어서 있었다.

사람을 놀라게 하는 데는 있었지만, 그래도 그들 중의 아는 얼굴이 있는 걸 보고 조금 마음을 놓은 그가 물었다.

"무슨 일이신지요? 어디서 오셨습니까?"

"옆 동네 임마누엘 교회에서 전도사 일을 보고 있는 사람이올습니다."

사내가 문을 두드릴 때나 마찬가지로 왠지 위협적으로만 들리는 목소리로 대답했다.

임마누엘 교회는 바로 옆 동(棟)에 있는 하꼬방 한 칸에 빨간 네온사인 십자가만 요란하게 세워둔 일종의 개척교회였다. 거기다가 사내의 말투에는 '너는 당연히 나를 알고 있어야 한다'고 우기는 듯한 데가 있었으나, 그는 얼른 사내를 알아볼 수가 없었다. 그때 곁에 있던 대박사 주지가 조심스럽게 거들었다.

"거, 왜 전에 내 말했잖소? 임마누엘 박이라고……."

그러자 그도 비로소 대박사 주지가 언젠가 임마누엘 박에 대해 말해준 게 기억이 났다. 하지만 눈앞에 나타난 임마누엘 박은 그가 품고 있던 상상과는 달라도 너무 달랐다.

임마누엘의 원뜻을 모르지는 않았지만, 처음 '임마누엘 박'이라는 말을 들었을 때 그는 왠지 외설스러움과 유치함으로 버무려진 별난 개성을 떠올렸다. 아마도 어렸을 적에 본 구식 포르노 필름 '엠마누엘 부인' 시리즈와 그 전(前) 시대의 고무신 영화 제목 '마도로스 박'의 합성으로 만들어진 기묘한 이미지 탓이었을 것이다. 그런데 눈앞에 나타난 임마누엘 박은 그와는 달리 사극(史劇) 속의 근엄한 무장(武將) 같은 느낌을 주었다.

"그런데 무슨 일로……."

그 낯선 느낌 때문에 좀 떨떠름해진 그가 그렇게 말끝을 흐리자 다시 임마누엘 박이 망치로 쾅쾅 두드려대듯 말했다.

"손님이 찾아왔는데 이렇게 추운 문밖에 계속 세워둘 겁네까아? 안에 들어가서 얘기하면 안 되겠습네까?"

거듭 듣다 보니 어미(語尾)와 억양에 이북 사투리 같은 느낌을 주는 데가 있었으나, 어쩌다가 입에 밴 말버릇일 뿐, 제대로 된 이북 사투리는 아니었다. 임마누엘 박은 그래놓고 그가 무어라 대답도 하기도 전에 문지방에 털썩 주저앉더니, 보기에도 허풍스러운 등산화 끈을 풀기 시작했다.

대박사 주지가 다시 눈을 찡긋하는 게 그냥 받아달라는 신호 같았다. 그제야 그도 굳이 찾아온 사람을 문밖에서 내쫓아야 할 까닭이 없다 싶어 옆으로 비켜서며 말했다.

"그럼, 누추하지만 잠깐 들어오십시오."

그러자 간편한 신발을 신고 있던 대박사 주지가 먼저 방안으로 들어서고, 이어 숨결까지 씨근거리며 등산화를 벗어젖힌 임마누엘 박이 따라 들어왔다. 방석을 내주고 마주 앉아 보니 둘 모두에게서 약한 술 냄새가 났다. 방안에 자리 잡은 뒤에도 먼저 입을 연 것은 임마누엘 박이었다.

"오늘 오랜만에 저 달통법사님과 만나 쐬주 한병 까다가 신(申) 선생 이야기를 듣고 알아볼 게 있어 초면에 실례를 무릅쓰고 이렇게 찾아왔습네다. 다른 게 아니고오……."

그러자 대박사 주지가 민망한 듯 정정했다.

"쏘주를 깐 게 아니고오, 곡차 한잔 나누다가……."

"그게 그거지. 아, 길은 달라도 진리로 사귀는 종교인이요, 더구나 같은 무도인(武道人)끼리 무슨 격식은……. 그냥 편하게 말합시다."

임마누엘 박이 그렇게 눙쳐놓고 새삼스럽게 단정한 책상다리를 했다. 그 의도는 알 수 없지만 그는 왠지 그게 우스꽝스러워 마음이 조금 풀어졌다. 달통법사도 임마누엘 박에게는 한 수 접어주는지 더는 그의 말을 가로막으려 들지 않았다.

"며칠 전에 목이 잘려 죽은 벙어리 말입네다. 그 사람 때문에 왔는데…… 그 사람을 거 뭐야, 신 선생이 잘 안다고 해서…….”

“잘 안다고까지 할 건 없습니다만, 조금은.”

임마누엘 박의 용건이 좀 뜻밖이라 그가 정색을 하며 말을 받았다.

“달통법사 얘기로는 그 벙어리가 노방(路傍) 전도도 했다는데 정말입네까? 바로 이거, 이거 그자가 뿌리고 다니는 거 정말로 보았습네까?”

그러면서 임마누엘 박이 내미는 것은 언젠가 달통법사가 주워 왔던 조잡한 교회 전도(傳道)용지였다.

“그 벙어리 청년이 하꼬방마다 뭔가 종이쪽지를 돌리는 것은 보았지만, 산등성이를 오르면서 먼빛으로 본 것이라……. 다만 그날 아침에 대박사 주지님께서 그 전도용지를 가져온 적이 있어, 그가 돌리고 있는 게 바로 그 전도용지가 아닌가 하고…….”

그는 공연히 주눅이 들어 정확하지 않은 진술을 변명하는 참고인의 말투로 그렇게 더듬거렸다. 그러자 임마누엘 박은 더욱 노련한 형사처럼 되어 다른 선전용지 한 장을 주머니에서 꺼냈다.

“신 선생, 이거 한번 보시라요. 혹시 그게 아니라 이거 아닙데까?”

그가 받아 보니 이번에 내민 것은 사채업자(私債業者)의 광고전단이었다.

‘급전(急錢)이 필요하신 분들에게 희소식! 무보증 무담보. 연리

8%대. 금융기관보다 싼 이자. 간단한 서류 절차로 당일 대출…….'

대강 그렇게 나가는 것인데 팔봉 마을에서는 본 적이 없었다. 그가 낯설다는 표정으로 광고전단을 뜯어보고 있자 임마누엘 박이 다시 다른 광고전단을 한 장 내밀었다.

"이건 어떻습네까? 어디서 본 적이 없습네까?"

그가 보니 이번에는 약품 광고였는데, 암과 당뇨를 비롯한 모든 성인 난치병과 비만, 발기부전(勃起不全)까지 모두 치료할 수 있다고 우기는 식약품(食藥品)의 목록이었다. 역시 싸구려 잡지나 무가(無價)주간지 같은 데서밖에는 본 적이 없는 것들이었다.

"이것도 여기서는 본 적이 없는데요. 그런데…… 그럼 이게 모두 그 벙어리 청년이……?"

"나는 그렇게 보고 있습네다. 이제 한 스무 날 되나? 그가 처음이 마을에 나타나고부터 이런 것들이 부쩍 많이 돌아다녔으니까요. 5동 쪽 산기슭에 깡패 부스러기 같은 것들이 얼씬거리기 시작한 것도 그 무렵이고……."

"하지만 몸도 성치 못한 그 사람이 어떻게 그런 업자들하고까지 선이 닿아……. 그것도 한꺼번에 이렇게 여러 종류의 광고전단을……."

그때 곁에 있던 대박사 주지가 끼어들었다.

"하지만 그 친구가 깡패들에게 몰매 맞는 걸 신 형이 봤다며? 나와바리 넘어 들어왔다고."

"그거야 교회 전도용지 뿌리는 걸 깡패들이 잘못 알고……."

그때 다시 임마누엘 박이 대박사 주지를 한켠으로 밀어내듯 하며 말했다.

"틀림없어요. 조폭들이 나와바리 싸움을 한 겁네다. 팔봉 마을이라는 물 좋은 나와바리를 두고 깡패들끼리 한판 붙은 거라 이 말이외다. 원래 이쪽 나와바리를 잡고 있던 조직이 그 벙어리의 목을 잘라 그를 이리로 보낸 조직에게 겁을 준 겁네다."

그러자 문득 그는 전에 흉터 난 사내가 벙어리 청년을 때리며 '약이야? 깡이야?' 하고 묻던 말을 떠올렸다. 깡을 카드깡(불법할인)으로 보면 임마누엘 박이 나중에 내민 광고 전단 둘 모두 벙어리 청년이 돌린 것일 수도 있었다. 게다가 그때도 흉터 난 사내가 나와바리, 어쩌고 하는 소리를 했다. 하지만 참으로 알 수 없는 일은 서울에서도 마지막 달동네인 팔봉 마을을 무슨 대단한 이권이 걸린 상권(商圈)이라도 되는 양 말하는 것이었다.

"그렇지만 뭘 보고 이 마을을……. 솔직히 이 팔봉 마을. 달동네라는 이름조차 과분한 곳 아닙니까? 여기 무슨 이권이 있다고 사람까지 죽여 가며 조직 폭력배들이 구역 싸움을 벌이겠어요? 가구(家口) 수야 2000호가 넘는다 해도 모두 하루 벌어 하루 먹기도 바쁜 사람들에다가 술집 하나 반듯한 게 없는 동넨데……. 돈놀이를 하든 건강식품을 만병통치약으로 속여 팔든 돈 있는 사람들이 사는 동네라야 장사가 되지 않겠어요?"

그가 자신도 모르게 마음속으로 궁금해하던 것을 털어놓았다. 그러자 다시 대박사 주지가 끼어들었다.

"그건 아니지. 여기 이 사채 광고, 말만 번지르르하지 한번 걸려들면 숫제 사람 껍질을 벗겨놓는 지독한 돈놀이라구. 찌라시에서 말한 연리(年利)는 아쉬워 그들을 찾아가는 날로 월리(月利)가 되는데, 그나마 석 달 선(先)이자 떼고 매달 복리(複利)로 새끼 치면 옛날 시장통 딸라 이자는 저리가라야. 무담보 무보증도 그래. 카드깡 아니면 부모형제에 사돈 팔촌까지 명단 작성하고도 신체 포기 각서 덤으로 얹는 건데 노비 문서가 따로 없다고. 그런데 돈 많은 사람들이 뭣 때매 그런 돈을 쓰겠소? 허름한 아파트 한 채만 있어도 이자 싼 은행돈 얼마든지 꺼내 쓸 수 있는데……. 약은 더하지. 거기 써 있는 보약 그거 다 눈가림일 거요. 진짜 장사는 뽕(필로폰) 아니면 싸구려 환각제나 스테로이드, 피린 계(系) 범벅인 만병통치약 풀어먹이는 건데, 그것도 손님은 이런 동네에 더 많아요. 돈 있는 동네는 약을 해도 그런 약은 안 한다고. 말하자면 우리 팔봉 마을이 그들에게는 오히려 황금어장이 될 수 있단 말이오. 또……."

전에 무얼 했는지 대박사 주지는 뜻밖으로 그쪽에 밝았다. 그때 다시 임마누엘 박이 헛기침으로 대박사 주지의 말허리를 자르고 진지하게 말했다.

"착취든 편취(騙取)든 폭리는 언제나 밑바닥 대중을 상대해야만 얻어지는 법입네다. 이곳의 빈곤과 질병은 오히려 저들이 폭리를 얻을 수 있는 좋은 시장을 형성할 수도 있지요. 미국에서도 불법적인 고리채나 마약이 가장 많이 거래되는 곳은 돈 많은 백인들이 사는 주택가가 아니라 흑인 할렘가나 가난한 소수민족 집단 거주지 아닙네까? 그건 그렇고…… 신 선생, 다시 한번 물어봅시다. 그 벙어리 말이오. 그가 교회 전도용지를 돌렸다는 거, 단순히 먼빛으로 보고 짐작한 일만은 아닌 듯한데, 거기에 대해 솔직히 말해 줄 수 없겠소? 왠지 신 선생은 뭔가 그 벙어리에 대해 더 많이 알고 있는 것 같아서……."

하기야 그에게는 벙어리 청년과 만났을 때 들은 환청(幻聽)이나, 깡패들에게 몰매를 맞던 날 벙어리 청년이 영역을 침범했다는 의심을 벗기 위해 검은 비닐 가방 속에서 전도용지를 꺼내 보이던 것 따위 자신만 알고 있는 일이 몇 가지 있었다. 그러나 강 형사에게와 마찬가지로 임마누엘 박에게도 그것까지 시시콜콜히 말해 주어 쓸데없는 추궁을 당하고 싶지는 않았다.

"아뇨. 경찰에서 진술한 대로 깡패들과의 시비를 두 번 목격했을 뿐입니다. 거기다가 전도사님의 말씀을 듣고 보니 제게도 그 사건은 조직 폭력배들의 구역 싸움으로 아퀴가 잘 맞아떨어지는 것 같은데요. 이 동네가 특별히 기독교 성지(聖地)가 될 까닭도 없고……."

그가 그렇게 슬며시 비켜서자 무엇 때문인지 임마누엘 박이 갑자기 후끈 단 말투로 그의 말꼬리를 잡고 늘어졌다.

"기독교 성지라, 그게 무슨 뜻이오? 어째서 그런 생각을 하게 되었습네까?"

그 물음에 그는 아차, 싶었다. 예수의 출현을 예고하는 환청이나 벙어리 청년의 전도용지를 전자우편으로 먼저 읽게 된 경위 같은 일들을 털어놓게 되는 게 귀찮고도 싫었다.

"거기 전도용지에 씌어 있지 않나요? 뭐, 등불에 기름을 마련하고 신랑을 기다리는 처녀들처럼 기다리라던가. 그게 바로 예수님이 오기를 깨어서 기다리라는 말 같은데……."

그가 그렇게 둘러대자 임마누엘 박이 두 눈을 번쩍이며 그를 쏘아보았다.

"하지만 예수님이 꼭 이 마을로 온다는 것은 아니지 않았습네까?"

"그런 뜻이 아니고…… 이 마을에서 특별히 기독교와 관련 있는 일 때문에 죽이고 죽는 일이 벌어질 까닭은 없다는 뜻이었습니다."

일순 궁색해진 그가 다시 그렇게 얼버무리는데 갑자기 임마누엘 박이 두 눈을 감으며 스님들이 합장하듯 두 손을 가슴께로 모았다. 그러자 대박사 주지도 긴장한 표정이 되어 자세를 가다듬으며 두 손을 모았다.

"이제 내가 신 선생을 찾아온 까닭을 바로 털어놓겠습네다. 2천년대로 넘어오면서 90년대의 종말론(終末論)을 대신해 재림설(再

臨說)이 은근한 기대 속에 이 땅을 떠돌고 있는 거 들어보신 적이 있는지 모르겠습네다. 그리스도가 재림한다면 때는 바로 지금이며 장소는 바로 이 땅이 되어야 한다는 주장이지요. 이 시대는 더 견딜 수 없는 고통과 슬픔의 날을 마련하고 있고, 이 땅에는 이대로 더는 품고 갈 수 없을 만큼 거대한 증오와 상반(相反)이 축적되고 있어 2천 년 전의 유대를 닮아가고 있기 때문이라는 겁네다. 외세(外勢)가 동서와 남북으로 교차하는 지정학적 위치도 그렇고, 그때 로마의 배타적인 지배가 확보되었던 것처럼 21세기와 더불어 아메리카의 압도적인 우위가 점차 확고해지는 것도 더욱 그때의 유대를 떠올리게 하는 데가 있지요. 그래서 나도 여기서 은밀히 그리스도의 재림에 대비하고 있는데, 그 벙어리가 바로 그리스도의 재림을 예고하는 전단을 뿌리고 다녔다니 어떻게 궁금하지 않겠습네까? 그런데 그를 아는 사람은 신 선생뿐이라……."

그럴 때 임마누엘 박이 풍기는 분위기는 또 달랐다. 이번에는 신학교에서 제대로 공부를 하고 개척교회를 연 전도사 같은 데가 있었다. 하지만 그에게 우선 궁금한 것은 오히려 임마누엘 박이 팔봉 마을을 보는 관점(觀點)이었다.

"이 시대와 우리나라가 예수 탄생 당시의 유대와 닮아간다는 말씀은 나도 어느 정도 동의할 수 있습니다. 어디서 들은 것도 같고. 그러나 재림 예수가 다시 올 땅이 바로 이 팔봉 마을이라고 보시는 것은 아무래도 좀……. 더군다나 조금 전에는 전도사님께서 오히려 제게 하필이면 왜 그게 이 팔봉 마을이냐고 물으셨던 거 같은데……."

"그건 신 선생이 무언가를 알고 있는 것 같아 떠보느라 그랬지요. 하지만 잠깐만이라도 2천 년 전 그분이 오시던 때를 떠올려 보십시오. 그분이 온 곳은 예루살렘 변두리 베들레헴이라는 작은 마을의 마구간이었고, 천사들이 그분의 탄생을 알려준 것은 겨울밤 들판에서 노숙하던 양치기들에게였습네다. 공적(公的)인 삶을 시작한 이래 그분은 내내 가난하고 힘없는 이들에 둘러싸여 계셨으며, 그분의 가르침이 로마까지 퍼진 뒤로도 한동안은 천한 노예와 억압받는 여자들의 종교로만 알려졌습네다. 그렇게 보면 우리 시대의 가장 밑바닥 삶이 펼쳐지고 있는 이 팔봉 마을이야말로 재림 예수가 오기에 가장 알맞은 곳 아니겠습네까?"

그러면서 그를 쳐다보는 임마누엘 박의 눈길에서 그는 한 진지한 종교인을 넘어서 만만찮은 지성인을 만났다는 느낌까지 받았다. 그 느낌이 그에게서 난데없고도 좀 엉뚱한 물음을 끌어냈다.

"그런데 임마누엘 교회는 어떤 교파에 속하는지요?"

그 물음은 임마누엘 박의 신앙적 논리의 배경을 가늠해 보기 위한 것이었으나 그때부터 그들의 대화는 조금씩 뒤틀려가기 시작했다.

"해신파(解神派), 아니 해신교단입네다."

임마누엘 박이 조금 전과는 달리 뭔가 으스대는 듯한 투로 그렇게 밝혔다. 그로서는 처음 듣는 교단 이름이었다.

"해신교단?"

"해방신학적 교리해석을 따르는 교단이라는 뜻입니다."

"그럼 도산[都產=도시산업선교회] 계통……?"

"우린 그런 뜨뜻미지근한 선교 활동은 안 합니다."

"제가 듣기로 개신교 쪽에서는 해방신학이라는 용어를 잘 쓰지 않는다고 했는데, 그런 교단까지 있다니…… 어째 좀……."

"하긴 낯설기도 할 거요. 한국에서도 하나뿐인 교단이니까."

"그럼 가톨릭 특히 중남미의 해방신학과 연계가 있다는 뜻입니까? 마르크스와 손잡은 신학자들까지 있다는 그 동네……."

"오래된 생강이 맵다고 천주교가 개신교보다 눈치는 빠르지. 하나님의 뜻과 마르크스의 주장 사이에서 적지 않은 일치를 알아본 점에서는 중남미 사제(司祭)들도 비상한 데가 있고……. 하지만, 마르크스의 유물사관과 무신론을 혼동하여 끝내 그를 인민대중 해방의 수단이나 한 대증요법(對症療法)으로밖에는 인정하지 못한 얼치기들과 우리 교단은 그리 깊은 상관이 없습니다. 우리에게 마르크스는 바로 뜻을 바꾼 하나님이 보낸 마지막 예언자요, 현대의 엘리야란 말입니다!"

알 수 없는 기대에 차 있던 그는 거기서 다시 혼란되기 시작했다. 그는 자신도 모르게 그의 말을 되뇌며 물었다.

"뜻을 바꾼 하나님? 하나님이 보낸 마지막 예언자?"

"그렇지요. 시대가 바뀌면 메시아도 변해야 합네다. 2천 년 전 하나뿐인 아들을 이 세상에 보냈다가 쓰디쓴 실패를 맛보신 하나님은 뜻을 바꾸시고 먼저 마르크스를 보내 머지않아 다시 찾아올 구원의 내용을, 그리고 메시아의 모습을 규정한 것입네다."

갑자기 임마누엘 박의 눈길에서 이상한 열기가 비치기 시작했다. 목소리도 처음 방문을 두드리던 때의 그것으로 돌아가고 있었다. 하지만 그가 하는 말이 너무 엉뚱해 그는 다시 혼잣말처럼 반문했다.

"마르크시즘이 앞으로 찾아올 기독교적 구원의 내용이라고……?"

"할렐루야! 진리가 너희를 자유케 하리니! 그렇소. 2천 년 전 사랑하는 외아들이 닥쳐올 환난의 예감에 두려워 떨며 '거두어 주실 수 있다면 이 잔을 거두어 주옵소서'라고 애원할 때나 '아버지여 나를 버리시나이까'를 절규하며 고통 속에 죽어갈 때 하나님께서는 자신의 실패를 뼈저리게 느꼈을 것입네다. 그리고 그 실패의 원인이 어디 있었는지를 따져보다가 외아들이 광야에서 받은 유혹을 떠올리게 되었겠지요. 그리하여 마침내는 절대이성의 회복이랄까, 인간들이 진정으로 갈망하는 구원이 어떤 것인지를 깨닫고 다시 이 땅에 내려 보낼 아들의 모습을 바꾸게 되었을 겁네다. 굶주림에서의 해방, 억압에서의 해방, 그리고 미망과 현혹으로부터의 해방을 진정한 구원의 내용으로 삼고, 그걸 실현하기 위해서는 빵과 권세와 기적을 베풀 수 있는 아들을 다시 보내기로 뜻을 바꾸었습네다. 마르크스는 바로 그런 하나님의 뜻을 먼저 이 땅에 전하러 내려온 예언자에 지나지 않습네다……."

그런 임마누엘 박의 눈길에서는 이제 단순한 열기를 넘어서는 광기 같은 것이 어리기 시작했다. 하지만 비약이 심한 만큼 그 논리를 이어가는 고리들이 궁금해 그는 그 광기를 무시했다. 마르크시즘이 왜 빵과 기적과 권세의 체계로 해석되는지를 다시 물어보려 하는데 — 갑자기 그의 말문을 막는 일이 생겼다.

임마누엘 박이 책상다리를 하고 가슴께에 두 손을 모은 채 자리에서 툭 튀어 올랐다. 마치 엉덩이에 강력한 스프링이 있어 단번에 튕겨낸 듯 앉은 자세 그대로 한 뼘 가까이 떠올랐다가 내려앉았는데 그 모습이 아주 특이했다. 어디서 본 듯한 것이었지만 그게 어딘지는 그에게 얼른 떠오르지 않았다. 그때 나직하지만 감동에 찬 달통법사의 외침이 그를 일깨웠다.

"공중부양이다! 공중부양 일(一) 단계다. 제일식(第一式)이다……."

그제야 그도 튕겨져 오른 부처를 닮은 그런 모습을 어디서 보았는지 기억해 냈다. 우연히 들어가 본 어느 수련(修練) 카페에 실려 있던 공중부양 사진이었다. 비록 짧기는 했지만 임마누엘 박이 공중에 떠 있는 모습은 그 사진을 몹시 닮아있었다.

만약 임마누엘 박의 공중부양이 그 한 번뿐이었다면 그런 대로 인상적인 데도 있었을 것이다. 하지만 달통법사의 외침이 무슨 암시라도 된 것처럼 임마누엘 박이 다시 튀어 올랐다. 이번에는 유심히 살피고 있어서인지 용을 쓰느라 일그러지는 표정과 힘이 들어가 굳어지는 팔다리가 그의 눈에 들어왔다. 그런데도 임마누엘 박은 멈추지 않고 한동안 그 억지스런 공중부양을 계속했다.

갈수록 그 공중부양은 튀어 오르는 자세가 별난 개구리를 닮아갔다. 거기다가 달통법사까지 따라하게 되자 일은 더욱 우스꽝스럽게 꼬여갔다. 넓지 않은 하꼬방 안은 곧 괴상하게 튀어 오르는 두 마리의 거대한 개구리로 난장판이 되었다.

두 사람의 공중부양이 멈춘 것은 아직 배우는 처지에 있는 듯한 달통법사가 기어이 낭패를 본 뒤였다. 제대로 수련하지도 않고 무리를 하다가 힘에 부쳐 모로 처박히면서 방 한구석에 밀쳐놓은 밥상을 엎어놓는 걸 보고서야 임마누엘 박은 그 이상한 열정에서 깨어났다. 점점 힘들고 어색해지는 튀어 오르기를 멈추고 혀를 차며 달통법사를 바라보다가 문득 그를 향해 겸연쩍게 웃었다.

"우리는 기(氣)수련을 통해 기적을 연마하고 있습네다. 달통법사는 마냥 늦어지기만 하는 미륵불을 앞당겨 맞기 위해, 그리고 나는 이성을 회복한 하나님께서 다시 보내시는 예수 그리스도의 한 팔이 되고자……. 이 공중부양, 이래 봬도 대중을 감동시키기에는 이보다 더 효과적인 기적도 없지요. 지금 나는 1단계에서 2단계로 가는 중이라 아직 체공(滯空) 시간이 보잘것없이 짧지만, 2식(단계)만 완성되어도 인민 대중이 보기에는 놀라울 겁네다. 내가 원하는 만큼 공중에 떠 있을 수 있으니 그것만으로도 사람들을 과학주의, 기계주의의 미신에서 빠져나오게 할 수 있습네다. 그리고…… 3단계에 이르면 바로 하나님께 다가가는 것이 되지요. 자유자재로 공간을 이동하는 것인데, 이전 예수님의 마지막 승천(昇天)도 실은 공중부양 3단계, 곧 제3식(第三式)에 지나지 않습네다."

하지만 깨어난 것은 임마누엘 박뿐만이 아니었다. 그때는 그도 야릇한 기대와 흥분에서 깨어나 있어 임마누엘 박의 그 같은 말에 어떻게 대꾸해야 할지 난감할 지경이었다.

"기적을 연마한다구요? 다시 오는 예수 그리스도의 한 팔이 되고자……."

그가 난감해하며 그렇게 되뇌자 임마누엘 박이 다시 멀쩡하게 받았다.

"물론 기적을 이데올로기적 교화(教化)에 따른 우리 의식의 고양이 이끌어낸 비상한 현상으로 해석할 수도 있겠지요. 이를 테면, 오병이어(五餠二魚)의 기적만 해도 그렇습네다. 어린아이가 내놓은 물고기 두 마리와 보리떡 다섯 개로 수천 명의 군중을 먹이고도 열두 광주리가 남았다는 복음서의 기록은 기적이 아니라 그 어린아이 때문에 고양된 공동체의식의 결과라는 것이지요. 그때 예수님의 설교는 며칠씩 계속되었고, 그 장소는 음식을 구하기 쉬운 마을이나 저잣거리에서 떨어진 들판이나 언덕이었습네다. 그를 따르는 군중들은 당연히 도시락을 마련하였겠지요. 며칠 양식을 준비하고 따르는 사람들도 있었을 겁네다. 하지만 제 한 몸만을 위해 갈무리하고 있다가 그 어린아이가 여럿을 위해 제몫을 내놓는 걸 보고 그들도 부끄러움 속에 가진 것을 내놓게 되었겠지요. 여러 끼를 준비한 사람까지 모두 한꺼번에 내놓고 나누어 먹으니, 그 한 끼는 수천 명 군중이 모두 배불리 먹고도 열두 광주리나 남았을 수도 있지 않겠습네까? 하지만 이데올로기로 고양된 의식만으로는 다 덮을 수 없는 부분이 있고, 그걸 보완할 수 있는 것이 바로 이 공중부양 같은 기적입네다. 예수님도 최후는 이 기적으로 장식하셨거니와, 빠르고 손쉽게 대중의 눈과 귀를 압도하는 데는 이런 기적보다 더 위력적인 것이 어디 있겠습네까? 따라서 이데올로기적인 의식의 고양에 실패할 때를 위해서도 기적을 연마해 두어 나쁠 것은 없습네다. 우리가 함께하고 있는 기(氣)수련이나 공중부양 연마도 실은 그런 보완의 의미를 가지고 있습네다."

임마누엘 박이 그렇게 단번에 논리를 회복해 버리자 그는 오히려 대꾸하기가 더 난감해졌다. 기적을 그렇게 해석한다면 빵과 권세도 나름의 흥미 있는 해석이 있을 터이지만 공중부양과 이데올로기적 교화 사이의 아득한 거리감이 갑자기 그를 피로하게 만들었다. 그쯤에서 적당히 대화를 끝낼 말을 찾고 있는데 마침 뜻밖의 구원이 왔다. 갑자기 요란하게 울리는 전화벨이었다.

수화기를 드니 그의 가슴을 철렁 내려앉게 하는 목소리가 또박또박 말했다.

“선배, 나야. 만나고 싶어. 아니, 꼭 만나야겠어.”

정화였다. 2년 만에 듣는 정화의 목소리였다. 지난번 길가에서 먼빛으로 스쳐 지나간 뒤 이메일로 그렇게 간절히 불렀지만 보름이 넘도록 종내 대꾸가 없던 그녀가 갑자기 간절한 목소리로 다가들고 있었다.

“너구나. 정화……. 그래, 만나야지. 만나야 하고말고. 거기 어디야? 어디로 가면 돼?”

그러면서 힐끗 곁눈질을 해보니 임마누엘 박이 한층 깨어난 얼굴로 그런 그를 가만히 살펴보고 있었다.

13

8차선 대로에서 벗어나 팔봉 마을로 가는 새마을 포장도로로 접어들 때만 해도 정화의 얼굴은 밝았다.

"어디 저기, 저 많은 비닐하우스들에 다 하꼬방이 들어차 있다고? 농사짓는 비닐하우스는 한 군데도 없다고?"

정화는 그렇게 물으면서 어딘가 재미있어 하는 표정까지 지었다. 하지만 마을 안으로 들어서면서부터 이내 표정이 달라졌다. 늘어선 비닐하우스 동(棟)들을 가까이에서 살피는 그녀의 얼굴이 조금씩 어두워졌다.

"내가 알기로 대모산 쪽에도 이 비슷한 곳이 있다고 들었는데…… 결국 봉천동 달동네와 구로동 닭장집이 이렇게 하향 평준화하여 확대 재생산되었단 말이지. 문민정부, 국민의 정부 어쩌고 하며 10년이 지나가도록……."

그렇게 중얼거리며 열려 있는 하꼬방 문 안쪽을 할끔거릴 때는 옛날 도시빈민운동 계열을 따라다닐 때의 눈빛이 되살아난 듯도 했다. 그가 공연히 불안해져 변명하듯이 말했다.

"꼭 그런 건 아니고, 이중에는 하꼬방 철거 때 받게 될 분양권이나 임대아파트 입주권을 노리는 투기꾼들도 꽤나 있는 모양이야. 이 하꼬방 한 칸 사서 귀찮은 노부모 여기 따로 떼어놓는 일과 재산 증식을 겸하는 사람도 있고……."

그러자 정화가 예전처럼 차게 쏘아붙였다.

"또 그 몇 안 되는 예외로 전체를 싸잡아 몰아치는 인정머리 없는 논리, 그러다가 끝에는, 가난은 권리가 아니다…… 뭐, 그런 소리 하고 싶은 거죠?"

하지만 무얼 생각했는지 그녀는 말은 그렇게 해도 새침해졌던 표정은 풀어보려고 애쓰는 눈치였다. 그도 더는 그런 일로 그녀와 시비하고 싶지 않아 굳이 우기려들지는 않았다.

어느새 그의 하꼬방이 저만치 가까워져 있었다. 그가 주머니에서 열쇠꾸러미를 꺼내자 정화의 표정이 다시 한번 묘하게 변했다.

"어디예요? 어느 집이죠?"

그렇게 묻고는 있었지만 정말로 그곳에 그의 거처가 있다고는 결코 믿지 못하겠다는 듯한 표정이었다.

"저기야, 저기 이상한 주련(柱聯)하고 '대박사'라는 현판 달린 데 있지? 거기서 하나, 둘, 세 번째 방."

"누런 자물쇠 달린 저 합판 문 말예요?"

"맞아. 저게 내 집 현관문인 셈이야."

그러면서 다가간 그가 자물쇠를 열며 정화를 힐금 훔쳐보니 어느새 그녀의 얼굴이 어둡게 굳어져 있었다. 그런 그녀의 변화가 까닭 모르게 안쓰러워지면서 그도 절로 마음이 어두워졌지만, 둘의 감정이 뒤엉켜 상승 효과를 내는 게 더 싫었다. 문을 열었는데도 밖에서 가만히 안을 들여다보기만 하는 그녀를 가볍게 잡아끌 듯하며 그가 장난기 섞어 말했다.

"비닐하우스지만 골조는 쇠파이프로 되어 있어 든든해. 무너지지 않을 테니 들어와."

그녀도 되도록이면 그의 마음을 상하게 하지 않으려고 애쓰는 듯했다.

"나도 알아요. 누구는 든든한 집에 살아 좋겠다."

그렇게 제법 농담조로 받은 뒤에 가볍게 코를 감싸 쥐며 물었다.

"그런데 뭐야? 이거 무슨 냄새야?"

"홀아비 냄새라는 거 몰라? 2년이 넘도록 생으로 홀아비 노릇을 했으니 냄새 날 만도 하지. 그게 다 너 때문이라는 것도 알아둬라. 요 못된 아해야!"

그가 자신에게도 어색하게 들리는 어조로 그렇게 말하며 조명 스위치를 올렸다. 불빛 아래 가까이서 정화를 보니 방안을 말없이 돌아보고 있는 그녀의 눈에 금세 흘러넘칠 듯 흥건히 눈물이 고여 있었다. 그는 못 볼 것을 본 듯 급히 눈길을 돌렸다. 그러나 외면한다고 될 일이 아니었다. 가만히 그녀를 끌어당겨 안으면서 물었다.

"갑자기 왜 그래? 무엇 때문이야?"

"충분히 들었고 짐작은 했지만 아무래도 너무하다 싶어서…… 그래, 정말 어쩌다 이렇게 된 거예요? 이런 데밖에 몸을 둘 곳이 없었어요?"

그러면서 가볍게 몸을 빼내는 그녀에게서 그는 문득 전날 밤 내내 자신을 내몬 욕망과 열정의 여진(餘震)을 느꼈다. 하지만 당장 급한 것은 그녀의 원인 모를 비감(悲感)을 달래는 일이었다. 그는 짐짓 알 수 없다는 표정으로 그녀에게 되물었다.

"이런 데라니? 여기가 어때서? 그냥 잠시 편해서 와 있는데……."

"그럼 아파트는 어쨌어요? 빚은 좀 안고 있었지만 그때 우리 그 아파트 샀잖아요? 그리고 우리 살림살이는 다 어디 간 거예요? 벌써 모두 차압당했어요?"

기어이 그녀의 양 볼로 두 줄기 눈물이 흘러내렸다. 그게 그를 더욱 당황스럽게 했다.

"어쨌든 앉아. 앉아서 얘기해. 여기, 이쪽이 따뜻해."

그는 먼저 정화에게 따뜻한 자리를 권해 앉힌 뒤에 달래듯 말했다.

"어제 다 말했잖아? 아파트는 전세 주고 받은 돈은 따로 세탁해

두었다고. 살림살이는…… 여기 꺼내 쓰는 거 말고는 저기 저렇게 이사 포장한 대로 쌓아두었고."

"그런데 하필이면 왜 이런 하꼬방이야? 여기 이런 데 있는 줄 도대체 어떻게 알았어요?"

"그것도 어젯밤에 다 말해 주었던 것 같은데. 내가 움츠리고 살아야 할 필요가 있는 데다 마침 재혁이 형이 여기 얻어둔 방이 있어 잠시 쓰는 것뿐이라고……."

그러자 갑자기 그녀의 얼굴이 굳어졌다. 아직 눈물이 다 흘러내리지도 않은 두 눈 가득히 의혹을 내비치며 물었다.

"그것도 묻고 싶었어요. 자꾸 재혁이 형, 재혁이 형 하는데 도대체 그 사람 누구예요? 언제부터 그렇게 깊숙이 선배 삶에 개입하게 되었어요?"

"뭐야? 너 정말 재혁이 형 몰라? 신학 전공한 재혁이 형. 대학원 나와 이 대학 저 대학 보따리 장사하고 다니던……."

정화가 재혁을 기억 못하는 게 너무도 어이없어 그는 자신도 모르게 목소리까지 높였다. 정화가 더욱 알 수 없다는 눈길로 그를 마주 보며 대꾸했다.

"선배가 언제부터 그 사람과 사귀게 되었는지 모르지만, 난 그 사람 몰라. 적어도 재작년 내가 떠날 때까지는 이름도 한 번 들은 적이 없는 사람이에요."

그러는 그녀의 얼굴에는 특별히 감정을 부풀리거나 비틀고 있다는 표정이 없었다. 그게 그를 한층 혼란시켰다.

"무슨 소리야? 93년 야학(夜學) 땐가, 구로동 닭장집서 너도 만났잖아? 그 뒤로 술밥 간에 너도 몇 번 형과 함께 자리했지 아마. 그래, 맞아. 우리 아파트 산 뒤로도 한 번 왔었는데 정말 재혁이 형을 몰라?"

"암튼 난 그런 사람 몰라요. 하지만 그토록 선배의 삶에 깊이 관여하고 있다니 이제라도 좀 알아야겠어요. 재혁이 형이라는 그 사람, 선배에게는 누구죠? 무슨 관계예요? 아까 신학 전공 어쩌고 했는데, 그런 사람이 어떻게 선배에게 그토록 가까운 형이 됐어요?"

"그 얘기도 해줬잖아? 어렸을 적 어린이대공원 놀러 갔다가 미아(迷兒)가 되어 신세지게 된 보호 시설에서 만난 형이라고. 집을 제대로 기억하지 못하는 바람에 그 형과 한 3년 함께 고생하며 서울 밑바닥을 떠돌았지. 마지막으로 수용되었던 벧엘고아원으로 어머니와 형이 나를 찾아올 때까지 그는 내 작은 수호신이었어."

그러자 그녀가 눈이 동그래져 그를 쳐다보며 물었다.

"선배한테 그런 화려한 과거가 있었어요? 성북동 골짝 마을 구멍가게 아들로 대학에 올 때까지 한번도 그 동네와 가족들을 벗어나 본 적이 없는 서울 촌놈이 아니고?"

"그건 그 뒤 얘기지. 아홉 살 때 집으로 되돌아온 이후……."

"3년씩이나 집을 나와 보호 시설을 떠돌았다면 꽤나 중요한 추억이 되었을 텐데. 이래저래 상처도 많이 입고…… 그런데 나와 그 오랜 세월을 함께하면서 어떻게 한 번도 그 일을 말해 주지 않았을까. 선배는 도대체 무서운 사람이예요? 무심한 사람이예요?"

그 말을 듣고 보니 재혁이 형과 어렸을 적 집 잃어 떠돈 얘기는 그녀에게 한 기억이 없는 것 같기도 했다. 스스로 생각하기에도 그게 이상해 그가 혼잣말처럼 받았다.

"얘기해 주었을 텐데. 틀림없이 네게 말해 준 것 같은데…… 정말 그 얘기 해주지 않았어?"

"댐 건설로 살던 곳이 수몰돼 서울로 밀려왔다는 가족사의 서두 외에 나는 한번도 그렇게 그늘 짙은 선배의 개인사(個人史)를 들어본 적이 없어요. 언제나 단조로운 성장기와 변화 없는 삶에 대한 불평밖에 없었는데, 거 참 이상하네."

그러면서 정화는 이번에는 무언가 걱정스러운 표정까지 지었다. 거기서 그는 다시 한번 머리를 쥐어짜 보았지만 정화와 재혁이 함께하고 있는 기억으로 이거다 하고 내놓을 만한 것은 하나도 떠오르지 않았다. 그가 은근히 낭패한 기분이 되어 대꾸를 못하고 있는데 정화가 갑자기 몸을 일으키며 말했다.

"우리 나가요. 나가서 얘기해요."

"갑자기 왜 그래? 방금 들어와 놓고……."

"어쨌든 나가요. 여기서는 아무 말도 못할 것 같애. 너무 낯설어."

정화는 그러면서 앞서 방을 나갔다. 그런 그녀의 태도가 내비치는 어떤 단호한 분위기에 눌려 그도 말없이 그 뒤를 따랐다. 머뭇머뭇 따라오는 그를 한 번 제대로 돌아보는 법조차 없이 팔봉 마을을 벗어난 정화는 버스 한 정거장 거리는 떨어진 큰길가 커피숍에 들어가서야 입을 열었다.

"이 아침만 해도 나는 무사히 선배에게 돌아온 것이라고 생각했어요. 그리고 선배가 있는 곳이면 어디든, 그리로 돌아가 들어앉기만 하면 우리의 단절은 치유될 줄로 믿었죠. 그런데 아니에요. 선배는 너무 낯선 곳에 있어요. 이 모든 게 너무 낯설어요. 선배와 내가 공유한 기억들도, 관계들도…… 우선 환경부터 바꿔 봐요. 아니, 이전의 그 익숙한 것으로 되돌려요. 그리고 거기서 우리 새로 시작해 봐요."

목소리는 조용조용했지만 내용은 뒤집을 수 없는 통고 같았다.

"그게 무슨 말이야?"

"함께 살 아파트부터 구해요. 그 하꼬방은 정말 아니에요. 너무 낯설어요. 그렇다고 내 원룸에서 시작할 수도 없고…… 그러니 예전에 우리 살던 것과 비슷한 아파트부터 얻어야겠어요. 저 하꼬방에서는 왠지 순간순간 모욕당하고 있는 느낌이에요."

그제야 그도 이상한 게 있어 항의처럼 말했다.

"알 수 없구나. 너답지 않은 소리야. 저 하꼬방이 가장 강렬하게 드러내는 것이 가난일 텐데, 가난이란 게 정말 그렇게 네 마음을 상하게 해? 옛날의 그 잘 꾸며진 아파트나 기득권 세력과 타협하여 중산층으로 발돋움하려는 내 삶의 태도가 네 마음을 상하게 했던 게 아니고? 그래, 네게도 이제는 가난이 모욕 같은 것이 되고 말았니?"

"지금 거기서 느끼는 것은 가난이 아니라 부정(不淨)과 불온 같은 거예요. 마음을 상하게 하는 게 아니라, 불길한 느낌이고. 선배도 나도 머물러서는 안 될 곳이라는…… 그분 말이 맞았어요. 이래서 나를 재촉했을 거예요."

"그분?"

"그동안 저를 돌봐준 분이세요. 나중에 얘기할게요. 듣고 나면 선배도 존경할 만한……."

"그가 뭘 재촉했는데?"

뭔가 섬뜩해져 그가 정색을 하고 물었다. 하지만 정화는 그런 그의 기분을 아랑곳하지 않았다. 놀라거나 궁금해할 것 하나도 없다는 투로 대꾸했다.

"선배를 빨리 이곳에서 빼내야 된다고 하셨어요. 지금 선배는 므깃도 산의 어두운 골짜기를 헤매고 있다고……."

"므깃도 산?"

어디서 들은 말이지만 얼른 그 뜻이 기억 안 나 그가 다시 그렇게 되물었다.

"아마겟돈이라면 알아듣겠어요? 거 왜 선과 악이 최후의 결전을 벌인다는 싸움터. 그걸 므깃도 산이라고도 한대요."

정화의 그 같은 말에 그는 더욱 섬뜩해졌다. 왠지 그 무렵 팔봉 마을에서 벌어졌던 일련의 끔찍한 사건들과 괴이쩍은 분위기를 연상시키는 데가 있었기 때문이었다.

"그거 성경에 나오는 말 같은데, 그럼 너도 이제 교회에 나가? 종교는 더 이상 대중의 아편이 아닌 게 됐어?"

그가 여전히 정색을 풀지 않고 물었으나 정화는 그런 그의 표정에 별로 주의를 기울여주지 않았다.

"그건 아니고…… 그분께서도 그냥 한 비유로 말씀하셨을 거예요."

그래 놓고는 다시 조금 전의 그 단호함으로 선언하듯 말했다.

"연말연시라 어렵겠지만 되도록이면 아파트 빨리 얻을게요. 우리 새로운 시작은 거기서 해요. 그럼 아파트 얻는 대로 전화 드릴테니 그리 알고 준비하세요. 나도 이쪽 정리하려면 바쁜 며칠이 되겠네요."

그러고는 주문한 커피가 나오기도 전에 자리에서 일어났다

무엇에 홀리거나 가위눌린 사람처럼 정화가 하자는 대로 하고 터덜터덜 팔봉 마을로 돌아온 그는 어두운 하꼬방에 홀로 앉게 되자 갑자기 심한 불안과 후회에 빠졌다. 그녀가 다시 돌아오지 않을지도 모른다는 불안과, 그런데도 그녀를 찾아갈 수 있는 단서들을 전혀 확보해 두지 않았다는 후회였다.

오래잖아 예감은 기정사실로 변하고 후회는 자기 혐오가 되어 그의 의식을 물어뜯기 시작했다. 멍청한 것. 정화를 그렇게 보내다니. 그녀는 돌아오지 않을 수도 있고, 나는 그녀를 찾아갈 길이 없다. …… 그러자 그녀와 함께 보낸 하루도 점점 추상적이 되어갔다.

전날 처음 정화의 전화를 받았을 때만 해도 그는 그녀를 맞을 채비는커녕 다시 그녀를 보게 되는 것조차 믿을 수가 없었다. 마주 앉게 되어 재회가 실감으로 다가와도 어떻게 그들 사이에 가로놓인 2년간의 단절과 공백을 메워가야 할지 막막하기는 마찬가지였다. 헤어져 보낸 세월의 기억을 공유하기 위해 둘은 수다스러울 만큼 서둘러가며 많은 말을 나누었지만 내밀한 의식은 겉돌기만 했다.

그러다가 어색한 대로 함께하게 된 저녁식사 자리의 술 몇 잔이 그들 재회의 의식(儀式)을 풀어가는 출발점이 되었다. 쉽게 오른 취기가 서로에게 품었던 옛 욕망을 기억하게 하고, 그 욕망의 기억이 다시 육체적 감각의 기억들을 휘저어댔다. 그리하여 마침내는 의식 바닥에 가라앉아 있던 자잘한 쾌락의 연쇄와 그 절정까지도 선명한 기억으로 이끌어내자 둘은 먼저 그 복원을 재회의 의식으로 삼았다. 10시도 되기 전에 찾아든 인근 호텔에서의 하룻밤이 그랬다.

밤새 둘은 무슨 묵계처럼 서로의 의식을 자극함이 없이 육체적 욕망과 감각에만 충실했다. 의식의 단절과 공백을 잇고 메우는 일은 뒤로 미루어졌다. 그러다가 그 아침 함께 팔봉 마을을 찾기로 하면서 비로소 그 일이 시작되었는데…… 그렇게 끝이 나고 말았다.

그날 그는 점심도 거르고 머리칼을 쥐어뜯으며 그렇게 어이없이 정화를 보내버린 자신을 꾸짖고 괴롭혔다. 하지만 그리 오래할 필요가 없는 자학(自虐)이었다. 오후 늦게, 그러나 헤어진 지 다섯 시간도 안 돼 그녀가 어딘가 약간 들뜬 듯한 목소리로 전화를 걸어왔다.

“나 아파트 구했어. 전에 우리가 살던 곳과 같은 평형(坪型)에 새집이에요. 아는 분이 투자 삼아 분양받은 건데 전세가 나가지 않아 지금 비어 있대요. 우리만 괜찮으면 내일이라도 들어가 살 수 있어요. 게다가 내 원룸도 마침 찾는 사람이 있어, 나도 열흘이면 함께 그리로 갈 수 있겠어요. 선배도 그리 알고 준비하세요. 9일이에요, 해 바뀌어 2003년 1월 8일. 그럼, 다시 전화할게요.”

14

"어디 계세요? 지금 어디 계신 거예요?"

아슴아슴 낮잠으로 빠져들던 그는 누군가 문밖에서 간절하게 자신을 찾고 있는 것 같은 소리에 퍼뜩 깨어났다. 정화인가 싶었으나 그녀이기에는 시간이 맞지 않았다. 정화는 다음 날 아침 일찍 용달차와 함께 오기로 되어 있었다. 거기다가 목소리도 아니었다. 정화의 목소리는 맑고 카랑카랑한 편이었다. 하지만 좀 전에 들은 목소리는 귀에 익은 것이기는 해도 그것과는 전혀 달랐다. 부드러우면서도 모든 일이 심드렁하다는 듯한 목소리, 약간 쉰 듯하고…… 그때 다시 그 목소리가 한층 더 절실하게 자신을 찾았다.

"도대체 어디 계신 거예요? 어디 계시냐구요, 아저씨이……."

그제야 그는 그 목소리를 알아들었다. 그래, 마리의 목소리다.

마리가 나를 찾고 있다. 그러자 갑작스레 나타난 정화 때문에 의식 한편으로 밀려나 있던 마리와 그녀가 관련된 일련의 사건들이 일시에 머릿속에 떠올랐다. 특히 벙어리 청년의 참혹한 죽음은 새삼스러운 전율이 되어 온몸을 떨게 했다.

그들을 그토록 오래 잊고 지낸 것이 무슨 끔찍한 저주로 덮쳐올 것 같아 갑자기 다급해진 그는 배를 덮고 있던 담요를 뜯어 내던지듯 젖히며 일어났다. 잊어서는 안 될 것을 잊고 있었구나. 그래서 네가 이렇게 스스로 찾아 왔구나. …… 그는 한달음에 출입구로 달려가 급하게 문을 열며 소리쳤다.

"여기야. 마리, 나 여기 있어. 이리로 들어와."

그러나 문을 열고 밖을 보니 짐작과는 달리 마리는 그곳에 없었다. 윗몸을 하꼬방 밖으로 반나마 빼내 별로 깊을 것도 없는 골목을 찬찬히 훑어보았으나 마리가 없기는 마찬가지였다. 겨울 오후의 엷은 햇살뿐 역시 아무도 보이지 않았다.

그제야 이상한 느낌이 든 그는 신발을 꿰고 골목으로 나왔다. 동(棟)과 동 사이의 작은 골목뿐만 아니라 지구(地區)를 가르는 제법 큰 골목까지 훑어보았지만 마리의 자취는 찾을 길이 없었다. 오가는 이들이 몇 명 있어도, 평소 그 시간대에 그 골목을 오가 눈에 익은 모습들뿐이었다.

'내가 잠결에 헛들었나?'

다시 하꼬방 안으로 돌아와 커피포트에 물을 끓이면서 그는 문득 그런 생각을 해보았다. 하지만 그렇게 밀어두기에는 귓전에 남은 마리의 목소리가 너무 생생했다. 특히 뒤엣것은 그의 무의식 바닥에 가라앉아 있던 그녀의 다른 목소리까지 되살려낼 만큼 또렷했다. 지난번 헤어질 무렵 그녀가 한 말들이었다.

"아저씨에게 바라는 거? 물론 있어요. 그러나 지금은 아니고…… 언젠가 간절히 빌 때가 있을 거예요. 그때 저를 외면하지나 마세요."

"우리가 다시 만나야 한다면, 반드시 다시 만나게 될 거예요."

그런 마리의 목소리가 귓속에 가득해지면서 그의 상념은 이상하리만치 까맣게 잊고 있던 그녀와 그녀 주변으로 몰렸다. 세 번의 만남이 옴니버스 영화처럼 머릿속을 스쳐가고, 이어 한때는 제법 골똘하여 뒤쫓았으나 갑작스레 나타난 정화 때문에 의식 한편으로 밀려났던 벙어리 청년의 죽음도 실감 있게 되살아났다.

마리가 아직도 근처 어디에 있으리라는 강한 추정과 지난 세밑 며칠 사이에 일어난 일련의 기괴하고도 끔찍한 일들이 끝내는 자신과 무관하지 않을 것 같다는 불길한 예감이 어우러지면서 그는 방 안에 그대로 있을 수가 없었다. 마리의 자취를 마지막으로 놓쳐버린 구(舊)마을 쪽에서 한 번 더 그녀를 찾아보려고 무엇에 내몰린 듯 하꼬방을 나섰다. 다음 날 일찍 이삿짐을 옮기려면 이제는 짐 싸기를 시작해야 할 때였다.

벙어리 청년이 죽은 그날 눈앞에서 매몰차게 대문을 닫아걸던

집에 그가 이른 것은 짧은 겨울해가 태보산(太父山) 서향 능선 꼭대기를 벌겋게 물들이고 있을 때였다. 한 번 무참한 꼴을 당해서인지, 그는 머뭇거리는 법도 없이 그 집 앞을 지나쳐 다음 집으로 갔다. 그러나 대문을 두드리는 대신 몇 발자국 떨어져서 겉만 슬쩍 둘러보고는 또 다음 집으로 옮겨가는 식으로, 부근에 있는 네댓 집을 어슬렁거리며 돌았다. 그러다가 자연스럽게 집 안 사람들과 눈을 맞춘 뒤에 그들에게 다가가 마리의 자취를 더듬어 볼 작정이었다.

"거기서 뭐하는 거요? 누구를 찾아왔소?"

그가 작은 공터를 중심으로 모여 있는 네댓 집을 한 바퀴 둘러본 뒤 그중 유독 담이 낮은 집 마당을 기웃거리고 있는데 대문 열리는 소리와 함께 누군가 따지듯 물어왔다. 놀라 돌아보니 맞은편 슬레이트집 대문 안에서 성깔깨나 있어 뵈는 중늙은이 하나가 그를 살피고 있었다. 처음 그는 그것도 기회라 싶어 그 늙은이를 잡고 마리를 수소문해 보려고 했으나 눈길이 마주치는 순간 깨끗이 단념하고 말았다. 그 눈길이 그저 곱지 않은 정도가 아니라, 물거나 할퀼 틈만 노리는 앙칼진 짐승 같은 데가 있어서였다.

"아, 예, 그저 지나가는 길에……."

그는 그렇게 얼버무리며 황급하게 그곳을 떠났다.

당황한 탓일까, 그는 두어 집이 모여 작은 마을 모양을 이루고 있는 곳을 그냥 지나 다시 가로등 하나를 중심으로 서너 집이 모여 있는 곳에서 걸음을 멈추었다. 거기서 한 마장쯤 떨어진 산 밑 외딴집만 더하면 구마을도 끝이었다. 그다음부터는 청계산으로 이어지는 태보산이 있을 뿐이었다.

구마을이 끝나간다 싶자 마음이 급해진 그는 그 집들 가운데 한 곳에서 다시 나름의 탐문을 시작하려 했다. 더구나 산 밑 외딴집에서는 평소 사람의 기척이 느껴지지 않았다. 그런데 그가 그 중 가장 최근에 지은 듯한 집 대문을 두드리려 할 때였다. 사람이 살고 있지 않은 것 같던 외딴집 쪽에서 갑자기 날카롭게 찔러오는 듯한 빛줄기가 있었다. 그 집 허물어진 블록 담 모퉁이를 스쳐간 빛이었는데, 꽤 먼 곳에서 잠깐 동안 스쳐간 것이었지만, 틀림없이 노랑머리와 청바지가 어우러져 그의 의식으로 쏘아 보낸 것이었다.

그는 막 두드리려던 대문을 버려두고 외딴집으로 달려갔다. 늦으면 마리는 이제 영영 찾지 못할 곳으로 숨어버릴 듯한 느낌에 힘을 다해 뛰었다. 하지만 그 집 가까이에 이르면서 그는 다시 불안해졌다. 가까워질수록 오래 버려져 있었음이 뚜렷이 드러나는 집과 거기 딸린 축사(畜舍) 때문이었다. 특히 축사는 그린벨트라 증개축 허가가 나지 않자 편법으로 그렇게 허가를 받았지만, 처음부터 사람이 살 목적으로 지어진 것인 듯했다. 사람이 거처하던 곳이 오래 버려져 있으니 축사가 비어 있는 것보다 훨씬 더 황폐하게 느껴졌다.

하지만 오래 불안해할 필요는 없었다. 한 군데 무너진 담장이 있어 녹슨 철 대문을 두드릴 것도 없이 집 안으로 다가가는데 갑자기 집 안 구석진 곳에서 누군가 뛰쳐나왔다.

"아저씨, 아저씨가 오셨군요! 결국 와주셨군요."

그런 외침과 함께 달려나와 스스럼없이 그에게 안겨오는 것은 청바지 차림의 마리였다. 조금 전에 본 것은 헛것이 아니었다.

"꼭 오실 줄 알았어요. 그동안 얼마나 간절하게 빌었는지…… 하지만 그래도…… 이렇게 오셨으니 고마워요. 정말 고마워요."

마리는 그렇게 울먹이며 어느 때보다 세차게 그를 마주 안고 가슴에 볼까지 비벼왔다.

그는 조금 어리둥절했다. 이제까지 그와 그녀를 얽고 있던 것은 몸을 유일한 표현 수단으로 삼는 성(性)이었다. 그것도 그의 가학적인 적극성에 주도된, 느닷없으면서도 맹렬한 성이었다. 그런데 오히려 그녀 쪽에서 스스로를 내던지듯 세차게 다가오자 성감(性感)을 전혀 느낄 수가 없었다. 대신 둘이서 해내야 할 엄숙한 사명 같은 것이 있고, 지금이 바로 그때인 것 같은 느낌으로 긴장해 오히려 몸과 마음이 굳어져 왔다.

두 번이나 난음(亂淫)과도 같은 밤을 보내 익숙해진 그녀의 몸과 더 많은 스침으로 눈에 익은 얼굴도 낯설기 그지없었다. 거기다가 그녀에 관한 기억조차 전혀 무력해져, 그는 그녀를 그저 멍하니 바라보고만 있었다. 그때 그녀가 전혀 종류를 달리하는 격정을 내보이며 흐느끼듯 말했다.

"그들이 요한 오빠를 죽였어요. 헤롯의 군병(軍兵)들이 우리 세례자(洗禮者)를 죽였다구요. 그 목을 자르고…… 머리를 쟁반에 담아 헤롯에게 바쳤어요."

처음 벙어리 청년을 만나던 날 들은 환청(幻聽)과 그가 둥근 나무 그루터기에 꺾인 목을 괴듯 죽어 있었다는 뒷소문 때문이었을까, 평소 같으면 엉뚱하게 들렸을 그녀의 말이 그때는 전혀 그렇지 않았다. 그보다는 오히려 벙어리 청년이 세례자 요한이 되는 세계에서 마리는 무엇인지 궁금했다.

"그가 바로 요한이었단 말이지. 퇴폐 룸살롱 광고지를 뿌리고 다니는 벙어리가 이 땅에 온 세례자라……. 그럼 너는 누구냐?"

"향유(香油)로 씻은 그분의 발을 이 머리칼로 닦아드리려 온 여종이에요. 짓밟히고 더럽혀져 더 내려설 데가 없을 만큼 낮고 천해진 뒤라야만 제 분깃을 누릴 수 있는……."

"기억난다. 창녀거나…… 또는 예수 덕분에 돌팔매질을 면한 간음한 여인일 거라는 그 마리아. 막달라 마리아. 그래서 네 이름도 마리로 쓰고 있는가……."

"쓰고 있는 게 아니라 날 때부터 마리였어요. 처음부터 마리아로 태어난 거예요."

그 말을 듣자 갑자기 그의 심사가 비뚤어졌다. 그녀와 나눈 뜨거운 성합(性合)의 기억이 무의식 속에서 꿈틀, 요동을 쳐 의식을 거칠게 휘저어댄 탓인 듯했다. 그가 자신도 모르게 뒤틀린 목소리로 다시 마리의 말을 받았다.

"그래서 너도 이리저리 함부로 몸을 굴리고, 거리의 여자처럼…… 그런데 나는 뭐지? 너희들은 모두 제 역할을 알고 있는 것 같은데, 영문도 모르고 끌려든 나는 뭐지? 도무지 나는 내 역할을 알 수가 없구나. 복음서(福音書)에도 막달라 마리아의 정부(情夫)가 누구며, 그 어디서 무슨 일을 했는지는 나오지 않는 것 같던데."

"그래서 이렇게 늦었군요. 저를 처음 찾아오셨을 때 모두 알고 계신 줄 알았는데…… 정말 모르고 계셨어요? 수호천사 미카엘의 군병(軍兵). 십자가의 군병. 아저씨는 지극히 높으신 곳에서 온 그 분을 지켜드리러 왔어요. 성난 베드로가 검을 빼어들고 하려 한 적이 있지만, 끝내 제대로 해내지는 못한 그 일을 하기 위해 부름 받은……."

그런 마리의 대답이 더욱 그를 비뚤어지게 했다.

"복음서에도 없는 역할이구먼. 미카엘의 군병이라, 미카엘이라, 수호천사라…… 하지만 아무래도 나는 그 역할과는 무관한 듯하구나. 차라리 헤롯의 군병이거나 로마의 군병이라면 몰라도."

빈정거리듯 그렇게 받고 나니 문득 그 몇 달 전자우편으로 받은 반(反)그리스도적 메일들이 떠올랐다. 그는 한층 위악적(僞惡的)인 기분이 되어 그 가운데서도 가장 신랄한 구절 하나를 되살려

보려고 애쓰는데 갑자기 마리가 새파랗게 불길이 이는 눈으로 그를 노려보며 소리쳤다.

"그만하세요. 아저씨. 위악도 불경(不敬)이에요. 세상에는 함부로 짓밟거나 더럽혀서는 안 되는 것들이 있어요. 누구도 함부로 모독할 수 없는 거룩하고 참된 것들이 있다구요!"

"거룩하고 참된 것들이라…… 특히 거룩이라, 거룩…… 정말 그런 것이 아직 이 세상에 남아 있다는 것이냐?"

"남아 있고말구요. 아니, 죄 많은 인간들에 의해 오염되기는 했지만, 그게 세상의 원래 모습이에요. 게다가 이제 그런 이 세상을 완성하여 하늘나라로 바꾸려고 오신 분이 있어요."

그런 마리의 눈길에는 광기를 넘어서는 어떤 번득임이 있었다. 그러나 그에게는 그게 섬뜩하기보다는 어디서 온 것인지가 더 궁금했다.

"그럼 그 벙어리가 집집마다 뿌리고 다니던 찌라시처럼 새로운 구세주가 오기라도 한다는 것이냐? 아니면, 머리가 돌거나 맛이 간 것들이 떠들어대는 것처럼 예수가 재림하기라도 한다는 것이냐?"

"오시려는 것이 아니라 이미 오셨어요!"

"벌써 왔다고? 언제? 어디에? 누구로?"

그가 자신도 모르게 가빠오는 숨결을 억누르며 그렇게 물었다. 마리가 잠깐 깨어난 얼굴이 되어 뭔가를 망설이는 듯하다가 다시 무언가에 들린 듯한 목소리로 돌아가 소리쳤다.

"오래전에, 벌써 서른세 해 전에 오셨어요. 경축하라, 주께서 오셨도다!"

그리고 저만치 떨어져 있는 허물어진 축사 쪽을 가리키며 한층 더 목소리를 높였다.

"지금 바로 저기 계세요. 저기서 단식과 묵상(默想) 중이세요. 이제 40일이 찼으니 곧 깨어나실 때가 되었어요. 저와 함께 가서 경배하고 그분을 유혹에서 지켜드리셔야 해요!"

하지만 마리가 고조될수록 그는 차갑게 깨어나기 시작했다. 그럼 내가 결국은 이상하게 망가진 예수꾼에게 걸린 것에 지나지 않는단 말인가. 슬며시 그런 느낌이 들어 마리를 살피고 있는데, 그녀가 손을 끌듯 앞장섰다.

"가요. 따라오세요."

넓지 않은 텃밭을 지나 어둑어둑한 축사로 따라 들어가며 살펴보니, 무슨 작업장과 창고를 겸하고 있는 것 같은 축사 안은 구석구석 꼼꼼하게 돌본 사람의 손길을 느끼게 했다. 겉보기와는 달리 아주 근래까지도 누가 쓰고 있었던 듯했다. 목공용(木工用)의 작업대에는 전기톱과 전기대패가 가지런히 놓여 있고, 그 아래에는 오래되어 뵈지 않는 대팻밥이 수북하게 쌓여 있었다. 작업대 곁 판자로 칸을 지른 공구 선반에 가지런히 놓여 있는 이런저런 공구들도 주인의 세심한 손길을 느끼게 했고, 다시 그 옆 벽 쪽으로 쌓여 있는 자재들도 그랬다. 다만 자재들은 목재 외에도 보일러 배관용 동관(銅管)과 플라스틱 파이프에다 전깃줄과 플러그 스위치 종류, 녹슨 상수도용 합금 파이프 같은 것들로 너무 잡다하여 어느 것이 집주인의 전문(專門)인지 짐작하기 어렵게 되어 있는 게 좀 이상할 뿐이었다.

마리는 그런 축사 안을 가로질러 서편 벽 쪽으로 난 출입문을 열었다. 축사 안에 넣은 것인지 밖으로 덧달아낸 것인지는 모르지만, 그 안에서 뜻밖으로 널따란 방 하나가 나왔다. 서향으로 큰 창이 나 있어 방 안의 밝기도 작업 창고로 쓰이는 쪽보다는 훨씬 나았다. 그 방 가운데 머리칼과 수염이 텁수룩한 남자가 눈을 감은 채 앉아 있었다.

그 남자를 본 순간 그는 익숙한 느낌이 들었다. 눈을 감고 있는 데다 함부로 자란 머리칼과 수염에 가려진 얼굴이었지만 틀림없이 어디서 본 적이 있는 얼굴이었다.

"선생님, 이제 깨어나세요. 벌써 마흔 번째 날이 저물고 있어요. 이제는 깨어나셔서 몸을 돌보셔야죠."

마리가 그 앞에 다가가 금세 울먹일 듯한 목소리로 그렇게 말했으나 그 남자는 눈을 뜨지 않았다. 그 모습에서 그는 문득 예수의 얼굴 부분만 확대한 싸구려 복사판 성화(聖畵)를 떠올렸다. 그는 처음 그 남자의 얼굴 어딘가가 그런 그림과 닮아 있어, 그게 그 남자의 모습을 낯익게 느껴지도록 만든 것으로 알았다. 그런데 아니었다.

"선생님을 지키도록 선택받은 이도 데려왔어요. 좀 늦었지만 그래도 그이들 가운데서는 가장 먼저 제 발로 찾아온 사람이에요. 곧 더 많은 그이들이 올 거예요."

마리가 다시 그렇게 보고하듯 말하자 그 남자가 천천히 눈을 떴다. 그 맑고 고요한 눈빛을 보자 비로소 그는 그 남자가 누군지를 알아보았다. 팔봉 마을로 온 지 얼마 안 돼 만난 적이 있는 그 보일러공이었다. 오래 함께 있었던 것은 아니었으나 묘하게 인상적이었는데, 조금 전에는 텁수룩한 머리칼과 수염 때문에 얼른 알아보지 못했을 뿐이었다.

"여기 계셨군요. 저…… 그날, 그…… 상처……."

그가 인사도 아니고 물음도 아니게 엉거주춤 알은체를 하는데 갑자기 스위치 올리는 소리와 함께 방안이 환해졌다. 방 한가운데 늘어진 백열등 빛이 눈부셔 그가 주춤 걸음을 멈추었다. 그때 등 뒤에서 몹시 귀에 익은 목소리가 들렸다.

"기럼, 그렇디! 역시 기렇구만. 내 진작부터 신 선생이 무얼 알고 있는 줄 알았습네다. 결국 찾아내셨구만요"

돌아보니 어디서 나타났는지 임마누엘 박이 방 안으로 들어서고 있었다.

"미행하고 엿듣고 해서 미안합네다. 며칠 전부터 내 줄곧 신 선생을 살피고 있었지요. 오늘은 황급히 하꼬방을 나서는 모습이 이상해 아예 따라붙었는데 이렇게 맞아떨어진 겁네다. 오래 찾았지만 통 알 수가 없더니 이렇게 찾게 해주어 정말, 정말 고맙습네다."

임마누엘 박은 그렇게 넉살까지 떨며 성큼성큼 방 안으로 들어왔다. 그리고 어느 누구에게도 양해 한 번 구하는 법 없이 그 보일러공 앞으로 가서 책상다리를 하고 마주 앉았다. 알 수 없기는 보일러공도 마찬가지였다. 처음 임마누엘 박이 방 안으로 들어설 때 가볍게 움찔하는 게 그를 아는 듯했으나 더는 별다른 움직임이 없었다. 맑고 가라앉은 눈으로 임마누엘 박이 하는 양을 그저 가만히 바라보고만 있었다. 먼저 말을 건 것은 임마누엘 박이었다.

"당신이 바로 그란 말이지요? 이 시대, 이 땅으로 오게 되어 있다는 그 새로운 사람의 아들 말입네다."

임마누엘 박은 그렇게 물으면서 도전적으로 보일러공을 쏘아보았다. 보일러공이 시인도 부정도 아닌, 그윽하고 잔잔한 미소로 그 눈길을 받았다. 그러자 임마누엘 박은 말투까지 도전적이 되었다.

"두 번째 천 년기(千年期) 말이 되면서부터 떠돌던 말이고, 나도 간절하게 기다려 왔던 그 사람이란 말이지요? 하지만 2천 년 전에 그러했듯이 메시아가 오기 전에 먼저 수다한 가칭자(假稱者)가 오게 마련입네다. 나도 숱하게 그런 가칭자들을 만나봤지요. 나는 감람나무 그늘을 지나고(전도관 박태선 장로는 스스로 감람나무라 칭하였음-편집자 주) 야곱의 돌담을 기웃거린(통일교 문선명 총재는 김일성을 에서로 보고 형님으로 불러 야곱을 자처했다 함-편집자 주) 적도 있습네다. 그러다가 지난 천 년기 말에야 우리 위대한 예언자를 만나 참된 메시아와 가칭자를 구별하는 몇 가지 기준을 얻게 되었지요. 거기 따라 몇 가지만 묻겠습네다. 당신이 참된 메시아라면 무엇으로 이 세상을 구원하시겠습네까? 아니, 바로 말하지요. 당신은 우리를 굶주림에서 구원해 주실 수 있습네까? 우리 모두를 배부르게 할 수 있을 만큼 넉넉한 밥을 가지고 오셨습네까?"

"사람은 밥으로만 사는 것이 아니라 하나님의 말씀으로 사는 것이오. 나는 물질로 저들을 달래지는 않을 것이오."

보일러공이 잔잔하면서도 흔들림 없는 목소리로 대답했다. 그러나 그 내용이 난데없고 말하는 이에게 어울리지 않아 오히려 보는 사람을 섬뜩하게 하는 데가 있었다. 임마누엘 박의 얼굴이 갑자기 격한 감정으로 일그러졌다.

"당신은 2천 년이 지난 지금에 와서도 케케묵은 소리를 되풀이하시는군요. 하지만 150년 전에 이미 우리 예언자께서는 말씀하셨습네다. 사유(思惟)는 두뇌의 분비물이며, 물질을 생산하는 하부 구조가 없이는 문화라는 상부 구조도 있을 수가 없다고. 사람은 빵만으로는 살 수 없지만, 빵이 없으면 진리도 말씀도 무의미하다고. 인류의 역사는 말씀이나 율법, 은총의 역사가 아니라, 우리 몸을 살리는 데 필요한 물질의 생산 수단을 가운데 둔 계급 간의 투쟁사(鬪爭史)였다고. 따라서 새로 오실 메시아는 무엇보다도 먼저 그 빵을 넉넉히 가져오시는 분이어야 한다고. 돌덩이를 빵으로 바꿀 만한 생산력의 확대가 없으면, 평등의 이념 아래 시행되는 재분배(再分配)를 통해서라도 우리 모두를 배불리 먹일 빵은 확보되어야 한다고. 하지만 좋습네다. 이왕 시작했으니 한 가지 더 묻겠습네다. 그럼 이번에도 당신은 기적(奇蹟)을 공식적으로는 쓰지 않으실 겁네까?"

"그렇습니다. 기적으로 강제한 믿음은 참된 믿음이 아닙니다. 그리고 참된 믿음으로 얻은 구원이 아니면 참된 구원이 될 수 없습니다. 나는 말씀과 성령으로 저들을 달랠 것이지만, 선택은 그때처럼 에덴 이래의 자유에 맡길 것입니다. 자유의지에 따른 선택만이 저들을 진정으로 구원할 수 있습니다."

무엇에 씌었는지 보일러공이 그렇게 터무니없고도 엄청난 소리를 했다. 그러나 임마누엘 박에게는 전혀 그런 느낌이 없는 듯했다. 알 수 없는 진지함과 열중을 드러내며 목소리를 높였다.

"인간의 자유의지가 주관적 환상에 지나지 않음은 이미 명백해졌습네다. 자유의지라는 허울 아래 우리에게 감당할 수 없는 짐을 지우는 것은 당신들의 독선(獨善)이며, 우리 영혼을 고통스러운 미망과 방황 속에 방치하는 가학취향(加虐趣向)임을 아직도 깨닫지 못하셨다는 겁네까? 지난 2천 년의 경험도 무엇이 더 우리를 당신들에게로 이끌었는지 잘 보여주고 있습네다. 당신은 인상적인 비유나 절묘한 상징으로 치장된 그 말씀 때문이라 주장하시겠지만, 정작 우리를 압도하고 이끈 것은 당신이 짧은 공생애(公生涯) 사이사이에 슬쩍슬쩍 끼워 넣은 기적들이었지요. 귀신들린 자가 깨어나며 죽은 자가 되살아나고 소경이 눈 뜨고 앉은뱅이가 일어나 걸을 때 우리는 당신이 하나님의 아들임을 알았으며, 독에서 포도주가 끊임없이 샘솟게 하시고 보리떡 다섯 개와 물고기 두 마리로 5천 명을 먹이시며 물 위를 걸으시고 칼에 잘린 귀를 도로 붙여주시는 걸 보면서 당신이 전하는 말씀도 하나님께서 내리신 것이라 믿게 되었던 겁니다. 그리하여 죽은 자들 가운데서 사흘만에 부활하시고, 여럿이 보는 앞에서 하늘로 오르심으로써, 그 기적은 완결되었던 겁니다. 복음서(福音書)가 전하고 있는 것은 말씀 체계의 완결이 아니라 기적 체계의 완결입니다. 그런데도 이제와서 또다시 기적을 부인하겠단 말씀입네까?"

임마누엘 박이 그렇게 말할 때만 해도, 그는 어떤 위대한 두 정신의 격돌을 목도하고 있다는 느낌 같은 것으로 조금 엄숙해져 있었다. 두 사람을 말없이 바라보고만 있는 마리도 그와 비슷한 느낌인 듯했다. 그런데 갑자기 그런 분위기를 일시에 헝클어버리는 일이 벌어졌다. 임마누엘 박이 책상다리를 하고 앉은 채로 퉁 튀어 오른 것이었다. 며칠 전에 보았던 그 공중부양이었다. 임마누엘 박은 느닷없다는 느낌이 민망함으로 변할 때까지 계속하여 튀어오르다가 멈추더니, 숨을 헐떡이며 말했다.

"이건 공중부양입네다. 어렵게 수련하여 보다시피 이렇게 일 단계를 터득했지요. 당신의 권능으로 나를 이 단계까지만 끌어올려 주십시오. 나를 10분간만 공중에 떠 있을 수 있게 해주면 나는 그걸로 당신의 말씀에 귀 기울이고 믿어줄 수십만 명을 당신에게 모아 드리겠습네다."

그러는 임마누엘 박은 거의 애원조였다. 그런 임마누엘 박을 가만히 바라보고만 있던 보일러공이 무겁게 고개를 저었다.

"기적은 우리의 수단이 아닙니다. 주님이신 당신의 하나님을 떠보지 마시오."

그때는 정말로 그 보일러공에게 임마누엘 박의 소망을 들어줄 초월적인 힘이 있는 듯 보였다. 하지만 억지스런 공중부양을 멈추고 헐떡이는 숨을 고르는 임마누엘 박의 희극적인 인상에 감염된 것일까, 그는 이제 그런 보일러공에게서도 차츰 초월성보다는 비정상 또는 일탈의 기괴함을 느끼기 시작했다.

오래잖아 숨을 고른 임마누엘 박이 그새 제법 차게 가라앉은 목소리로 말했다.

"기적이 반드시 초자연적 힘이나 신비에 의지하는 것은 아닙네다. 이데올로기로 고양된 의식이나 신앙의 단계에 이른 정치적 신념 같은 것들은 기적에 버금가는 효능을 보이기도 하지요. 우리 예언자의 프롤레타리아 혁명론이나 유물사관(唯物史觀)도 그 신봉자들에 의해 많은 기적을 연출하였습네다. 저기 신 선생한테 말한 적이 있지만, 오병이어(五餠二魚)의 기적 같은 것도 공동체 의식 또는 형제애의 고양만으로 어렵지 않게 펼쳐 보일 수 있지요. 어린아이가 제 도시락으로 싸온 보리떡 다섯 개와 물고기 두 마리를 선뜻 내놓자 어른들도 부끄러워하며 제 가진 것을 모두 내놓았다면 5천 명이 먹고도 열두 광주리가 남을 수 있지 않겠습네까. 하지만 당신의 표정을 보니 이 땅 위의 이데올로기나 정치적 신념을 기적의 대용품으로 활용할 뜻도 없으신 것 같군요. 2천 년 전처럼 오직 당신 아버지의 독선에만 — 자유의지에 대한 턱없는 믿음에만 의지할 것으로 보입네다. 어쩔 수 없지요. 그래도 마지막으로 하나만 더 물읍시다. 지상의 권세에 대해서도 그때와 뜻이 같습니까? 이번에는 어떻게, 어떤 방식으로 이 세상을 구원하시겠습네까?"

"그 또한 아버지 하나님의 뜻을 따를 뿐입니다. 천상의 권능이 땅 끝까지 미쳐 저들의 원죄(原罪)를 씻고 잃어버린 낙원을 회복케 할 것입니다."

보일러공이 흔들림 없는 목소리로 그렇게 말했다. 하지만 그에게는 왠지 과장스러워 허황되게 들렸다. 그사이 느닷없는 공중부양으로 돌출된 희극적인 인상을 많이 지운 임마누엘 박이 다시 전과 같은 진지함과 열중을 회복하여 말했다.

"이번에도 지상(地上)의 권세는 무시하겠단 말씀입네까? 그 알량한 말씀과 천상의 권능만으로 입히고 먹여야 할 몸을 가진 우리를 깨우치고 이끄시겠다는 것입네까? 그렇다면 당신들은 또 틀린 게 됩네다.

지난번에 다녀가신 뒤로 2천 년, 만약 당신들에게 성취와 승리가 있었다면 그것은 모두 당신들과 손잡은 지상의 권세를 통해서였습니다. 옛 당신의 사도(使徒)들은 로마의 칼을 빌리고 서유럽제국의 대포에 기대 전 세계로 교세(敎勢)를 펼쳐나갔고, 지금도 당신들에게 맞서려 드는 이스마일의 후예들을 아메리카제국의 폭격기와 미사일로 억누르고 있지 않습네까? 그런데도 지상의 권세에 무심한 척하는 것은 자기기만(自己欺瞞)이 아니면 자기부정이 될 것입네다.

그래서 우리 예언자는 일찍이 말씀하셨습니다. 진정한 우리의 구원은 혁명의 총구(銃口)를 통해 획득한 지상의 권세에 달려 있다고. 빼앗기고 억눌려 온 프롤레타리아 계급 주도의 혁명만이 이 세상을 구원할 수 있다고. 그리하여 내적(內的) 부르주아뿐만 아니라 외적(外的) 국제적 부르주아인 제국주의 세력까지 타파한 뒤라야만 진정한 구원이 올 거라고. 천상이 아니라 이 땅 위에 사회주의 낙원이 건설되고, 그때에 우리가 진정으로 갈망하는 구원이 올 거라고.

그런데도 당신들은 아직도 그 낡고 독선과 아집에 찬 구원의 방식을 고집하고 있는 겁네까? 그러지 말고 우리 예언자를 따르십시다. 그리하여 스탈린이나 모택동 같은 가칭자(假稱者)말고 진짜 메시아가 되는 겁네다. 먼저 남과 북의 무산대중(無産大衆)을 하나로 묶고 피와 땅의 선동성(煽動性)을 활용하면 이 땅의 권력을 장악하는 일은 어렵지 않을 것입네다. 얄팍한 민족주의면 어떻습니까? 지난 대통령 선거 때 월드컵 축구하고 효순이 미선이 일로 그 효용성은 충분히 드러났습니다. 감상적인 통일론이면 어떻습니까? 통일만 앞세우면 올 데 갈 데 없는 전제적 폭군이 내려보낸 간첩도 민주 양심 세력이 되는 게 이 땅 아닙네까?

게다가 지금 이 땅은 민족이나 통일이란 소리만 들으면 바로 꼭지가 돌아버리는 설익은 의식이 지난 시절 군사정권의 모순과 부조리에 기대 지나치리만치 양산(量産)되어 있습니다. 그리고 그들의 디지털적인 감상에 호소하는 데 무엇보다 효과적인 인터넷 광장은 조직적이고 전문화된 소수만으로도 충분히 조종이 가능합네다. 그러니 우리와 손잡고 먼저 지상의 권세부터 장악하는 게 어떻습네까? 유물사관과 계급투쟁론을 신앙하고 민족주의를 경배하여 이 땅의 권력부터 획득해 보지 않겠습네까? 구원도 해방도 낡은 말씀보다는 몇 배나 효율적인 그 지상의 권세에 의지해 보지 않겠습네까?"

그러는 임마누엘 박에게는 제법 정연한 논객의 면모까지 있었다. 하지만 보일러공의 태도는 조금도 흔들림이 없었다. 꼼짝 않고 귀 기울이다가 말이 끝나자 단호하게 받았다.

"하나님의 종으로 부름받았으면서도, 성서에 '네 하나님을 경배하고 그분만을 섬기라'는 말이 있음을 모르시오? 당신은 이미 내가 그분의 외아들임을 알아보면서도 내게 다른 무엇을 신앙하고 다른 누구를 엎드려 섬기란 것이오? 사악한 지혜로 더는 나를 떠보려 하지 말고 이만 물러가시오!"

그 '물러가시오'라는 말이 '떠보려 하지 말고'란 말과 결합되면서 그는 문득 예전에 읽은 신약성서의 한 부분이 떠올랐다. 한때 헤브라이즘을 이해해 둔다며, 객기로 두어 번 정독한 적이 있는 복음서 앞머리의 '광야에서 유혹을 받으신 예수'라는 부분이었다. 그러자 지금 그들이 벌이고 있는 게 바로 그 재현극(再現劇)이란 생각이 들며 그들의 과장된 진지함과 열중이 다시 우스꽝스럽게 보이기 시작했다.

기독교에 미친 사람들의 엉뚱하고 기괴스런 재현극이다. 어쩌다 관객으로 끌려들게 되었지만, 실로 나와는 아무런 상관이 없다. 아무리 마리가 불렀다 해도 이제 더는 여기서 머뭇거릴 까닭이 없구나……. 그는 그렇게 중얼거리면서 천천히 돌아섰다. 그때 낌새를 알아차린 마리가 따라와 옷깃을 잡으며 소리쳤다.

"아저씨, 어디 가세요? 어딜 가시려고 그러세요?"

죄 될 것은 없지만 속마음이 훤히 읽혀버린 것 같아 난감해진 그가 얼른 걸음을 옮기지 못하고 머뭇거렸다. 그때 그런 마리를 말리는 보일러공의 낮고 음울한 목소리가 마치 그의 귓전에 대고 속삭이는 듯 들려왔다.

"그를 보내주어라. 그가 할 일은 따로 있다."

그 또한 성경 어딘가에 나오는 구절 같았는데, 어떤 복음에서 누가 누구에게 한 말인지는 그의 머리에 얼른 떠오르지 않았다. 다만 그런 그의 말이 무슨 거부 못할 명령처럼 그를 억눌러 오는 게 은근히 자존심을 상하게 했다. 그는 가만히 마리의 손을 옷깃에서 떼어내며 짐짓 낮고 차게 말했다.

"무엇 때문에 나를 끌어들였는지는 모르지만, 너희들의 성서 재현극(再現劇)은 잘 봤다. 이제 나는 가야겠다. 내게는 어떤 배역도 맞지 않을 것 같구나."

15

그렇지만 초월(超越)은 아무래도 차원(次元)과 연관되어야 우리에게 실감을 주는 개념이다. 초월의 세속적 의미는 어떤 차원에서의 이탈, 곧 지금보다 상위(上位) 차원으로의 진입이거나 하위 차원으로의 회귀라고 말할 수도 있을 것이다.

하나의 비유거나 상징적인 표현에 가깝겠지만, 수학은 진작부터 대수와 기하 양쪽에서 차원의 문제를 다루고 있고, 그 수량화(數量化)도 아울러 추구해 왔다. 그리고 우연의 일치일는지 모르지만, 양쪽 모두 물리학에서의 차원처럼 4차원에 붙잡혀 있다. 대수는 5차 방정식이 불가해(不可解)함을 스스로 증명하였고, 전통 기하학은 4차원조차 자신 있게 도형화하지 못하고 있다. 하지만 그럼에도 불구하고 기하학에서 유추된 차원의 대수화(代數化)는 차원에 대한 물리학적 추론을 선도(先導)하고 있는 듯한 느낌까지 준다.

기하에서 0차원은 점이고, 1차원은 선이며 2차원은 면, 3차원은 입체로 비유된다. 그런데 점은 선의 단면(斷面)이고, 선은 면의 단면이며, 면은 입체의 단면이다. 이것을 대수로 표현하면 n-1차원은 언제나 n차원의 단면이 되는데, 그것은 우리가 도형으로 표현할 수 없는 차원에도 유추되어 적용될 수 있을 것이다. 곧 0차원인 점이 1차원인 선의 단면이고, 2차원인 면이 3차원인 입체의 단면이었듯이, 우리가 살고 있는 3차원의 세계는 시간이 개입되어 기하학적으로 표현하기 어려운 4차원 세계의 단면이 된다.

상대성원리가 밝혀지면서 4차원의 세계가 우리 삶의 실제적인 공간으로 다가오자, 많은 학자들은 그 새로운 차원의 세계를 도형화(圖形化)해 보려고 머리를 쥐어짰다. 어떤 학자들은 부피를 가진 입체를 단면으로 삼는 나선형의 띠나 뒤틀린 다면체(多面體) 따위를 고안해 내기도 하였지만, 아직 4차원 세계를 성공적으로 도형화하지는 못한 것 같다. 다만 대수의 추상성과 물리학적 추론의 결합은 4차원 공간을 시간으로 중첩된, 또는 병렬된 3차원의 공간이라는 데 대체로 동의하는 듯하다. 곧 현재의 세계를 그 단면으로 삼고 과거와 미래의 세계로 무한히 이어진 시공(時空)의 연쇄로 보는 듯한데, 여기서 중첩이나 병렬은 편의적 표현이다. 곧 그 시공이 수직으로 쌓여져 있느냐 수평으로 펼쳐져 있는 것이냐는 3차원적 세계에서의 표현 차이에 지나지 않기 때문이다.

대수로는 무한한 차원이 가정될 수 있지만, 실제 우리가 살고 있는 우주는 몇 차원의 세계로 이루어져 있는가도 물리학자들에게는 꽤나 관심거리였던 듯하다. 빅뱅을 출발로 시간에 나이를 먹인 영국의 저명한 학자는 근래 우주가 7차원에서 11차원 사이의 어떤 차원으로 이루어졌을 것이라고 추정했다. 7차원에서 11차원 사이라……. 말로야 간단하지만, 우리의 안목이 3차원을 벗어나 4차원의 세계에 이르기 위해 소비돼야 했던 수많은 천재들의 시간과 노력을, 한 차원 높게 인식하기 위해 바쳐야 했던 그들의 고심과 고구(考究)를 한번 돌이켜보라. 설령 7차원에서 그친다 해도 우주는 우리가 끝내 이해할 수 없는 체계와 구성으로 남아 있게 될지 모른다.

하지만 그럼에도 불구하고 이제 겨우 조금씩 익숙해지고 있는 4차원 세계에서 다음으로 펼쳐질 5차원 세계를 향한 인간의 발돋움은 이미 시작되었다. 많은 학자들은 4차원에 추가되어 5차원 세계를 구성할 수 있는 또 하나의 변수가 무엇인지 탐구하기 시작했다. 그리고 근래 평행우주론(平行宇宙論)이 제기되면서 그 다섯 번째 변수는 공간적인 어떤 것으로 추정하는 이들이 늘어나는 듯하다.

평행우주론에 따르면 프로스트가 노래한 「가지 않은 길」 같은 것은 없다. 우리는 이 우주에서는 지금까지 선택해 온 길만을 걷고 있지만, 이 우주 저편 어딘가에 펼쳐져 있는 또 다른 우주에서는 이곳의 내가 '가지 않은 길'을 가고 있는 내가 있을 수도 있다. 다만 그 두 우주 사이의 엄청난 거리 때문에 이 우주의 내가 저 우주의 나와 대면할 수 없을 뿐이라고 한다. 그런데 그 평행우주론은 4차원의 시공을 무한히 중첩 또는 병행시켜 이루는 새로운 차원의 세계를 달리 말한 것이라고 보는 이들이 있다. 그들은 평행하는 우주가 어딘가 따로 존재한다 하더라도 우리는 결코 거기서 또 다른 길을 가고 있는 나와 대면할 수 없으리라는 가정(假定) 또한 달리 해석한다. 곧 우주의 평행은 지금보다 한 단계 높은 차원에서의 현상이기 때문에, 이 우주의 나는 저 우주의 나를 만날 수 없다는 주장이다. 그게 만약 터무니없는 비약이 아니라면, 그때 5차원적인 세계를 여는 변수는 공간적인 것일 가능성은 아주 높아진다. 그리하여 현재로서는 적절한 용어가 없지만, 4차원적인 시공(時空)을 무한히 수용할 수 있는 대공간(大空間) 혹은 절대공간 같은 것이 그 변수로 추정되고 있다고 한다.

하지만 5차원 세계에 관한 그런 논의들은 아직도 과학적 진술이라기보다는 상상에 가까운 추정들이다. 차원과 차원 사이에 가로놓인 치명적인 인식의 단절 때문이다. 상위 차원의 존재는 하위 차원을 당연히 인식하지만 하위 차원의 존재는 상위차원의 구조와 원리를 인식할 수 없다. 초월은 개념은 이러한 인식의 단절에서 먼저 실감나게 다가오며, 어쩌면 우리의 초월 욕구도 알 수 없는 상위 차원의 세계에 대한 인식 욕구인지 모른다.

그는 거기까지 읽다 책을 덮었다. 갑자기 등 뒤에서 다가온 정화가 물었다.

"뭐해? 그게 무슨 책인데 그렇게 골똘히 읽고 있어?"

그러고는 무어라 답할 틈도 주지 않고 불쑥 한 손을 내밀어 그가 보고 있던 책을 잡더니 큰소리로 제목을 읽었다.

"『존재와 초월에 대한 수학적 진술』이라……. 우리 서방님 취미, 그동안에 아주 다양해지셨어. 언제부터 수학에까지 관심 가지게 됐지?"

"관심이 아니고…… 음, 전에 재혁이 형 만나러 교보문고 갔다가 산 거야. 재혁이 형 기다리며 심심풀이로 읽다가……. 미안해서 사준 건데, 오늘 책 정리하다 보이기에……."

그는 공연히 변명조가 되어 더듬거렸다. 머리를 감고 나왔는지, 아직 물기가 가시지 않은 머리를 타월로 닦아내며 정화가 피식 웃었다.

"우리 서방님이나 우리 서방님이 형님으로 모시는 그 양반이나 아직도 사람들 북적대는 대형 서점 매장에서 만날 약속을 하는 군번들은 아닐 텐데. 하지만…… 뭐 이런 책 읽는다고 야단친 거 아니니까 그렇게 겁먹을 건 없고……. 커피 한잔 할 거야?"

"좋지. 나는 시골 다방 커피. 설탕하고 크림 모두 한 순갈씩 듬뿍 쳐서."

그가 공연히 철렁했던 가슴을 쓸며 애써 밝은 목소리를 지었다. 정화도 악의 없는 웃음으로 받았다.

"헤이즐넛 향기 그윽하게 맡으면서 분위기 한번 잡으려 했더니, 통 변한 게 없어. 커피는 언제나 인스턴트가 제격이라 이거지……."

커피는 생각보다 늦게 나왔다. 잠시 깜박 잊었던 게 아닌가 싶게, 정화는 머리를 말리고 옷까지 갈아입은 뒤에야 커피를 타서 나왔다.

"오늘도 나가는 거야? 이건 그냥 조금 관여하는 게 아니라 거의 매일 출근이네."

정화가 외출복으로 갈아입은 걸 보고 그가 불쑥 물었다. 딸깍, 소리 나게 찻잔을 책상에 놓은 정화가 의자를 끌어다 마주 앉으며 무심한 목소리로 받았다.

"하긴 요즘 좀 그래요. 어떻게 선거 전보다 더한 것 같아."

"맞아. '새여모'라고 했나. 참, 거기 이번 선거에서는 여당 쪽 단체들하고 공조했다고 했지? 그래서 대통령까지 만들었는데, 또 뭐가 그리 바빠? 이제 가만히 앉아 주는 떡이나 얻어먹으면 될 텐데."

그가 불쑥 그렇게 말해 놓고 찔끔했다. 찻잔을 드는 정화의 눈길이 알아보게 새침해졌다.

"우리 '새 세상을 여는 모임' 그렇게 값싸게 몰아붙이지 마세요. 어쩌다 그들과 연대하기는 했지만 그렇다고 떡고물이나 바라고 선거 뛴 건 아니에요."

"값싸게 몰아붙이는 게 아니라 세상 이치가 그런 거 아냐? 논공행상이란 것도 있지 않아?"

그가 멋쩍은 미소로 그렇게 받자 정화가 잠시 말없이 그를 쳐다보았다. 그러다가 솟구치는 감정을 달래기라도 하듯 다시 커피 한 모금을 마신 뒤에야 한숨과 함께 말했다.

"그래도 선배는 그렇게 말하면 안 돼. 지난 2년 내게는 그 사람들이 바로 구원이었어요. 때맞춰 그들을 만나지 못했더라면 나는 지금 어디를 헤매고 있을지 몰라. 우리도 다시 만나기 어려웠을 거고……."

"아, 그래? 미안. 미안. 정말로 그럴 뜻은 없었는데, 마음 상했다면 미안해. 항복."

그는 과장스레 두 팔을 드는 시늉을 한 뒤 커피 잔을 들었다. 하지만 뜨거운 커피를 서너 번 쉬어가며 다 비우는 동안에 마음이 달라졌다. 다시 함께하게 되어서도 자신이 밖에 나가 하고 있는 일에 대해서는 관여하는 단체 이름만 들먹여도 본능과도 같은 방어 심리를 발동시키는 정화였다. 그 바람에 아직도 그 구성이나 성격을 잘 알지 못하는 '새여모'라는 단체가 아무래도 궁금해 그냥 넘어갈 수 없었다.

"실은…… 진심으로 궁금해 그러는데…… 그 사람들 누구야? 회원은 얼마나 되고 거기 모여 뭐해? 우리가 다시 합친 지도 열흘이 넘었는데 나는 아직 아무것도 듣지 못한 기분이야."

그가 이번에는 정색을 하고 진지하게 묻자 정화도 무턱댄 적의를 거두었다. 애써 평온한 표정을 지으며 가볍게 받았다.

"전에 말하지 않았어요? 여러 개가 연대해서 규모가 좀 클 뿐,

시민 단체에 지나지 않는다고. 말 그대로 새 세상을 열려는 사람들의 모임이고."

"그 새 세상이란 게 어떤 건데? 정치적인 거야? 문화적인 거야? 아니면 선천(先天) 후천(後天), 천지개벽 같은 거라도 돼?"

"그건 몇 번 말해 준 것 같은데. 통합적인 거라고 하지 않았어요? 내가 관여하는 모임은 그 일부지만, 연대 전체로 보면 모든 걸 다시 시작하는 셈이 되는 것 같아요. 혁명과 전복(顚覆), 해방과 구원, 창조와 개혁이 한 덩어리로 추구되는……."

"그게 뭐지? 80년대로 치면 무슨 계열이야?"

"그런 거 없어요. 순수성이나 진정성 같은 것으로 비교할 수는 있겠지만, 80년대와는 본질적으로 단절돼 있는 것 같아요. 적어도 내 경험으로 비추어 보면 전혀 새로워."

정화는 그렇게 성의껏 대답했으나 표정에는 어느새 경계에 그늘이 드리우고 있었다. 오늘은 이쯤에서 물러나는 것이 좋겠다고 생각하면서도 그가 한마디 덧붙였다.

"그래도 영 감이 잡히지 않네. 네 얘기로 미뤄 보면 만만찮은 단체 같은데, 어떻게 그렇게 세상에 알려지지 않았지?"

"세상에서 가장 영리한 짐승이 무엇인지 알아요? 아직 인간의 눈에 띄지 않은 짐승일 거예요. 그건 또 가장 영리한 짐승인 동시에 가장 무서운 짐승일 거고……. 우리 '새여모' 그쯤으로 알아둬요. 우리가 다시 만나지 않게 된다면 모를까, 함께 얘기할 날은 많지 않아요? 그야말로 쇠털같이 많은 날, 살아가면서 차츰차츰 얘기해 줄게요."

정화가 그렇게 말머리를 돌려놓고 갑자기 생각난 듯 말했다.

"게다가 어쩌면 선배도 그 사람들하고 만나게 될지 몰라. 그때 직접 알아볼 수도 있어요."

"내가 그들을 만난다구?"

"우리 재정 팀장님 말이야. 선배 얘기를 했더니 아주 관심 있어 하더라고요."

정화는 지나가며 하는 소리처럼 말했으나 내심으로는 긴장한 눈빛이었다. 그는 정화가 그러는 게 섬뜩해 그녀의 말을 받았다.

"그쪽에서 관심 있어 한다고? 내 얘길 어떻게 했는데?"

"증권회사 10년차에 잘렸다고 했더니 그 때문일 거야. 금융자산 운용과 관계된 선배의 경험과 지식에 관심을 가지게 된 게 아닌가 싶어요."

"금융자산 운용이라니?"

"우리 모임의 경리는 두 파트로 나누어져 있어요. 한 파트는 총무부서로 그야말로 내부 경리만 맡고, 다른 한 파트는 재정팀이라고 해서 적극적인 자금운용을 담당해요. 따지고 보면 우리 활동도 자금력에 달렸다는 거, 작은 집회 하나에도 상당한 경비가 든다는 것은 선배도 잘 알지 않아요? 그 때문에 여러 갈래 재테크로 기금을 키우는 모양인데, 그 중에는 금융자산 운용도 있어요."

"시민 단체라며? 시민 단체가 무슨 재테크며, 금융자산으로 운용할 만한 돈이 있어? 더구나 요즘은 허영세(虛榮稅)도 보험금도 거의 안 걷힐 텐데."

허영세는 80년대 후반 한창 우리 사회가 들끓고 있을 때, 돈 있는 사람들이 운동권 단체에 넣어주던 후원금을 비꼬아 부르던 이름이었다. 그때 그들은, 내 비록 이렇게 기득권층에 들었지만 의식은 아직 깨어 있다, 또는 이렇게 과분하게 삶을 향유하고 있지만 그래도 너희 기층 민중을 잊지 않았노라, 라고 외치듯 운동권 단체의 계좌에 푼돈을 던지곤 했다. 또 보험금은 그 반대로 세상이 바뀌었을 때를 대비해 나도 경제적으로 이렇게 변혁을 지지했노라, 하는 증거로 운동 단체에 내던 후원금을 비꼬는 말이었다. 그들은 어떤 형태로든 영수증을 발급하는 단체를 골라 사방을 힐끔거리며 보험을 걸었다.

허영세와 보험금이라는 말을 얼른 알아듣지 못해 한참이나 기억을 더듬어서야 겨우 그 뜻을 읽어낸 정화의 얼굴이 다시 새침해졌다.

"그렇게 자비(自卑)하는 게 아니에요. 더구나 그 일은 벌써 20년 전이에요. 선배는 시민 의식의 성장 같은 것은 전혀 고려에 없으세요?"

"그럼 뭐야? 노사모의 희망돼지 저금통 모금 같은 거?"

그는 자칫하면 얘기가 이상하게 꼬이겠구나, 싶으면서도 내친

김이라 그렇게 받았다.

"갑자기 희망돼지 저금통 모금이라니, 무슨 말이에요?"

"말은 그게 70억이 되느니 80억이 되느니 하고, 그걸로 대선을 치러 역사상 가장 깨끗한 선거라고 억지를 부리고 있지만 속 들여다보이는 수작이야. 실제 걷힌 돈이 그 10분의 1만 넘어도 내 손바닥에 장을 지지지. 그나마도 그 돼지저금통 제작비 떨면 3억이나 제대로 남을까?"

"그럼 그들 발표는 뭐예요?"

"비판하면서 닮는다더니, 실제로는 기성 정치인 뺨치게 뒤로 긁어모은 정치 자금이겠지. 억지 쇼건 사기극이건 후보 통합 뒤의 여론 조사를 기억해 봐. 공식적으로 발표할 수 없었던 기간이기는 했지만, 적어도 여야 후보의 지지율 차이가 오차 범위 안이거나 여당 후보가 야당 후보를 앞지른 상태가 선거일까지 보름은 훨씬 넘지 않았어? 거기다가 집권 여당이 정권 재창출을 위해 내세운 후본데 재벌들이 어찌 끝까지 그냥 버텨내겠어? 그전까지의 여론 조사 결과에 넘어가 보나마나 이회창이 이길 줄 알고 한나라 쪽에 이미 크게 뒷방 질러둔 델수록 여당한테 지른 앞방도 컸을걸."

"선배가 언제 이렇게 되었어요? 그때도 이미 진보 세력들한테 냉담해지기는 했지만, 이렇게 수구 보수 쪽으로 아예 나앉지는 않았는데. 이건 정말……."

"아니, 그래도 이번 대선 투표 기권할 정도로 386 엉덩이짓은 아직 남았어. 오히려 그 시답잖은 경력 때문에 저것들 하는 못된 짓이 빤히 보이는 게 탈이지."

이제는 정말 멈춰야 한다고 생각하면서도 그는 그렇게 받고는 덧붙여 이죽거리고 말았다.

"좋아, 그럼 무슨 돈이지? 희망돼지 저금통이 아니라면 안티조선이 받았다는 그 국고 보조 같은 거야?"

"그건 또 무슨 소리예요?"

"어느 핸가 안티 조선이 국고 지원을 몇 억씩 받았다고 시끄러웠잖아? 나중에 언론발전기금인가 뭔가로 판명되었지, 아마. '찬성조선'이라는 단체가 만들어져 신청했어도 역시 그 기금으로 지원했을 거란 당국의 해명과 함께……."

"선배!……."

갑자기 정화가 그렇게 그를 불러놓고 한동안 말없이 빤히 쳐다보다가 눈물을 글썽이며 말했다.

"선배가 말한 그런 거라면, 희망돼지 저금통 같은 것도 아니고 언론발전기금 같은 것도 아니에요. 우리 기금은 회원과 지지자들의 자발성 위에 형성된 우리 활동 자금이니까. 또 그들이 싫으면 만나지 않아도 돼요. 오히려 선배에게 경력을 활용할 기회를 주려는 것은 그들이니까요."

그도 이제는 멈추어야 한다는 생각이 들어 말투를 바꾸었다.

"내가 좀 심했나? 하지만 너무 마음상해 하지 마. 실은 요즘 이

친구들, 어쩌다 운 좋게 이겨놓고 양양거리는 꼴이 하도 아니꼬워 한번 해본 소리야. 그리고 그 재정 팀장이라는 사람…… 그쪽에서 원한다면 당연히 만나야지. 사회에 나온 지 10년, 배운 도적질이 증권 노름뿐이잖아? 그 경력을 알아보고 써주겠다는 건데, 왜 마다해?"

그 말에 정화의 얼굴도 조금 풀렸다.

"뭐, 당장 만나자고 한 것도 아니고……. 선배를 꼭 써줄지 아닐지도 모르지만, 다시 물으면 만날 생각이 있다는 뜻은 전할게요."

그렇게 말하고는 다시 한번 뜻 모를 한숨을 길게 내쉬었다.

삶이 긴 공휴일처럼 평온하고 느긋해지는 것…….대학 시절에 그는 가끔씩 살아볼 만한 인생을 그렇게 표현하고는 했다. 하지만 그 무렵 들어 그는 그런 인생이 얼마나 지루하고 막막한지를 절실하게 느끼고 있었다. 한 10년 가까이 봉급쟁이로 부대끼다가 갑자기 내쫓겨 그런지 휴직한 지 겨우 두 달 남짓인데도 까닭 모를 위기의식을 느낄 만큼 하루하루 보내기가 힘겨워지기 시작했다.

새 직장을 구하지 못한다면 무언가 다른 일을 시작해야 한다. 아니면 차라리 마음먹고 공부를 해보든가……. 정화가 사무실로 나간 뒤 다시 공휴일 같은 한낮에 홀로 남게 된 그는 무슨 강박관념에 쫓기듯 자신을 내몰아댔다.

하지만 막상 무언가를 결정하려 들면 그가 할 수 있는 일은 별로 없었다. 직장을 새로 구하거나 다른 일을 시작하는 것은 다니던 증권회사 일이 아직 온전히 정리되지 않아 때가 너무 일렀다. 거기다가 이른바 '사오정' 시대에 이미 사십을 바라보는 경력사원이 할 만한 일거리를 찾기도 쉽지 않았다. 정화는 공부라도 해보라고 권했지만 그것도 그랬다. 대학원에 적을 두고 정식으로 시작하는 것은 나이 때문에 엄두가 나지 않았고, 혼자서 해보기에는 너무 난데없고 아득했다.

정화가 나가고 한 시간 가까이나 아파트 안을 서성이던 그가 대낮부터 자신의 컴퓨터 앞에 앉은 것은 그런 대책 없는 상념에 시달리기 싫어서였다. 인터넷으로 이곳저곳 들여다보기 전에 먼저 이메일을 확인하는데 '새로 온 메일 5통'이라는 표시가 전에 없이 반가웠다.

그는 얼른 '편지읽기'를 클릭해 목록과 발신자를 살펴보았다. 앞서 온 3통은 모두 '구원과 해방'이라는 제목이었고, 발신자는 '지혜의 전사들'이었다. 낯선 제목에 낯선 발신자였으나 그는 제목과 아이디만 보고도 어떤 성향의 메일일지 짐작이 갔다. 한동안 잊고 지냈던 재림극(再臨劇)과 연관된 것임에 틀림없었다. 하지만 메일을 여는 기분이 전처럼 어이없거나 짜증나지만은 않았다.

……그리스도의 해방은, 우애나 사랑과 단절된 모든 불의와 착취에까지 이른다. 그러나 이 해방은 일부 기독교인들에게 아직도 끈질기게

남아 있는 신령주의(神靈主義)적 해석으로 떨어지는 그런 해방이 아니다. 사랑과 죄는 역사적 현실태(現實態)이며, 구체적인 조건 속에서 드러난다.

이런 이유 때문에 성서는 가난한 민중을 노예화하고 천시하는 것에 맞서 해방을 말하고 있다. 하나님의 자녀가 되는 선물은 역사 속에서 이루어진다. 다른 모든 이들을 우리의 형제자매로 여김으로써 우리는 이 선물을 말로가 아니라 행동으로 받아들인다. 이것은 하나님 아버지의 말을 생활화하고 그분을 증거하는 것이 된다. 모든 사람을 동등하게 사랑하시는 하나님을 전하는 일은 역사 속에서 육화(肉化)되어야 한다. 불의, 그리고 계급 착취로 얼룩진 사회에서 이 해방적 사랑의 선포는 '자신을 역사화하는 일'에 문제와 갈등을 내포하게 한다. 하나님은 밑바닥 계급에 속한, 멸시받는 민족에 속한, 주변화(周邊化)된 문화에 속한, 가난한 민중의 편을 드는 사회의 심장부에서 진실이 되신다.

이로부터 우리는 복음을 생활화하고 전도하려고 노력하게 된다. 착취당하는 민중, 노동자, 농민에게 복음을 전하는 일은, 이 민중들로 하여금 자신들의 상황이 하나님의 뜻과는 상치된다는 사실을 깨닫게 만들 것이다. 복음전파는 민중들로 하여금 자신들이 처한 상황의 근원적 불의를 의식하게 만든다.

우리는 현실에서는 지배력을 행사하는 부문과 지배계급으로부터 성서(聖書)가 전달되었다는 사실을 잊어버릴 수 없다. 학문적으로 간주되는 대부분의 주석(註釋)도 이와 다름이 없다. 기독교는 계급으로 분열된 현실 사회를 긍정하고 통합시키는 통치 이데올로기 안에서 한 역할을 담당하도록 강요받아 왔다.

민중계급 내지 밑바닥 계층은 민중적 정치투쟁에 직접 참여하지 않고는 진정한 정치 의식에 도달하지 못할 것이다. 억압적인 체제를 분쇄하고 계급 없는 사회에 이르는 변혁 과정의 세계성과 복잡성 속에서 이데올로기 투쟁은 무엇보다도 중요한 몫을 차지한다. 이런 까닭으로 가난하고 억압받는 민중을 이해하고 이들의 투쟁과 더불어 그 메시지를 전달하는 일은, 복음을 이용하여 성서가 말하는 '정의와 공의(公義)'에 어긋나는 상황을 정당화시키려는 모든 시도를 폭로하는 기능을 하게 된다. 우리가 말하는 '해방적 복음화'의 의미는 바로 이것이다. 가난한 민중으로부터만 우리는 그리스도 해방의 근본적인 성격을 이해할 수 있다.

……해방의 실천은 구체적인 개인들을 향한 현실적 사랑, 효과적이고 역사적인 사랑이 될 것이다. 해방의 실천은 이웃사랑의 실천이 될 것이며, 이 점에서 자신을 지극히 보잘것없는 인간과 동일시한 그리스도의 사랑을 실천하는 일이 될 것이다. 하나님의 사랑을 이웃사랑과 분리시키려는 시도들은 어떤 의미로든 빈약한 사랑의 자세를 낳게 된다. '하늘의 실천'과 '땅의 실천'을 대립시키는 것은 쉬운 일이기는 하나 복음에 충실한 것은 아니다. 따라서 우리에게는 역사 속에서 허약하고 가지지 못한 민중과 연대를 이룩하시고, 그들을 통하여 다른 민중들과도 연대를 이룩하시는 하나님의 은혜로우시고 자유로우신 사랑에 뿌리를 둔 실천을

말하는 것이 보다 진정하고 근원적인 일로 여겨진다…….

그는 거기까지 읽다가 갑자기 피곤해져 나머지 한 통을 젖혀놓고 다시 발신자가 '수호(守護)연대'로 된 2통을 차례로 열어보았다. 그러나 '지혜의 전사들'이 보낸 2통의 난삽한 인구어(印歐語) 번역 문체를 읽느라 참을성과 주의력을 다 써버린 뒤라서 그런지, '수호연대'의 메일은 일껏 열어놓고도 읽고 싶지가 않았다. 격하고 선동적인 제목만 대강 훑고는 그 2통을 모두 문서함에 저장한 뒤 가벼운 사교 카페로 들어갔다.

16

강남역 사거리 지나 영동시장 쪽으로 3분 정도 따라 올라오다 보면 새로 지은 빌딩 숲 사이에 우리 모임 방이 세든 건물이 있는데, 그래요, 작은 사거리 모퉁이에 있는 시티은행 건물 대각선 맞은편 쪽…… 거기서 영동시장 쪽으로 늘어선 고층 빌딩 가운데 세 번째와 네 번째 사이로 난 작은 골목이 있어요. 그 안으로 한 블록 들어가 있는 7층짜리 좀 오래된 회색 건물……. 그는 도로를 따라 천천히 걸으면서 아침에 정화가 일러준 말을 차근차근 되살려 보았다. 대강 맞게 찾아가고 있는 듯했다. 저만치 유리로 뒤덮인 고층 빌딩 사이로 정화가 말한 그 '7층짜리'인 성싶은 그 회색 건물이 언뜻언뜻 보였다.

2시에서 3시 사이가 서로 좋겠대요. 천천히 점심 들고 오시면 팀장님도 돌아와 계실 거래요. 그리고 3시 넘어야 팀장님이 다른 부서 돌아보시려 일어나실 테니, 적어도 한 시간은 조용히 얘기 나눌 틈이 있지 않겠어요. 늦어도 좋지만 시간 충분히 가지려면 2시 정확히 지키시는 게 좋아요. 그는 시계를 보았다. 2시 10분 전이었다. 목적지에 가서 시간이 남으면 적절하게 조절하더라도 당장은 서두르는 게 나을 것 같았다.

굵은 콘크리트 기둥에 푸른색 판유리를 둘러놓은 것 같은 고층 빌딩을 돌자마자 그 안쪽으로 숨어 있던 것 같은 회색 건물 하나가 불쑥 나타났다. 이면(裏面) 도로에 세워진 셈이지만 그래도 강남대로에서 몇 발자국 떨어지지 않은 골목 안이었다. 그런 곳에 그토록 건평 넓고 층수 낮은 건물이 아직 버티고 있다는 게 신기할 지경이었다.

구식 알루미늄 새시 틀로 된 현관문을 밀고 들어서자 제법 넓은 로비가 나왔다. 건물에 어울리지 않게 호사를 부려 오륙십 평은 공간으로 남아 있고, 안쪽에만 '새마을금고' 영업소가 들어 있었다. 그 영업소 출입구 가까운 곳에 수위인 듯한 중년 남자가 철제 의자 하나만 달랑 내놓고 앉아 있다가 건물 안으로 들어서는 그를 힐긋 쳐다보았다. 제복을 입고 있지 않아 건물주가 고용한 수위인지 '새마을금고' 직원인지 잘 알 수가 없었다. 아는 척했다가는 뭔가 꼬치꼬치 따지며 시간을 끌 것 같아 그는 그 남자를 무시하기로 했다. 짐짓 당당한 걸음걸이로 로비를 가로질러 맞은편에 보이는 엘리베이터 쪽으로 걸음을 재촉했다.

하나뿐인 엘리베이터가 때마침 로비 층에 닿고 문이 열려 그는 바로 엘리베이터로 들어갔다. 그리고 층계를 정하는 버튼을 누르려는데 문득 작은 혼란이 일었다. 4층이에요……라는 정화의 목소리를 따라 네 번째 버튼을 보니 4대신 F라는 영어 알파벳이 씌어 있었다. 흔히 있는 일이었지만, 그는 그날따라 버튼을 누르기가 망설여졌다. 한참이나 머뭇거리다가 F가 4를 뜻하는 영어 단어의 이니셜일 것이리라는 평소의 짐작대로 그 버튼을 눌렀다.

그런데 F층에 내린 그는 또 한번 당황했다. 엘리베이터에서 내려 보니 그 층은 온통 영어회화 학원으로 쓰이고 있었다. 칸막이 입구마다 초급반 중급반 고급반에 토플 토익 아동반 팻말까지 걸려 있어도 '새여모 남서지구 연락사무소'는 보이지 않았다. 한참이나 이곳저곳을 기웃거리던 그는 한 군데 학원 사무실인 성싶은 곳으로 들어가 보았다.

"어, 어서 오세요. 상담이세요? 드, 등록하러 오셨어요?"

점심 뒤의 식곤증으로 졸고 있다가 깨어나서 그랬던지 앳된 얼굴의 여사무원 하나가 허둥대며 물었다. 그런 그녀 때문에 덩달아 겸연쩍어진 그가 더듬거렸다.

"여기 새여모…… 남서지구…… 연락사무소가 어디죠?"

"그런 곳은 모르겠는데요. 이 층은 우리 학원이 모두 전세 내 쓰고 있는데……."

무엇 때문인지 조금 자신을 회복한 그 여사무원이 그새 가라앉은 목소리로 대답했다. 이번에는 오히려 그가 허둥대는 느낌으로 물었다.

"여기 4층은 맞아요?"

"예, F층요. 그치만, 뭐라 그랬어요? 그 새 모이……."

"새 모이가 아니고 새여모요."

"새여모가 뭐예요?"

"새 세상을 여는 사람들의 모임."

"그럼 무슨 시민 단체 사무실이겠네. 어쨌든 이 층에는 그런 사무실 없어요. 몽땅 우리 학원에서 쓰걸랑요."

"틀림없이 4층이라고 했는데……. 혹시 이 건물에 4층이 따로 있는 거 아뇨? 이 F층 말고."

"아니에요. 없어요. 죽을 사(死)자와 같은 발음 피하려고 포(Four)의 F를 쓴 거 아네요? 엘리베이터에 F층 말고는 4층 표시가 없잖았어요?"

그녀가 영어 학원 직원답게 F층을 설명해 주었다. 그 말에 그가 잠시 대꾸를 못하고 있는데, 문득 뭔가를 상기한 듯 그녀가 물었다.

"아저씨, 그럼 혹시 사기당하신 건 아네요? 시민 단체 사칭한 사람들에게 가짜 만병통치약 같은 걸루다……."

"그게 무슨 소리요?"

"얼마 전에 무슨 건강장수협횐가 뭔가 하는 데를 찾아온 사람이 있어서요. 이 건물 4층에 있다는 그 협회가 발간한 책자만 믿고 당뇨하고 심장병 한꺼번에 끝내준다는 비싼 약을 샀다나요. 하지만 전혀 효과가 없어 물르러 왔다던데……."

"그건 아니고…… 우리 집사람이 상근(常勤)하고 있는 사무실이오."

"그럼 뭐가 잘못된 모양이네요. 아예 건물을 잘못 찾아 오셨거나. 다시 잘 알아보세요."

여사무원이 그러면서 손바닥으로 가벼운 하품을 가렸다. 그리고 이제 할 만큼은 했다는 표정으로 입을 다무는 게 더 물어봐도 소용없을 것 같았다. 그는 때마침 걸려온 전화를 받고 있는 그 여사무원에게 손짓과 눈길로 작별인사를 대신하고 그 방을 나왔다.

하지만 엘리베이터를 타고 로비로 다시 내려와서 보니 모든 일이 새삼 황당했다. 정화에게 전화라도 넣을까 하는데, 문득 잊고 있었던 그녀의 당부가 떠올랐다. 4층이니까 층계로 걸어 올라와요. 엘리베이터로는 입구가 달라요……. 그냥 무심히 덧붙인 것 같아 귀담아 듣지 않았던 그녀의 말이었다.

계단은 수위에게 따로 물어보고 할 것도 없이 바로 눈에 띄었다. 로비 화장실 위로 철제 난간을 댄 계단이 있었는데, 낮은 층도 비상계단으로만 쓰게 되어 있는지 폭이 좁고 가팔랐다. 난간에 먼지가 앉고 계단의 인조 대리석에 이끼 같은 얼룩이 지워지지 않고 있는 걸로 보아 쓰는 사람이 그리 많은 것 같지는 않았다.

2층 계단실에 올라가서 보니 3층으로 올라가는 계단으로 돌아가게 되어 있는 공간 옆과 앞에 철판으로 된 두 종류의 출입문이 나 있었다. 하나는 옆으로 난 외여닫이 회색 철문인데, 눈높이 정도에 검은 스프레이 글씨로 '비상문'이라 씌어 있었다. 말 그대로 비상한 때만 여닫는지, 변색되고 먼지 앉은 손잡이나 문 귀퉁이에 슨 녹으로 미루어 사람들이 그리 자주 드나들지는 않는 것 같았다. 다른 하나는 계단실 앞쪽으로 나 있는 양 여닫이 철문인데, 문틀 위에는 '신세계 파이낸스'라는 꽤 큰 플라스틱 팻말이 붙어 있었다. 그 안에서 하는 일이 얼른 짐작이 가지 않은 상호(商號)였지만, 드나드는 사람은 많은지 스테인리스 문손잡이가 반들반들했다.

3층 계단실에도 2층과 같은 구조로 두 방향의 출입구가 있었다. 옆으로 난 외여닫이는 비상문이었고, 주된 출입구는 앞으로 난 두 양 여닫이인 듯한 것도 비슷했다. 그러나 3층에는 입주한 단체가 둘이어선지, 두 문짝에 하나씩 팻말이 붙어 있었다. 왼쪽 문에 붙은 것은 '노동정의실천협의회'였고, 오른쪽 문에 붙은 것은 '경제정의촉구연대'였다. 그대로 지나치려다가 둘 모두가 시민단체 같은 느낌에 반가워 그는 잠시 걸음을 멈추고 팻말들을 들여다보았다.

두 팻말 모두 단체 명칭 아래에 작은 글씨로 그들의 중요한 업무들을 무슨 정강정책처럼 써 붙여 놓고 있었다. '고리사채 피해 고발센터' '악성채권 추심대행'은 '경제정의촉구연대' 밑에 있었고, '체불 체임 고발센터' '불법 노동행위 행위 손배소 대행'은 '노동정의실천협의회' 아래 있었다. 그들의 업무 내용을 함께 묶기에는 뭔가 아퀴가 맞지 않은 느낌이 들었으나 오래 따지고 서 있을 수는 없었다. 좀 전 엘리베이터로 다시 로비에 내려 왔을 때 시간은 이미 약속된 2시를 넘어서고 있었다.

하지만 4층 계단실 출입문 앞에서 그는 다시 한번 기이한 느낌으로 발걸음을 멈춰서야 했다. 3층처럼 그곳에도 두 개의 단체가 세들어 있는지 두 개의 팻말이 양쪽 문에 하나씩 붙어 있었는데, 그중의 한 팻말이 특히 그의 눈길을 끌었다. '새여모 서남지구 연락소' 곁에 붙어 있는 '삼천만 건강장수 연구회'라는 팻말이 그랬다.

그는 조금 전 F층의 학원 여사무원이 말한 '무슨 건강장수협회'가 바로 그곳일 거라는 단정이 갔다. 그리고 거기서 느끼는 한심함이 곁에 있는 '새여모' 팻말에도 옮아가, 그곳을 찾고 있는 자신마저 한심스럽게 만들었다. 그런데 그때였다.

"늦었어요. 안 들어오고 뭐해요?"

누가 갑자기 안쪽에서 철문을 열며 가볍게 나무라듯 그렇게 말했다. 그가 펄쩍 뛰듯 물러나 머리가 철문에 세게 부딪는 걸 피한 뒤에 보니 정화였다. 철문 안쪽에서 그가 와 있는 걸 알고 기다리다가 더 못 참고 문을 연 사람 같은 표정이었다.

"내가 와 있는 걸 어, 어떻게 알았어?"

그가 어리둥절해서 묻자 정화가 이맛살을 살풋 찌푸리며 쏘아붙였다.

"알긴 뭘 알아요? 벌써 2시가 넘었잖아요? 팀장님이 기다리시는 눈치라 나와 본 거예요."

그 말에 그가 다시 한번 시계를 보았다. 2시 10분이었다.

"오긴 제 시간에 왔는데, 엘리베이터를 타서……."

그가 자신도 모르게 변명조가 되어 말끝을 흐렸다. 정화가 한층 새침해진 표정으로 그를 몰아댔다.

"거봐요. 남이 한 말은 통 귀담아 들을 줄 모르지. 계단으로 올라오라고 아침에 틀림없이 말했는데……. 어쨌든 들어가요. 사람이 기다리잖아요?"

정화를 따라 철문 안으로 들어가 보니, 계단으로 올라간 4층도 엘리베이터로 올라가서 보았던 F층처럼 기다란 복도로 공간이 쪼개져 있었다. 입구에서 보아 왼쪽은 '삼천만 장수건강 연구소'이고, 오른쪽은 '새여모 서남지구 연락소'였다. 정화는 그를 복도 오른쪽 끝에 있는 방으로 데려갔다.

운동권이나 시민단체의 사무실 분위기는 그도 자주 경험해 봐서 조금 알았다. 그런데 정화가 안내한 방안의 분위기는 그의 경험과 전혀 달랐다. 그중에서도 무엇보다도 그를 놀라게 한 것은 벽면 하나를 가득 채운 단말기 모니터들이었다. 세 지상파 방송에다 중요 케이블 채널, 그리고 주식시세를 비롯한 각종 자료화면이 어지럽게 떠 있었다. 이어폰에 연결되어 있는지 모니터마다 소리를 내고 있지 않은 게 그나마 어수선한 느낌을 덜어주었다.

정화네 사무실의 재정 팀장은 그 모니터들과 마주하고 놓여진 커다란 탁자 뒤의 의자에 앉아 있었다. 워낙 움직임 없이 앉아 있어 실물과 같은 크기의 초상화가 벽에 걸려 있는 게 아닌가 하는 생각이 들었을 정도였다. 정화가 그 앞으로 가서 꼬박 고개를 숙이자 비로소 귀에서 이어폰을 빼며 알은체를 했다.

"어서 오십시오. 신성민 씨. 진작부터 기다리고 있었습니다."

그러면서 부피 있는 그림자처럼 가만히 몸을 일으켰다. 말뜻에는 정감이 전혀 없는 것도 아니었으나 어딘가 합성된 기계음처럼 들리는 재정 팀장의 목소리가 그를 긴장시켰다. 그 바람에 머뭇머뭇 다가가던 그는 재정 팀장이 내민 손을 마주 잡다가 자신도 모르게 움찔했다. 풀을 먹여 다려놓은 듯 희고 굳어 있는 재정 팀장의 얼굴에서 불길하게 쏘아져 나오는 두 줄기 눈빛 때문이었다.

"이쪽이 정신 헷갈리지 않을 겁니다. 방을 옮기기도 번거롭고 …… 이리로 앉으시지요."

한 길 높이의 책장이 모니터 쪽을 가리고 있는 응접 소파가 있는 데로 재정 팀장이 그를 이끌었다. 역시 말뜻에는 배려와 관심이 담겨 있었지만 억양이나 표정에는 아무런 감정이 드러나지 않았다. 그게 다시 그를 쭈뼛거리게 해 얼른 자리에 앉지 못하고 있는데, 정화가 아무렇지도 않은 듯 말했다.

"그럼 말씀들 나누세요. 필요한 게 있으면 부르시고요."

그러면서 둘만 남기고 자기 자리인 성싶은 칸막이 저쪽으로 갔다. 그러고 보니 '새여모 서남지구' 연락소 쪽은 공간을 벽으로 쪼개지 않고 크게 하나로 쓰고 있었다. 부서를 구분한 칸막이가 있기는 했지만, 모니터들이 있는 벽을 빼면 모두 한 길을 넘지 않았다. 따라서 부서마다 낮은 칸막이로 통로와 출입구는 따로 써도, 의자 하나만 놓고 올라서면 사무실 전체를 훑어볼 수 있을 정도였다.

자리를 정하고 앉자마자 팀장의 질문이 시작되었다. 어색한 억양이나 표정에 비해 너무도 당연하고 보편적인 문항(問項)들이었다. 얼마 전 그가 신문 광고를 보고 응시했던 경력사원 면접 때의 그것과 아주 비슷했다. 조금 다른 것이 있다면, 이따금 팀장이 제법 말투에까지 감정을 섞어 그와 정화의 지난날에 대한 지식을 내비칠 때가 있다는 것일까.

그러다가, 자원봉사 수준을 겨우 넘는 보수를 주며 사무직원 하나를 채용하는 시민단체 팀장치고는 면접이 너무 거창스럽지 않은가, 싶은 기분이 들 무렵 재정 팀장이 갑자기 시계를 보더니 몸을 일으켰다.

"신성민 씨, 그럼 이제 전문가로서의 안목을 보여주시겠습니까?"

그 갑작스러운 말에 어리둥절해진 그가 아직 소파에 앉은 채 팀장을 올려보았다. 팀장이 제자리로 가 자신의 의자 곁에 접대용 의자 하나를 끌어당겨다 놓으면서 말했다.

"여기, 이쪽으로 와서 저편 모니터들을 좀 보아주십시오."

그러고는 책상 위에 있는 몇 개의 리모콘을 조작해 모니터 화면을 모두 증권시세 판으로 바꾸어 놓았다. 팀장이 가리키는 의자에 가 앉은 그는 몇 달 만에 직업적인 습관을 되살려 힐끗 벽시계를 쳐다보았다. 어느새 2시 50분, 마감 시간에 가까왔다. 다시 모니터를 보니 마감을 10분 앞둔 증권시세 판이 붉고 푸르게 요동을 치고 있었다.

"앞으로 10분 동안 차분히 읽어보시다가 두 가지만 알아내 주십시오. 적대적이든 비적대적이든 기업합병 시도가 있어 뵈는 주와 어떤 종류이건 작전 세력이 붙은 것 같은 주."

그가 모니터로 눈길을 모으는 걸 보고 팀장이 말했다.

"예?"

너무 갑작스럽고 난데없는 주문이라 그가 그렇게 되물었다. 팀장이 여전히 아무런 억양 없는 목소리와 변화 없는 표정으로 받았다.

"증권사에 10년 가깝게 근무했다지요? 반드시는 아니지만 어느 정도는 전광판 뒤도 읽을 수 있지 않겠어요?"

"그래도 모니터만 보고 적대적 M&A나 주가 조작까지 읽지는 못합니다. 그건 20년 이상 된 전문가도 잘 안 돼요."

"하지만 남다른 느낌은 있겠지요. 장 끝나기 전 3분의 변화를 꼼꼼히 살피면 대강은 느낄 수 있다던데요. 그 느낌을 듣고 싶은 겁니다. 반드시 정확하지 않아도 되니까 몇 개만 골라보십시오."

그런 팀장의 말을 듣자 그는 비로소 자신이 경력사원 면접에서 일종의 전문성 테스트를 받고 있다는 걸 알았다. 좀 별나다는 느낌이 들면서도 모니터로 눈길을 모았다.

장(場)이 끝날 무렵 많지 않은 매도 물량에 갑자기 상종가(上終價)로 다량의 매수 주문이 나오는 주(株)는 작전 세력의 의도적인 매집(賣集)을 의심할 수 있다. 그리되면 실제로는 장 마감 전 마지막 2, 3분의 물량 약간을 상종가로 사줌으로써 그 주는 다량의 매수 잔량(殘量) 기록을 가진 상종가로 장이 끝나게 된다. 그리고 다음 날 전날의 상종가로 출발한 그 주가 오르락내리락 하는 것을 지켜보다가 장 막판에 다시 한번 상종가로 끌어올리기를 몇 번 되풀이하면 그 주는 연일 상종가 행진을 하고 있는 것처럼 보인다. 그래서 매수세가 몰릴 때 그동안 싼값에 사 모아두었던 주를 슬그머니 내던지는 게 초보적인 주가조작 방식이다.

매집의 경우도 초보적인 작전은 막판 장세를 활용하는 경우가 많다. 매집하려는 주의 매수 잔량이 많지 않을 때 작전 세력이 보유하고 있던 것을 하종가로 내던져 그날의 최종 주가를 하종가(下

終價)로 유도하는 방식이다. 그걸 되풀이해 주가가 내리막으로 접어들었다고 착각하도록 만들고 그래서 대량으로 내던지기 시작하면 거둬들이는 방식인데, 두 가지 모두 조작 대상주가 소량이거나 작전 세력의 자본이 엄청나게 커야 한다.

기업합병을 위한 주식 매집도 막판 장세에서 특징적으로 나타나는 수가 있다. 재정 팀장이 모니터에서 읽으라는 것은 아마도 그런 조작의 징후일 것이다. 하지만 요즘은 작전이 정교해진 데다, 투자자마다 개인 단말기로 시세를 빤히 들여다보고 있어 낡은 수법들은 잘 먹혀들지도 않는다. 거기다가 조작도 펀드매니저들이 담합하여 자금력을 극대화하거나 창구 직원이 가담하여 봉을 몰아오는 형태로 이루어지기 때문에 굳이 말 많은 막판 장세를 활용할 필요가 없다. 그런데도 누군가 팀장에게 그런 초보적인 작전 방식을 그럴 듯하게 떠벌려, 그걸 알아보는 자신의 전문적인 안목을 과장한 듯했다.

"뭐 보이는 게 있습디까?"

장이 끝나자 팀장이 다가와 음침하고 불길하게 느껴지는 눈길로 그를 쳐다보며 물었다. 그제야 바로 말하기로 마음을 정한 그가 모니터 쪽은 보지도 않고 말했다.

"혹시 매수 잔량을 보고 종가 조작하는 방식 말하십니까?"

"꼭 그것만은 아니지만……."

"물론 최근 주가 변동 곡선이나 물량 이동을 꼼꼼히 추적하면 알 수 있을지도 모르겠지만, 그때는 이미 늦은 경우가 많습니다. 게다가 요즘은 수법이 치밀하고 정교해져 큰손들은 그 방식을 쓰지 않아요. 꼭 그쪽에 관심이 있으면 그런 일 잘 엮는 사람들과 손을 잡는 게 훨씬 안전하고 정확합니다."

"하기는…… 우리 연락소 주식 거래도 벌써 3년이 넘었나."

"그럼 지난번에 코스닥 가지고 장난들 칠 때군요. 옛날 얘기예요. 그런데 여기 재정팀도 주식으로 재테크했습니까?"

그러자 팀장이 조금 기가 꺾인 표정으로 받았다.

"실은 그때 벤처니 아이티 산업이니 하는 걸로 우리 재정 기초를 잡아주고 해체된 주식 투자팀을 다시 한번 꾸려 보려는 겁니다. 이제 슬슬 때도 되어오는 것 같고……."

"재미보는 팀들이 있을 거라 추측들은 했지만 여기도 그때 코스닥 쪽에서 한몫 본 듯하네요. 증권회사 창구에 앉은 우리도 대개는 그저 구경만 했는데, 시민단체 재정 파트가 의도적으로 그 장을 노려 전문 투자팀까지 운영했다고요?"

"그렇습니다. 아주 좋았지요. 한창 때 코스닥 주가 총액이 100조(兆) 원 가까웠는데, 그 뒤 1년도 안 돼 20 몇 조로 내려앉지 않았습니까? 1년 만에 60조를 남기는 장사, 큰 덩어리야 전체적으로 기획한 사람들이 물고 갔겠지만 우리도 부스러기치고는 짭짤했습니다. 이 지구(地區) 연락소 이만하게 차려놓고 지낼 수 있게 된 것도 시작은 그 덕분이지요."

"그런데 이제 때가 오는 것 같다는 말씀은……?"

"정권 초기 경기 부양을 위해서든 나름의 통치자금 확보를 위해서든 어딘가 난전을 펴기는 펴야 될 것 아닙니까? 그런데 떡고물 많이 묻은 구조조정도 대강 끝이 났고, 마구잡이로 카드 풀어 내수 진작을 선도할 신용불량자를 양산(量産)할 수도 없게 되었습니다. 부엌데기 마음대로 죽 퍼주듯 여기저기 마구 쳐바르던 공적 자금도 바닥이 났을뿐더러 회수율 시비까지 일고 있습니다. 당장은 지난 정권 때부터 꾸준히 추구해 온 부동산 경기 부양으로 활황을 꾸며 보겠지만, 오래 써먹지는 못하겠지요. 그러잖아도 넘쳐나는 유동자금에다 입주권 전매가 허락되고 저금리까지 겹쳤으니 과열은 뻔한 이치, 그리되면 남은 곳이 어디겠습니까? 정권마다 한번은 난전을 편 증권시장밖에 더 있겠습니까?"

"그럴 수도 있겠군요. 하지만 정권이 필요한 건 알겠는데……."

문득 궁금한 게 있어 그가 뭔가를 물어보려다가 그렇게 말끝을 흐리자 팀장이 아무 감정 없는 표정으로 받았다.

"우리가 왜 그런 위험한 수법까지 써가며 자산을 늘리려 하느냐, 이거겠지요. 시민단체가……. 하지만 시민단체이기 때문에 활동비는 더욱 더 필요합니다. 지난 정권부터 지원이 부쩍 늘었다고 하지만 새 세상을 여는 데는 턱없이 모자라지요."

그때 정화가 집행이 급한 예산이 있는지 결재 서류를 들고 와 팀장에게 내밀었다. 서명하기 전에 서류를 훑어보던 팀장이 나무라듯 정화에게 물었다.

"야광 띠와 지시봉, 이건 뭐야? 뭔데 이리 단가가 높아?"

"야간 집회라 행사 진행요원들에게 필요한 건가 봐요. 안내나 배치 같은데……."

"그건 순 집행부서 쪽 소요물자아냐? 그걸 왜 우리한테 넘겨? 그리고 이건 또 뭐야? 우리한테 할당된 대형 걸개가 여섯 장이라면 도대체 대형 걸개를 몇 장이나 쓰겠다는 거야? 소형이 스무 장? 아예 걸개로 도배를 해라, 도배를 해. 어랍쇼? 막대풍선, 머리띠. 촛불 시위에 이런 건 또 처음 보네."

"저쪽 삼일절 시위가 워낙 판 크게 짜이고 있으니까 우리도 규모를 좀 키운 모양이에요. 저쪽이 기독교 쪽을 동원해 10만은 채우겠다고 공언했다니까 이편도 전교조 쪽에 부탁해서 아이들까지 좀 불러낼 모양이던데요."

정화가 그런 대답과 함께 그를 할끔 돌아보았다. 어떻게 보면 정화가 가져온 결재 서류가 팀장보다 훨씬 더 잘 그의 의문에 대답해 주고 있었다. 팀장도 그걸 느꼈는지 일부러 그에게 들으라는 듯한 단서와 결재 서류에 서명을 했다.

"이번에는 추가 인정 안 해. 1500만 원 아래로 꼭 맞춰야 한다고 그래. 우리 행사도 아닌데 그만 지원도 많은 거야."

그가 정화와 함께 새여모 사무실을 나온 것은 4시 조금 지나서였다. 이미 결정된 사항을 집행하듯 대여섯 되는 사무직원들에게 새 식구로 그를 소개한 재정 팀장은 몇 가지 근무 조건을 일러주는 것으로 채용 절차를 끝냈다. 그리고 휴대폰으로 누구에겐가 상세한 보고를 하더니 크게 인심 쓰듯 정화를 불러 함께 퇴근해도 좋다는 허락을 내렸다.

"대표님이 누구야?"

계단을 내려오면서 그가 정화에게 물어보았다. 그것도 일자리를 얻은 것이라고 그런지 정화가 밝은 얼굴로 그를 마주 보며 되물었다.

"대표님? 무슨 대표님?"

"좀 전 팀장이 전화로 보고 올리던 대표님 말이야."

"아, 그 대표님. 근데 그건 왜?"

"팀장의 말투가 하도 황송스러워 보여서. 이건 뭐 시민단체의 사무직원이 대표에게 하는 보고가 아니라 내시가 임금님께 아뢰는 것 같더라니까."

"그럴 만도 하지. 우리 '새여모' 그리 만만히 보지 마세요. 서울만 해도 여섯 개 지부에 회원 5000명이 넘는다고요. 시도(市道) 지부도 시시한 정당 지구당보다는 우리가 더 크고 잘 정비돼 있을걸요. 그런 단체의 대표님인데, 서울의 일개 지부 재정 팀장이 공손하지 않고 어쩌겠어요?"

"그저 공손한 게 아니더라니까. 그런데 그 사람 어떤 사람이야?

전에 어디서 뭘 했대?"

그러자 정화가 갑자기 정색을 하며 받았다.

"실은 나도 잘 몰라. 하버드 박사고 또 어디 MBA에 그리 나이 들지 않았다는 것 정도. 그러고 보니 갑자기 나도 그분을 잘 모른다는 게 이상하네……."

"그래……?"

그사이 계단을 다 내려온 그가 그렇게 말끝을 길게 끌며 로비를 돌아보는데 갑자기 무언가 번쩍하며 시야를 지나는 게 있었다. 방금 저만치서 현관문을 나가고 있는 어떤 사내의 옆얼굴이었다. 왼쪽 눈초리 어름에서 귀밑까지 이어진, 한 마리 검붉은 지렁이가 기어가고 있는 듯한 흉터 — 팔봉 마을에서 벙어리 청년을 때리고 마리에게 칼을 들이대며 위협하던 그 사내, 벙어리 청년이 끔찍하게 죽음을 당한 뒤로는 자취를 감춘 그 사내였다.

그 사내를 알아본 순간 그는 굳은 듯 자신도 모르게 발걸음을 멈췄다. 벙어리 청년을 으르던 모습과 마리의 목에 칼을 대고 위협하던 그 목소리가 생생하게 되살아나면서 갑자기 소름이 끼쳐 왔다.

"왜 그래? 뭣 땜에 그래요?"

정화가 걱정스레 그를 쳐다보며 물었다.

"저기, 저기……."

그가 얼어붙어 오는 입으로 그렇게 웅얼거리며 현관 쪽을 가리켰다. 그러나 정화의 눈길이 현관문 쪽으로 향했을 때는 이미 사내의 모습은 보이지 않았다.

17

"네가 보낸 '아마겟돈 연대'의 글 세 통은 모두 구티에레즈의 책에서 뽑은 것들이었어. 꼭 필요하다면 조사해서 정확한 책 제목도 대줄 수 있을 것 같아."

재혁은 자리에 앉기 바쁘게 며칠 전 그가 보낸 이메일의 출전(出典)부터 댔다. 재혁을 만나고도 딴 생각에 잠겨 있던 그가 별 뜻 없이 재혁이 대는 이름을 되뇌었다.

"구티에레즈라, 구티에레즈……. 왠지 익숙하게 들리는 이름인데요."

"그런 이름을 가진 성인(聖人)이 있어. 중남미 사람들이 즐겨 따라 짓는 이름 중의 하나지. 구티에레즈라는 시인도 있고 영화감독도 있어. 구티에레즈라는 야구선수도 있지, 아마."

"아, 기억난다. 해방의 신학인가, 신학의 해방인가, 하는 책에서 본 것 같아."

"그래. 「해방의 신학을 향하여」라는 논문이 실린 책이었겠지. 페루의 신부인 구스타보 구티에레즈. 그 논문에서 해방신학이라는 용어가 나왔어."

"짐작은 했지만, 좀 기분이 이상하네요. 그 사람들은 내 이메일 주소를 모를 텐데……."

그는 애써 잊고 지냈던 임마누엘 박을 문득 떠올리며 그렇게 받았다. 임마누엘 박과 함께 팔봉 마을을 떠나기 전에 보았던 기괴한 그리스도 재림(再臨) 소동도 떠올랐다. 그때는 그저 혼란스럽고 어설프기만 하던 집단 광기로만 느꼈는데, 오랜만에 떠올리고 보니 새삼 으스스한 데가 있을 만큼 정교하게 짜여진 재현극(再現劇)으로 느껴졌다.

"그건 무슨 소리야? 짐작은 했다니? 또 그 사람들은 누구야?"

재혁이 알 수 없다는 눈길로 그를 보며 물었다. 그제야 그는 팔봉 마을을 떠난 뒤로 처음 재혁을 만나고 있으며, 임마누엘 박도 그 재림 소동도 말해 준 적이 없음을 떠올렸다. 하지만 갑자기 그 모두를 얘기해 주기에는 너무 장황한 데가 있어 뒤로 미루고, 먼저 궁금한 것부터 물었다.

"아, 형이 모르는 일이 있어요. 하지만 그건 차차 얘기하기로 하고……. 그럼 '수호연대'인가 뭔가 하는 데서 보낸 반론 비슷한 글은 뭡디까?"

"하나는 정통교리 쪽에서 보낸 건데 바르트와 몰트만이 함께 언급된 걸로 보아 개신교 쪽 논리 같아. 그리고 다른 하나는 80년대에 발표된 교황청의 훈령 같고……. 아직 확인하지는 못했는데 아마 '해방신학의 일부 측면에 대한 훈령'일 거야. '가난한 사람들의 참된 대변인을 자처하고, 폭력적 수단에 의존하면서도 사람들이 겪고 있는 억압과 빈궁에 종말을 가져다 줄 철저한 변화를 실현할 수 있다고 주장하는 많은 사회적 정치적 운동들이 있다'라는 식으로 시작되는 말투가 그래. 아니, 맞아. 틀림없이 그 훈령이야. 대학 시절에 그것도 스터디랍시고 돌려가며 읽은 적 있어."

재혁이 이맛살을 찌푸려가며 기억을 되살리다가 문득 알 수 없다는 눈길이 되어 물었다.

"그런데 말이야. 이야기하다 보니 나도 이상하네. 저번에는 난데없는 프리메이슨에 기독론(基督論) 타령이더니 이번에는 무슨 뚱딴지 같은 해방신학이야? 너 정말 요즘 교회나 성경 가지고 이상한 짓하며 돌아다니는 거 아냐? 아니면 양쪽 모두 어떻게 네 이메일 주소를 알고 그렇게 장난질을 칠 수가 있어?"

그러자 그도 더는 임마누엘 박과 팔봉 마을을 떠나기 전날 본 기괴한 그리스도 재림극 얘기를 미룰 까닭이 없다는 생각이 들었다. 그래서 먼저 임마누엘 박을 만난 일부터 재혁에게 간략하게 들려주었다. 듣고 난 재혁이 피식 웃으며 말했다.

"대박사 주지하고 막상막하네. 임마누엘 박인가 하는 그 친구도 또라이과(科) 아냐?"

"아니, 나도 처음에는 그렇게 보았는데, 그런 것 같지는 않았어. 왜 대박사 주지와 어울리게 되었는지는 모르지만, 어떤 말은 아주 조리 있던데. 대박사 주지하고는 질수가 달랐어요."

그때 아르바이트생인 듯한 어린 종업원 아가씨가 주문서를 들고 와서 물었다.

"무얼 주문하시겠어요?"

재혁이 토마토 주스를 주문하자 그도 얼결에 같은 걸로 따라하고 말았다. 종업원이 돌아가기 바쁘게 재혁은 다시 하던 얘기로 돌아갔다.

"어쨌든 그 친구, 임마누엘 박이란 호칭부터가 아니야. 전도사나 목사는커녕 제대로 된 신자도 아니라고. 그런 엄청난 이름을 버젓이 쓰는 것만으로도 벌써 신학한 사람으로는 맛이 한참 간 사람이지. 또 그가 말한 것도 해방신학이 아니고……. 개신교에서는 민중신학의 한 갈래로 해방신학을 원용한 적은 있지만 이름 그대로 받아들여 교파를 형성한 적은 없어. 사회운동 차원에서 '해방 사건'이니 '물(物)의 신학'이니 하며 그쪽과 비슷한 용어들은 빌려 쓰기는 해도……."

재혁이 다시 그렇게 잘라 말하자 그는 슬며시 호승심이 일었다. 기억을 쥐어짜 임마누엘 박이 한 말을 떠올리고, 그 기괴한 재현극의 밤에 그와 보일러공의 대화를 되살려냈다. 그리고 되도록 조리 있게 그것들을 정리해 재혁에게 들려주고 난 뒤에 물었다.

"임마누엘 박이 그 보일러공을 몰아세운 논리 말이야. 그거 어딘가 도스토예프스키 냄새가 나기는 하지만, 마르크스를 끌어들인 걸로 보아서는 틀림없이 해방신학 논리 아녜요?"

"도스토예프스키? 그건 또 무슨 소리냐? 난데없이 도스토예프스키는 왜?"

재혁이 문득 그를 바라보며 되물었다.

"거 왜 있잖아요? 『카라마조프네 형제들』에서 둘째 이반이 말하는 산문시. '대심문관'인가 '대심판관'인가 하는……."

"글쎄 나도 읽기는 했는데, 그 부분이 잘 생각이 안 나네. 무슨 얘긴데?"

"거 왜 16세기의 종교재판장이 광야의 시험 가지고 부활한 예수를 몰아세우잖아요? 빵을 물질 혹은 육욕으로 해석하고, 기적을 정신의 허화(虛華) 또는 안목의 허영으로, 경배의 대가를 지상의 권세로 해석하는 방식……."

그래도 한참이나 이맛살을 찌푸리며 기억을 쥐어짜던 재혁이 겨우 떠올랐다는 듯 그의 말을 받았다.

"아, 이제 기억난다. 그런데 내 기억은 좀 다른데. 도스토예프스키는 거기서 그것들을 그냥 기적과 신비와 교권(教權)으로 바꾸어 러시아 정교(正教)식의 구원 논의를 펼친 거 아냐? 오히려 사탄의 유혹 가운데 빵을 육욕 또는 물질로, 기적을 안목의 허영으로 그리고 경배를 지상의 권세로 해석하는 것은 서구 기독교의 보편적인 성서 해석 방식이고……. 그런데…… 그걸 가지고 도스토예프스키를 표절이라도 한 양 말하는 것은 성서해석학에 대한 무식을 고백하는 것이나 다름없어. 시골 목사들이 가지고 있는 흔해빠진 『성서주석(註釋)전집』에도 광야에서의 세 가지 시험은 그렇게 해석되고 있을걸."

재혁은 그렇게 핀잔 비슷하게 그의 입을 막아놓고 다시 말을 이었다.

"내가 그 임마누엘 박인가 뭔가 하는 사람의 논의를 중남미식의 해방신학으로 보아주지 않는 것은 마르크스를 대하는 태도 때문이야. 그들은 마르크스를 받아들여도 해방의 수단이나 방법으로지, 마르크스를 바로 세례자 요한으로 보지는 않아. 하나의 비유로라도 말이야."

"그럼 누굴까? 이번에는 누가 그 메일을 보냈을까?"

그는 자신도 모르게 그렇게 중얼거렸다. 재혁에게 툭툭 털어버리듯 그 말을 받았다.

"전에 기괴한 재림설(再臨說)과 기독론(基督論) 가지고 장난을 치던 그 친구들이겠지. 그건 그렇고…… 어때? 재미있어? 신접살림 말이야."

재혁이 빙긋 짓궂은 웃음까지 띠며 그렇게 묻는 말에 그가 퉁

명스럽게 되물었다.

"신접살림이라구요? 에이, 그런 게 어딨어요?"

"정화, 그 사람, 그렇게 오매불망 기다리다가 다시 만나 살게 되었으면 신접살림이지, 신접살림이 따로 있어? 그것도 2년 넘게 헤어져 있다가 네가 애걸복걸 빌며 매달려 다시 차린 살림이잖아?"

듣고 보니 그럴 듯도 한데, 재혁이 묻기 전까지만 해도 그는 정화와의 새로운 출발에서 전혀 그런 느낌을 가지지 못했다. 모든 것이 그저 당연하고 익숙하기만 했다. 좀 전 그를 섬뜩하게 한 것은 바로 그런 느낌 때문이었다.

"그러고 보니 나도 이상하네. 실은 형이 말할 때까지도 나는 우리 재결합을 그렇게 생각해 본 적이 없었거든. 우리가 헤어졌다 다시 만났다는 것까지 깜빡깜빡 잊곤 했어. 그런데 말이야…… 어른들 말대로 남녀가 살 섞고 산다는 게 원래 그런 건가? 아니면 기억에 무슨 이상이 생긴 걸까?"

그가 솔직히 그렇게 받자 재혁이 오히려 머쓱해진 얼굴로 말했다.

"또 인식의 흔들림, 또는 기억의 이식(移植) 같은 얘기야? 없으면 죽고 못살 것같이 찾아 헤매던 정화까지도 그래?"

그러다 갑자기 무엇이 떠올랐는지 재혁이 진지한 눈길이 되어 그를 바라보았다.

"하긴 이번에 널 만나고 보니 나도 헷갈리는 게 많아. 너와의 어떤 기억들은 나도 꿈속이거나 이 세상이 아닌 다른 곳에서의 일 같은 느낌이 들 때가 있어. 거기다가 너를 둘러싸고 일어나고 있는 일련의 사건도 종잡을 수 없기는 마찬가지야. 네게서 얘기를 들을 때는 황당한데, 돌아서서 가만히 아퀴를 지어보면 일관된 그 무엇이 느껴진단 말이야. 특히 네가 팔봉 마을에서 겪은 일은."

"거기 사람 모두가 또라이들이라며? 거기 일은 모두가 고달픈 세상살이에 심신이 피폐하다 못해 뒤틀리고 무너져버린 사람들이 벌이는 희비극이라며?"

이번에는 오히려 그가 빈정거리는 기분이 되어 그렇게 반문했다. 그러나 재혁은 여전히 진지했다.

"꼭 그렇지만도 않은 것 같아. 조금 전에 네가 말한 성탄 재현극(再現劇)이라는 것도 그래. 하나하나 떼놓고 보면 갈 데 없는 광기거나 어처구니없는 소동인데, 차례로 연결시키면 섬뜩할 만큼 일관된 구성과 치밀한 연출을 느끼게 돼."

재혁의 그 말이 너무도 자신의 느낌과 비슷해 그가 움찔하며 물었다.

"어떤 점이?"

"우선 그 보일러공부터. 네가 전한 대로의 인상이라면 그대로 목수 시절의 예수가 떠올라. 다음이 언젠가 우리 하꼬방에서 쉬어 갔다는 그 늙은 부부. 그 할머니는 아브라함의 아내 사라와 동정녀 마리아의 이미지가 결합된 것 같고, 그 할아버지는 아브라함과 마리아의 남편 요셉이 결합된 이미지야. 섬뜩하지만 벙어리도 그래. 나무그루터기에 꺾여진 듯 얹혀 있었다는 그 시체의 목도 살로메의 간청으로 쟁반에 담겨온 세례자 요한의 목을 떠오르게 해. 스스로 자기를 그렇게 밝혔다는 게 좀 난데없고 황당하지만 노랑머린지 마린지 하는 여자애도 마찬가지고……. 맞춰 볼수록 막달라 마리아 역을 착실하게 하고 있는 것 같아. 그리고 임마누엘 박과 그 보일러공의 대면은…… 좀 억지스럽기는 하지만, 네 말마따나 현대적으로 연출된 광야의 유혹임에 틀림없어."

말을 하다 보니 더욱 그렇다는 듯 재혁의 표정이 한층 진지해졌다. 그러다가 다시 무슨 생각이 났는지 무겁게 고개를 가로저으며 덧붙였다.

"그런데 정말 알 수 없는 것은 그 모든 일이 너를 기다려 단 두 달 동안에 모두 일어났다는 거야. 나는 그 마을에 여섯 달이나 살았고, 그 뒤로도 1년 가까이나 들락거렸지만 내게는 아무것도 보이지 않았어. 기껏해야 21세기형 달동네, 또는 현대화의 그늘에 방치된 뿌리 뽑힌 삶들 따위, 피상적인 인상뿐이었어."

"형이 그렇게 말하니 공연히 나까지 뒤숭숭해지네. 하지만 난 뭐야? 수호천사니 미카엘이니 하는 것은 정전(正典) 밖의 얘기고……."

"보일러공으로 온 그 메시아가 마리란 여자애에게 말했다며? 네가 할 일은 따로 있으니 보내주라고."

"하기는 그것도 성경에 나오는 구절 같은데, 어디야? 어디 나오는 말이에요? 그리고 무슨 소리예요?"

"글쎄. 나도 그런 것 같기는 한데, 누가 누구한테 무슨 뜻으로 했는지는 도통 기억이 나지 않네. 최후의 만찬 때 유다에게 한 소리 비슷한 데가 있기는 해도……."

"뭐? 유다? 그렇지만 나는 그의 제자도 아니고, 나에게서 비싼 값에 그를 사려는 유대교 제관(祭官)들도 없잖아요? 그가 예수처럼 무슨 엄청난 짓을 한 것도 아니고……."

그가 항의하듯 목소리를 높였다. 짐짓 장난기를 섞어 한 말이었지만 그의 가슴속은 갑자기 커다란 얼음덩이가 헤집고 들어온 것처럼이나 섬뜩하고 묵직했다.

"하지만 이 재림극의 일관된 구성과 치밀한 연출로 보아 공연히 너를 끼워 넣은 것 같지는 않은데……."

재혁이 농담인지 진담인지 구별 안 될 애매한 표정으로 그렇게 받았다. 그때 마침 종업원 아가씨가 주스 두 잔을 가져왔다. 아직도 묘한 충격에서 깨나지 못한 그는 거의 반사적으로 잔을 들어 단숨에 마셨다. 신선한 토마토 주스가 속이 울컥 뒤집힐 만큼 비릿했다. 그가 빈 잔을 탁자 위에 내려놓을 때 재혁도 소리 나게 잔을 내려놓으며 말했다.

"야, 그런데 우리, 오늘 팔봉 마을에나 한번 가보자. 그간 어떻게 됐는지. 보따리 장사(시간 강사) 주제에 입시(入試)에 끌려다니느라고 나도 네가 비운 뒤로 그 하꼬방 동네 한번도 못 가봤다."

변명처럼 그렇게 말했으나 재혁도 그처럼 뭔가 불길하고도 불온한 예감에 내몰리고 있는 듯했다.

떠난 지 겨우 한 달 남짓인데 팔봉 마을은 오랜 세월 뒤에 돌아온 곳인 양 낯설게 느껴졌다. 어쩌면 때 이르게 질금거리는 빗줄기 때문에 나다니는 사람이 적어 더욱 그랬는지도 모를 일이었다. 비닐하우스 동(棟)과 동 사이에 이따금 무슨 어두운 꽃송이처럼 피었다 졌다 하는 우산들이 아니라면 사람들이 모두 어디론가 사라져버린 게 아닐까 싶을 정도로 마을은 괴괴했다.

재혁의 하꼬방도 그랬다. 떠날 때와 아무것도 달라진 게 없는데도 내가 과연 여기에 몸담고 있었던가, 싶을 만큼 출입구의 미제 자물쇠부터가 그에게는 낯설었다. 재혁도 그와 비슷한 느낌인 듯했다.

"여기가 우리 방 맞아? 여기야?"

벌써 열쇠를 자물쇠 구멍에 끼워 넣으면서 그 못지않게 재혁도 자신의 하꼬방을 낯설어 했다. 방 안은 별로 달라진 것은 없었다. 재혁이 쓸 때부터 남아 있던 구닥다리 가구 몇 점은 떠날 때 본 그 자리에 놓여 있었고, 값나가는 것도 아니고 당장 쓸모도 없어 지난번 이사 때 그가 다 싣고 가지 못한 허드레 세간붙이도 한 군데 몰아둔 그대로 쌓여 있었다.

"오늘따라 이곳이 이상하게 조용하고 외떨어진 느낌을 주네. 정말로 모든 것 다 때려 엎고 개강 때까지 여기 와서 한 보름 기도나 하고 갈까?"

재혁이 불쑥 그렇게 말했다. 그 목소리는 진지해도 그에게는 자신이 오자고 했기 때문에 체면치레 삼아 해보는 소리처럼 들렸다.

재혁이 팔봉 마을로 오자고 한 까닭이 그 하꼬방을 돌아보기 위함이 아니었음은 이내 밝혀졌다. 방바닥의 먼지도 찍어보고, 전기 배선도 살피는 척하는 것도 잠시 재혁이 갑자기 그를 돌아보며 말했다.

"여긴 별일 없네. 이제 가지. 거기나 가봐."

"어딜?"

남겨둔 세간붙이가 이끌어낸 딴 생각에 빠져 있던 그가 어리둥절해 물었다. 재혁이 왠지 어색해하며 더듬거렸다.

"어디긴, 거기……. 재림의 땅 말이야. 아니, 광야……라고 해야 하나? 인자(人子)께서 시험 당한 곳, 유혹을 받으신 땅……."

그래도 그는 한참 머릿속을 가다듬은 뒤에야 재혁의 말을 알아들었다.

"아, 그 구(舊)마을 축사(畜舍)."

"그래. 막달라 마리아가 향유로 씻은 예수의 발을 머리칼로 닦고 있을 곳……."

이번에는 재혁이 농담하듯 말투를 바꿨다.

하꼬방 밖으로 나오니 질금거리던 빗줄기는 그새 멎어 있었다. 재혁을 데리고 곧장 구마을로 간 그는 조용히 웅크리고 있는 듯한 동네를 지나 그 끄트머리 외딴집으로 갔다. 녹슨 철대문이나 그 곁 무너진 담장은 지난번에 본 그대로였다.

무너진 담장 앞에 서자 전에 거기서 마리를 만났다는 기억이 다시 그를 슬며시 긴장시켰다. 그는 자신도 모르게 살피는 눈길이 되어 질척하게 젖어 있는 마당과 그새 더욱 황폐해진 텃밭을 가만히 둘러보았다. 어디에도 사람의 기척은 느껴지지 않았다.

"계십니까? 아무도 안 계세요?"

한참이나 뜰 안을 살피던 그가 무너진 담 안쪽으로 발걸음을 떼놓으며 그렇게 소리쳐 물었다. 그러나 안에서는 아무런 대답이 없었다. 넓지 않은 텃밭을 지나 전에 보일러공이 있던 축사 쪽으로 가면서 그가 한 번 더 소리쳐 사람을 찾았으나 마찬가지였다.

축사 안도 그가 마지막으로 들렀을 때와 크게 달라진 것이 없었다. 목공용(木工用) 작업대에는 전과 같이 전기톱과 전기대패가 나란히 놓여 있고, 그 아래에는 대팻밥이 수북하게 쌓여 있었다. 작업대 곁 벽에 붙여 판자로 칸을 지른 공구 선반도 마찬가지였다. 가지런히 놓여 있는 이런저런 공구들이 주인의 세심한 손길을 느끼게 했다. 다시 그 옆 벽 쪽으로 쌓여 있는 이런저런 자재들도 전에 볼 때와 비슷했다.

"오래 손을 안 댄 것 같기는 하지만 그렇다고 모두 버려진 것은 아닌 듯한데. 어딘가 인기척도 느껴지고……."

뒤따라오며 축사 안을 둘러보던 재혁이 알 수 없다는 듯 고개를 기웃거리며 그렇게 중얼거렸다. 그 말을 들어서인지 널찍한 축사 안을 가로지르던 그에게도 사람의 기척, 특히 어디선가 숨어서 엿보고 있는 눈길 같은 게 희미하게 느껴지는 것 같았다. 그게 공연히 불길한 예감을 몰고 왔으나 그는 말없이 서편 벽 쪽으로 난 그 방문 앞으로 갔다. 마리와 함께 왔을 때 그 보일러공이 거처하던 방이었다.

문을 열자 서향으로 큰 창이 나 있어 환한 방 안이 한눈에 들어왔다. 하지만 전과 달리 방 안에는 아무도 없었다. 그는 기억을 더듬으며 찬찬히 방 안을 살폈다. 많지는 않았지만 그래도 그때는 구석 어딘가에 살림살이가 몇 가지 놓여 있었던 것 같은데, 사람과 함께 없어졌는지 방 안은 텅 비어 있었다.

방 안에 아무도 없을 뿐만 아니라 살림살이까지 옮겨 거기 살던 사람이 영영 떠났음을 보여주자 그는 가슴이 철렁했다. 마리까지 없어져버렸다, 이제 내 노랑머리를 다시는 만날 수 없게 될는지도 모른다. 문득 그런 생각이 들며 갑작스런 감정의 과장과 함께 그동안 거의 잊고 지냈던 마리가 갑자기 눈앞 가득 떠올랐다.

"어떻게 된 거야? 여기가 그 보일러공이 사는 집이라고 하지 않았어? 그렇다면 아예 마음 먹고 쓸어 이사를 간 것 같은데."

재혁이 맥 빠져 하는 얼굴로 그를 쳐다보며 물었다. 무엇 때문인지 그들이 그곳을 떠날 수도 있다는 것을 상상도 못하였던 그는 무슨 큰 거짓말이라도 하다 들킨 사람처럼 낭패한 기분이 들었다. 자신도 모르게 말을 더듬으며 변명조가 되었다.

"이상하다. 어디로 떠날 사람들 같지는 않았는데……. 그가 다시 온다면 여기가 바로 그 땅이라 했는데……."

그래놓고 보니 문득 자신의 그런 근거 없는 믿음이 언젠가 임마누엘 박에게서 들은 때문임을 깨달았다.

'그분이 온 곳은 예루살렘 변두리 베들레헴이란 작은 마을의 마구간이었고, 천사들이 그분의 탄생을 알려준 것은 겨울 밤 들판에서 노숙하던 양치기들에게였습네다. 공적인 삶을 시작한 이래 그분은 내내 가난하고 힘없는 이들에 둘러싸여 계셨으며, 그분의 가르침이 로마까지 퍼진 뒤로도 한동안은 천한 노예와 억압받는 여자들의 종교로만 알려졌습네다. 그렇게 보면 우리 시대의 가장 밑바닥 삶이 펼쳐지고 있는 이 팔봉 마을이야말로 재림 예수가 오기에 가장 알맞은 곳 아니겠습네까.'

그 말에 담긴 암시에 걸려 그는 마리와 그 보일러공이 어김없이 그곳에 있으리라고 믿었음에 틀림없었다. 그런데 재혁의 해석은 또 달랐다.

"인자(人子)는 고향 나사렛을 떠났다. 이 시대 이 땅의 갈릴리를 찾아 나섰다……."

전혀 웃음기 없는 얼굴로 그렇게 중얼거리면서 방 안 이곳저곳을 찬찬히 살폈다. 재혁도 그가 전한 재림극의 암시에 조금씩 빠져들고 있는 듯했다. 그런 재혁이 그의 낭패한 느낌을 많이 덜어주었다. 그도 덩달아 방 안 여기저기를 기웃거리고 뒤뜰로 난 문도 열어보고 하며 그들이 간 곳을 나름으로 더듬어보았다.

"이웃에 물어볼까? 그들이 이곳을 영영 떠났다면 이웃도 무언가 알고 있지 않을까?"

이윽고 아무런 단서도 찾지 못한 그가 이제는 축사 안을 구석구석 살피고 있는 재혁을 보고 그렇게 말했다. 재혁이 난데없이 만만찮은 눈썰미를 드러냈다.

"이웃이라고? 제일 가까워도 풀숲을 사이에 낀 길로 100미터가 넘는데 이웃이 뭘 알아? 거기다가 나도 어제까지는 이곳을 사람이 살지 않는 폐(廢)축사로만 알았는데……."

"그래도 이렇게 작업실까지 차리고 몇 년 산 듯한데, 이웃 간에 그렇게 모르겠어요?"

"오히려 그러니까 이웃은 더 모를 거야. 이거 봐. 연장이나 공구가 그대로 남아 있지 않아? 아마도 아주 필요한 것만 챙겨 몰래 떠난 거야. 물어봐야 뻔하다고."

그럴 때 재혁의 추리는 일선 수사 경찰만큼이나 구체적이고 현실적이었다. 그러나 그들이 왜 그렇게 떠나야 했는지를 추리할 때는 또 달랐다. 아무래도 모르겠다는 그가 그 까닭을 묻자 재혁은 눈앞에 펼쳐진 책이라도 읽듯 말했다.

"선지자가 그 고향을 떠나서는 존경받지 않음이 없느니라……
어제까지 싸구려 보일러공이었던 사람의 말을 여기서 누가 믿어 주겠어? 틀림없이 전도 여행을 나선 거야."

마치 그 보일러공이 정말로 재림한 예수임을 믿는 것 같은 말투였다. 그런 재혁의 말투가 오히려 그의 현실감을 일깨웠다.

"한번 수소문해 보지 뭐. 그래도 보는 눈이 얼만데……."

그가 그러면서 아직도 축사 안을 두리번거리고 있는 재혁을 끌고 밖으로 나왔다.

바깥은 다시 비가 질금거리고 있었다. 그는 그 비를 핑계로 재혁을 재촉해 무너진 담 밖으로 나왔다. 그리고 철제 대문을 돌아 새마을 포장된 농로로 막 나서는데 등 뒤에서 귀에 익은 목소리가 들렸다.

"알령하십네까아? 신 선생니임……."

그가 소리 나는 쪽을 돌아보니 철 대문 돌쩌귀를 박은 굵은 콘크리트 기둥에 기대서 있던 임마누엘 박이었다. 빗줄기를 핑계로 서둘기는 했지만 겨우 2, 3미터 뒤에 커다란 박쥐우산까지 쓰고 있는데도 그가 그곳에 있는 것을 몰라본 게 조금은 이상했다. 그때 다시 귀에 익은 목소리가 그의 귀에 들어왔다.

"신 형, 나요. 그간 잘 있었소?"

그가 다시 소리 나는 쪽을 보니 저만치 마을로 드는 길 위에서 대박사 주지가 웃으며 손을 흔들었다. 하지만 더욱 그를 놀라

게 한 것은 대박사 주지와 나란히 우산을 받으며 길을 막듯 하고 서 있는 사내였다. 왼쪽 눈초리에서 턱밑까지 길게 찢어진 상처가 한 마리 검붉은 지렁이처럼 위협적으로 번들거리는 그 사내의 얼굴을 알아보자 그는 그대로 걸음이 얼어붙는 듯했다. 재혁도 함께 그쪽을 돌아보았다가 허옇게 질린 얼굴로 굳어버린 듯 멈춰 섰다.

두 사람이 뭐라고 대꾸하기도 전에 다시 임마누엘 박이 넉살좋은 웃음까지 흘리며 말했다.

"오실 줄 알고 기다렸습네다. 아무렴 그러실 분들이 아니시지요."

그 알아들을 수 없는 다음 말을 듣고야 겨우 마음을 다잡은 그가 애매하게 받았다.

"아, 네. 그게……."

"그래 모두 잘 계십네까? 일은 잘 돼 가구요?"

임마누엘 박이 다시 그렇게 물었다. 그제야 넘겨짚는 듯한 그 말투가 이상해 그가 물었다.

"모두…… 라니요? 그리고 일은 무슨 일을 말씀하시는지……."

그때 가까이 다가온 대박사 주지가 아는 척 임마누엘 박을 대신해 대답했다.

"아, 왜, 그 새로 왔다는 예수 선생하고 젊은 사모님 말이오. 그렇게 알던 정 보던 정 없이 이 동네서 야반도주해 갔지만 당최 궁금해서……. 그리고…… 일은 무슨 다른 일이겠소? 구원 사업이지. 세상 구원 잘하고 있는가요? 언제 우리 모두 천당 간답디까?"

대박사 주지의 그 같은 말에 비로소 그는 그들이 오해하고 있는 게 무엇인지 짐작했다. 터무니없는 오해지만 지나치게 펄쩍 뛰면 오히려 의심을 살 것 같아 애써 차분하게 받았다.

"저희들도 실은 그 사람들을 찾아왔습니다. 보일러 기술자하고 그 이상한 아가씨……. 그 사람들이 다른 곳에 있는 줄 안다면 무엇 때문에 이리로 와서 그 사람들을 찾겠습니까?"

"그것 참 이상하네. 신 형이 모르면 누가 안단 말이오? 처음 그 사람들이 여기 있는 걸 알려준 것도 신 형이었잖소?"

"그때도 제가 무얼 알고 이리 온 것은 아니었습니다. 우연히 지나다가 전부터 조금 아는 그 아가씨를 만나 이끌려 들어왔을 뿐입니다."

그때 대박사 주지 곁에 서 있던 흉터 난 사내의 두 눈이 번쩍했다. 그가 그걸 알아보고 움찔하자 대박사 주지가 얼른 그 사내를 소개했다.

"아 참, 신 형. 서로 알고 지내시지요. 여기는 '도빈련(都貧聯)' 동원 부장이신 천덕환 씨요."

"'도빈련'?"

"도시빈민연대 말이오. 당국의 팔봉 마을 철거 획책이 있을 때마다 신세를 져온 분이오. 도빈련 회원들 데리고 와 선봉이 되어 해골바가지들(철거원들)과 싸워 주셨으니까. 그런데 이번에도 당국의 철거 작업이 들어올 거라는 정보가 있어 그쪽 회원들 좀 동원할까 하고……."

그 소개가 하도 뜻밖이라 그는 자신도 모르게 흉터 난 사내를 다시 바라보았다. 혹시 자신이 잘못 보았나 싶어서였다. 하지만 틀림없었다. 검은 색안경을 벗고 있어도 틀림없이 벙어리 청년을 뭇매 주던 그 사내였고, 새벽길에 칼로 마리를 위협하다 달아난 그 사내였다. 더 끔찍한 혐의를 걸면 벙어리 청년의 참혹한 죽음과도 깊은 연관이 있는 조직폭력배의 중간 보스였다.

그 흉터 난 사내를 보고 놀라기는 재혁도 마찬가지였다. 그때까지 허옇게 질린 얼굴로 굳어 있던 재혁이 갑자기 사내에게 아는 척을 했다.

"안녕하십니까? 우리 어디서 만난 적이 없던가요?"

"글쎄요. 뵌 적이 있는 것 같지 않은데요……."

흉터 난 사내가 뜻밖으로 정중하게 부인했다. 말뿐이 아니라 표정도 정말 전에 만난 적이 없는 사람 같았다. 그런 천연덕스러운 부인이 이번에는 그의 오기를 건들였다.

"나도 몇 번 뵌 듯한데……."

그가 재혁을 편들 듯 흉터 난 사내를 정면으로 살펴보며 끼어들었다. 하지만 사내는 별로 흔들리지 않았다. 그의 눈길을 침착하게 받으며 조금 전과 다름없이 정중하게 받았다.

"죄송합니다. 사람을 잘못 보신 듯하군요. 저는 두 분 다 초면인데요."

그리고 자신의 말을 한 번 더 확인하듯 덧붙였다.

"제 볼에 난 이런 흉터가 흔한 모양입니다. 어릴 때 철조망 가시에 찢어진 것인데, 이 흉터 때문에 자주 다른 사람으로 오인당합니다."

"그럼 벙어리 청년은요? 그리고 마리는? 특히 마리하고는 전에 특별한 사이였다고 하신 것 같은데."

그가 더욱 용기를 내 그렇게 물어보았다. 그러나 '도빈련' 동원부장이라고 소개받은 천덕환이라는 사내는 차분하기만 했다. 한참이나 그를 멀뚱히 건너다보다가 무겁게 고개를 저었다.

"무슨 말을 하시는지 통 알 수가 없군요."

"그럼 왜 마리와 보일러공을 찾습니까?"

"그것도 무슨 소린지 모르겠습니다. 나는 여기 이 두 분의 요청을 받고 이 마을을 둘러보러 왔습니다. 회원들을 동원하기 전에 철거반원들의 진입로를 예상하고 저지선을 설치할 곳을 봐두러 왔지요. 그런데 마리인지 보일러공인지 도통 알지도 못하는 사람을 찾아왔다니……."

그도 자신이 잘못 본 게 아닌가 싶을 만큼 천연덕스러운 천덕환의 대꾸였다. 그때 다시 임마누엘 박이 끼어들었다.

"아니, 먼저 물은 건 우린데 그 대답은 않고, 엉뚱하게 우리 손님을 잡고 심문하십네까? 정말 그 사람들 간 곳 모르십네까?"

임마누엘 박은 그들이 마리와 보일러공이 있는 곳을 안다고 굳게 믿고 있었다. 형식은 묻고 있었지만, 그 집요함은 자백을 강요하는 심문관이나 다름없었다. 아무리 모른다고 해도 단념할 줄 몰라 그에게서 빠져나오는 데 반 시간은 진땀을 빼야 했다.

"좋습네다. 하지만 한 가지 약속은 해주셔야 합네다. 앞으로 그 두 사람이 숨은 곳을 알게 되면 꼭 저희에게 알려주셔야 합네다. 이 일은 신 형이 하나님께로부터 받은 거룩한 소명이올습네다."

마침내 임마누엘 박이 그렇게 그들을 놓아주었지만, 그것도 알고 속아주니 되도록 빨리 자수하라는 투였다.

그들에게서 놓여나자마자 도망치듯 팔봉 마을을 빠져나오면서 재혁이 불쑥 말했다.

"그런데 말이야. 우리 이렇게 그냥 달아나기만 하면 돼? 흉터 그 친구 말이야, 그 친구 신고해야 되는 거 아냐?"

"뭘 말이오? 어떻게 신고해?"

"벙어리 청년 살해 혐의 같은 걸루다……."

"증거 있어요? 증거 없이 심증만 가지고 잘못 말했다가는 되레 무고로 걸려든다는 거 몰라요? 거기다가 아까 그 사람은 우리가 알고 있는 그 흉터 난 칼잡이가 아니라잖아요?"

"아니긴 뭘 아냐? 내가 보니 임마누엘 박이 우릴 족쳐대는 동안 줄곧 우리가 하는 말을 긴장하며 듣고 있는 눈치던데. 관심 없는 척하면서도 말이야. 틀림없이 대선 다음 날 새벽에 만난 그 칼잡이 맞아. 마리와 보일러공을 찾고 있고……."

말로는 그렇게 뻗댔지만 재혁도 당장은 어찌해 볼 길이 없다 싶었던지 제 생각을 오래 우겨대지는 않았다.

(2권에서 계속)

호모 엑세쿠탄스 1

신판 1쇄 인쇄 2022년 4월 5일
신판 1쇄 발행 2022년 4월 12일

지은이 이문열

발행인 양원석
디자인 정세화 **영업마케팅** 양정길, 윤송, 김지현, 김보미
펴낸 곳 ㈜알에이치코리아
주소 서울시 금천구 가산디지털2로 53, 20층(가산동, 한라시그마밸리)
편집문의 02-6443-8842 **도서문의** 02-6443-8800
홈페이지 http://rhk.co.kr
등록 2004년 1월 15일 제2-3726호

ISBN 978-89-255-7846-0 04810
978-89-255-7843-9 (세트)